Philippe Le Guillou

La rumeur
du soleil

Gallimard

Philippe Le Guillou est né en 1959. Il est agrégé de lettres modernes et professeur à Rennes. Il a reçu en 1990 le prix Méditerranée pour *La rumeur du soleil*.

Pour Annie,
en souvenir de nos années brestoises.

Tu fouleras sous tes pieds les os secs des peuples perdus, tu arracheras ses plaques d'or à la statue de Vitzliputzli.

Et ne crains pas que jamais les adversaires te manquent.

Dans le brouillard, dans la forêt, dans le repli des montagnes affreuses, je t'en ai ménagé de tels qu'ils suffiront.

Je ne veux pas que tu meures dans un lit, mais navré de quelque bon coup, seul, au sommet du monde, sur quelque cime inhumaine, sous le ciel noir plein d'étoiles, sur le grand Plateau d'où tous les fleuves descendent, au centre de l'épouvantable Plateau que ravage le Vent planétaire !

CLAUDEL
Le Soulier de satin

En ces temps-là, le monde n'était encore qu'un songe inachevé.

C'est dans ce songe que nous entrons, en cette nuit de Jeudi saint 14..., à la suite de l'Explorateur.

La mer Océane

I

Le soir venu, je quitte le cabinet de cosmographie. L'image des lignes, des passes, des chenaux en pointillé, des estuaires et des côtes hante mes yeux. Tout le jour, à la lumière des torchères et des bougies, j'ai étudié les cartes dans la haute nef aux verrières opaques, lu les parchemins jaunis au grain gras et humide, conjecturé, manié le sextant et l'astrolabe. Le fleuve en crue heurte les assises de ma bibliothèque. Plus loin, il y a la chapelle remplie de reliquaires. L'eau pénètre dans la crypte et j'entends flotter les cercueils des dignitaires de l'Amirauté qu'on a ensevelis là.

Quelques-uns des hommes qui participeront à l'expédition travaillent à l'agrandissement de certaines portions de cartes, je les vois penchés sur leurs pupitres, requis par leur tâche, absents au monde, au fracas de la crue et à la navigation souterraine des gisants. Il me suffit de traverser le quai pour rejoindre l'atelier des sculpteurs de la Marine. Je passe sans transition de ma nef aux cartes au vaste atelier d'ébénisterie. Là un rituel identique m'attend : mon arrivée ne dérange en

17

rien les ouvriers occupés à tailler les colonnes torses de ma future bibliothèque. Je foule l'épaisse couche de sciure jusqu'au fond de la salle. Derrière un rideau, un jeune homme — à peine vingt ans — finit de ciseler mon grand Christ de proue. La statue est immense, maigre, cassée par la douleur, accotée à un établi, légèrement inclinée. Le jeune homme glisse le long des cuisses du Christ comme s'il l'étreignait. Il a su parfaitement dessiner le torse strié de côtes, la cage thoracique soulevée dans la mort et l'effroi, les plis hachés du pagne, le flanc creusé. Deux balafres figurent l'eau et le sang qui en sourdent. Je reste longtemps à le regarder. Je ne sais jamais si c'est l'agilité de l'ouvrier et sa dextérité qui me fascinent, ou au contraire le grand Christ osseux aux lignes dures. Pour l'heure, il sculpte l'éperon des rotules. J'attends avec impatience qu'il l'habille de son badigeon. J'ai demandé un mélange de sable ocré et de sang de moines.

Le départ est sans cesse remis. Je pensais partir à l'automne. Mais une épidémie a massacré nombre des ouvriers de l'atelier naval. J'ai laissé passer l'hiver. Avec irritation. Je ne tenais plus dans cette ville inondée, près du fleuve boueux. Le Roi, qui a enfin accepté le projet de cette expédition vers le Grand Sud, dans ces eaux où la courbe du monde s'aplatit, aux confins de l'estuaire de la Rivière-Dieu, a délégué auprès de moi un second. J'ai dû accepter la présence de cet intrus plutôt que de renoncer, ou pis, de voir un autre dignitaire de l'Amirauté prendre ma place. Ce départ m'appa-

18

raît comme un désir impérieux, une nécessité vitale. J'avance en âge et les candidats à ma succession ne manquent pas. Certains même ne rêvent que de me voir finir ma vie couvert d'honneurs à la tête du cabinet de cosmographie, avant que mon cadavre n'échoue dans la crypte parmi les gisants flottants. Je ne veux ni de cette vie, ni de cette éternité.

Comme dans l'enfance, une vraie faim de mer m'habite. Une faim, pas une soif. J'ai faim de sa vieille chair plissée, de ses boucliers nus, faim de ses plaines, de ses déluges, de ses orages. Ma femme est morte l'an passé. Nulle attache ne me relie plus à cette ville, à son aristocratie croupie, à ses rites léthargiques. Bien avant que ma femme ne meure, j'avais projeté cette expédition. J'ai dirigé quelques grands voyages. Trois des quatre que j'ai menés se sont soldés par des naufrages ou des massacres. J'ai un surnom dans cette ville. Même si on ne le prononce jamais devant moi, je le connais. Il hante la cour, les salons, les antichambres, les chapelles. Mais aussi les tripots, les tavernes, les lieux louches. On le murmure, on le répète, on le répand et me revient sa rumeur damnée. Nom noir, lourd comme une ombre qui m'enveloppe.

J'étouffe dans cette cour. Tout comme j'étouffe dans cette ville. Il n'y a pas de lieu où je me sente en paix, excepté peut-être l'église où repose ma femme. J'ai vécu de longues heures dans sa nef glauque à prier sur la pierre funéraire de ma pauvre épouse. Elle m'avait donné trois enfants.

19

Ils sont tous morts aujourd'hui. Dans le caveau la mère dort sur la cendre de ses fils.

Ces déceptions, ces deuils successifs ont-ils éteint en moi toute humanité ? J'ai l'âge amer. Je sais pourtant ma foi dans le Christ intacte. Et c'est peut-être pourquoi je ressens maintenant l'envie de le porter au-delà des mers, de goûter les prémices de son Royaume céleste. J'ai faim de mer et de sa silhouette brisée à la proue de mon navire. Je laisse cette ville au singe de Dieu.

De tous les hommes qui m'accompagneront, seul le second qui m'a été imposé, Frederico de Mendoza, retient mon attention. Les autres, je les connais, vieux complices des traversées antérieures. Frederico de Mendoza sort tout juste du couvent augustinien. On assure qu'il y a fait des études brillantes. On le dit aussi très mystique. Il vient pratiquement tous les jours me rendre visite à la bibliothèque. Son apparence juvénile, sa feinte désinvolture laisseraient accroire qu'il ne se mêle de rien. Or il suit fidèlement l'établissement des itinéraires, si bien que toutes les copies des cartes dressées à ma demande circulent au cabinet du Roi. Je lui pardonne ces agissements. D'autant que je ne pouvais pas partir sans lui. Je ne pose aucune question, mais je devine qu'il doit être chargé très directement par le Roi, auquel il a été présenté pour ses remarquables aptitudes intellectuelles, de rédiger la relation précise du voyage.

Peu m'importe. Sa connaissance très vivante et très fraîche de l'Ecriture, du grec et des Pères de l'Eglise m'enchante. Je lui ai demandé, ou plutôt j'ai suggéré qu'il s'occupe de la recension des ouvrages que j'emporte à bord. Ma caravelle comportera, en effet, une immense bibliothèque. J'aime la mer, son cuir tatoué, ses nuées d'hiéroglyphes, mais je n'imagine pas un seul instant cette traversée sans livres. Au premier rang desquels, bien entendu, je place la Bible : « Voici que je vais créer des cieux nouveaux et une terre nouvelle ; ainsi le passé ne sera plus rappelé, il ne remontera plus jusqu'au secret du cœur » (Isaïe, 65,17).

Je me souviens encore des mots de ma lettre au Roi :

« Vénérable Prince, je crois venu le moment d'embarquer à nouveau, mais cette fois, à destination de la Rivière-Dieu et de ses confins. J'ai beaucoup navigué. J'ai traversé toutes les mers connues et repérées de la Création, avec des succès divers. Je pense savoir dessiner la carte du monde et y placer villes, montagnes, fleuves, parmi lesquels cette fameuse Rivière-Dieu qui m'intéresse aujourd'hui. J'ai pratiqué l'histoire, la géographie, l'astronomie, et il me semble que les travaux du cabinet royal de cosmographie que Vous avez bien voulu me confier l'ont prouvé. Je supplie à genoux Votre Majesté de bien vouloir favoriser ma nouvelle entreprise. »

La réponse, positive, du Roi n'a pas tardé. Il me restait à régler avec l'Intendant l'armement des navires, le nombre et le choix des hommes d'équipage, les réserves, les chevaux que l'on chargerait à bord. Moi qui avais visité toutes les cours de l'Europe méditerranéenne pour implorer de l'aide, je voyais brusquement s'abattre le mur que jusque-là on avait toujours opposé à mes tentatives. Je n'osai trop y croire au début. Mais très vite je compris que le Royaume, la lutte contre les Maures achevée, l'unification en passe d'être accomplie, rêvait de quelque aventure d'éclat et qu'il me revenait d'être l'artisan de cette nouvelle extension navale.

Ont-ils oublié mes échecs ? Mes trois voyages, je le redis, ont pourtant échoué. Chaque fois le naufrage, le sang, la cendre. Pourquoi en serait-il autrement cette fois ? Cette Rivière-Dieu que j'assure avoir repérée sous la foi d'un songe, cette rivière du sud que je vois s'ouvrir à cet endroit où le cosmos bascule, rien ne me dit qu'elle existe vraiment. Pourtant je veux la remonter parce que je devine que c'est la trajectoire de ma vie, que la ligne de ma destinée va épouser la courbe du monde et que d'elle à moi, il y a les dernières années de mon existence, années que je ne passerai pas à lire et tracer les cartes, mais à arpenter les eaux, comme j'en ressens désormais la nécessité profonde. Aurais-je eu auprès de moi une femme, mes fils, tout eût été différent. Mais tout au fond de l'église San Bernardo, une pyramide de cercueils m'indique que je n'ai plus rien à faire ici.

Ma maison est vide depuis que j'ai demandé que l'on transporte dans ma cabine mes livres et quelques-uns de mes objets, de mes souvenirs personnels. Quelques mèches coupées au moment de la toilette funéraire de ma femme, des quilles et des toupies qui ont appartenu au dernier de mes fils. Les loges de la bibliothèque sont désertes. Dehors le vent écume. Je suis à quelques heures de mon départ, mais j'attends depuis si longtemps cet instant — une éternité — qu'il me faut me faire violence pour y croire.

Le Roi a fixé le départ au Vendredi saint. J'aurais préféré que l'on attendît la fin du triduum pascal. Bien entendu je me suis plié devant la décision royale.

C'est donc ma dernière nuit ici. Mendoza est venu tout à l'heure me dire qu'après la flagellation des moines, le Christ serait posé à la proue de mon vaisseau. Je pourrais passer cette dernière nuit à fouiller les tiroirs, à visiter une à une les pièces de cette maison. Ma chambre même me paraît inhospitalière depuis que l'on y a enlevé les portraits de ma femme et de mes fils. La pierre nue de la cage d'escalier, les boiseries de mon bureau et des salons suintent. Si j'ai été heureux ici, c'était il y a bien longtemps. Je me revois plongé dans l'ombre de la bibliothèque après que mon dernier voyage eut échoué : les trois navires démantelés, quelques rares survivants. Je suis resté prostré de nombreuses journées, incapable de manger ou de boire. Je me croyais prédestiné à la mer. Je l'étais en fait à la mort.

La ville est étrangement vide et silencieuse. Même les quais auxquels sont amarrées les chaloupes qui nous mèneront à l'escadre sont pratiquement désertés. J'ai voulu entendre la messe du Jeudi saint à San Bernardo. Je me suis glissé par les bas-côtés dallés de pierres tumulaires jusqu'au chœur. Totalement anonyme. Suis-je si défiguré par l'âge ? Il est vrai que depuis des années je ne sors guère de la maison et du cabinet de cosmographie. Mendoza, en diacre, assistait l'archevêque. Le visage terreux, la prunelle vive. Je l'ai longuement observé. Agenouillé au pied du cardinal, tenant les feuillets du prêche. Sandoval, lui, n'a pu s'empêcher d'opérer un rapprochement entre le Vendredi de la Rédemption et le grand Vendredi de notre expédition. Ce qui m'a ému surtout, bien plus que les allusions du cardinal au départ pour la Rivière-Dieu, c'était le rite du Lavement des pieds émergeant des ors et de la neige des chasubles, les pieds nus des enfants et des vieillards ruisselant dans le bois des stalles, ces beaux éperons de chair blanche soudain vénérés, baignés par l'aiguière, baisés par le vieux cardinal aux lèvres dures. Devinant que je ne vivrais pas de si tôt une telle messe — la chapelle de ma cabine ne peut contenir qu'une douzaine de personnes — j'ai joui à fond de celle-ci, de ses ors, de son encens et de son suif, de sa poussière aussi soulevée par le va-et-vient des cérémoniaires, de ses torches qui laminaient les crucifix des retables, j'ai joui de ce déferlement de lumières et d'odeurs jusqu'à connaître une sorte de nausée délicieuse qui me lavait le cœur et l'âme, au bord de la rupture et de l'évanouissement.

Puis je suis rentré au cabinet de cosmographie. Toujours cette impression de ville solitaire et damnée. J'ai retrouvé mon bureau, les cartes devant lesquelles j'ai préparé l'expédition. Le froid humide de l'église avait pénétré mon corps. Dessous les cercueils flottaient. Je les entendais heurter la paroi de la crypte. J'ai saisi une torche que j'ai vite allumée et je me suis introduit dans le goulot des escaliers qui descendent à pic vers la chambre souterraine. L'humidité permanente avait recouvert les marches d'un mince parement d'algue. Il fallait se cramponner à la rampe pour ne pas déraper. Quand j'ai descendu quelques marches, j'ai eu une sensation troublante. La crypte ennoyée se découpait dans la mâchoire des pierres comme je l'avais toujours imaginée, mais surtout m'arrivaient des cris, de longues plaintes, on eût dit d'agonisants. Je suis resté un instant interdit, à la fois frappé et ému par ces voix poignardées. La torche éclairait maintenant l'eau noire, des chauves-souris affolées couinaient en se fracassant contre la voûte. Les cris m'obsédaient, stridents, coupés de longs silences. Et les cercueils des amiraux dérivaient telles des barques sur l'eau noire. Les plaintes plongeaient dans la crypte depuis les bâtiments supérieurs ou montaient des tombes aquatiques, je ne savais trop. Je restais là, pétrifié, le dos cassé sous la voûte basse, paralysé par le spectacle de l'eau funéraire et les tessons sonores qui résonnaient dans les galeries. Puis, soudain, je pensai au monastère voisin : entre la cathédrale et le cabinet de cosmographie, c'étaient les moines qui, hurlant sous le fouet aux lanières de plomb, roulaient mon Christ dans la sciure de leur sang et de leurs larmes.

J'ai remonté discrètement les marches en direction du cloître. J'ai traversé la géométrie austère des arcades et des chapelles. Il fallait obliquer pour atteindre la nef où s'étaient entassés les moines. Je me suis glissé derrière une grille. Les bougies éclairaient faiblement la grande salle au carreau froid. Dans le chœur des voix entonnaient des psaumes. Devant moi, à quelques pas de la grille, un jeune homme offrait son dos nu à la furie du fouet. Et, à chaque coup, les lanières traçaient leurs balafres sanglantes. Le moine semblait souffrir atrocement, ses pieds nus tendus, son buste arc-bouté disaient la souffrance qu'il endurait. Le fouet s'acharnait dans le bruissement des voix. J'allais crier pour demander qu'il fût mis fin au supplice quand le jeune homme s'est renversé, terrassé par la douleur. Son visage ascétique, raviné de sueur sanglante était là, à portée de main, détruit, huilé par les cierges qui vacillaient derrière la herse : Frederico de Mendoza.

J'ai regagné ma bibliothèque, rempli d'une rage sourde, dégoûté par le christianisme ténébreux et sauvage du Royaume. J'allais devoir partager des mois, des années peut-être, avec ce Mendoza que j'avais vu rouler dans la douleur comme s'il eût été ivre. L'image de son corps meurtri, tatoué de balafres et de plaies, m'habitait jusqu'à l'hallucination. M'imposerait-il sur le bateau ses séances de mortification ?

Le départ était dans quelques heures. Je voulais être tout à la pensée de mon expédition. J'avais accumulé en moi une horreur telle de ce Royaume, de cette ville et de ses rites qu'il me fallait vraiment partir. Après les pieds purs des adolescents, l'eau de la crypte et la flagellation sanguinaire de Mendoza, un souvenir occupait ma conscience. Unique, lumineux. Déferlait sous mes yeux une campagne de vergers, de mûriers, d'orangers. Une végétation féconde et luxuriante malgré le sol pierreux et l'aridité des terres. Et j'étais là, enfant, couché au milieu des herbes, à observer le ciel d'un bleu lisse. Ecrasé de chaleur, l'oreille envoûtée par le crissement des insectes. Une tortue, que m'avait donnée un vieux marchand ambulant, dormait près de moi, dans cette campagne dévastée de soleil. Le monde s'intensifiait, en même temps qu'il s'épurait. Rumeur aiguë de cigales, essence des feuillages, poussière végétale qui voletait dans l'air immobile. La tortue arquait son superbe dôme d'écailles. J'en aimais la ligne et le dessin des tuiles. Les vergers, les feuilles frémissantes, les oiseaux, les insectes et les fruits gravitaient autour d'elle. J'avais conscience de ce mouvement — et de cette attraction — dans une euphorie bourdonnante qui m'engourdissait tout le corps.

Ce soir-là, les membres rompus, l'âme hagarde, à quelques heures de mon départ sur les eaux ténébreuses — le Bassin noir des Maures —, je voyais la tortue de Grenade s'élever lentement et envahir tout le ciel.

II

Ce Vendredi saint, les eaux se sont ouvertes pour moi. Ni le ciel, ni le rideau du Temple, simplement le large. Les sept vaisseaux de ma flotte ont pris la mer. J'en égrène les noms avec fierté : *Colomban* — qui abrite les reliques, le trésor et les moines —, *Orion*, mon vaisseau amiral, *Lux, Ossuna, Madeba, Belphégor* — le navire écurie — et *Escurial*.

J'ai pris possession de ma cabine, sous le pont. Mendoza, alors que je lui proposais de monter à bord de l'*Escurial*, m'a rejoint sur l'*Orion*. Une brume épaisse s'est abattue sur la mer comme nous levions les ancres. C'est à peine si la Cour, massée sur le rivage, a vu les voiles marquées du sceau du Christ se gonfler dans le vent du départ. Les sept vaisseaux de ma dernière expédition voguent donc vers l'ouest. Je veux les mener entre la Corne de l'Inde et l'Eperon d'Orion. C'est là que j'imagine, au fond des replis rocheux, l'estuaire de sable de la Rivière-Dieu. Je l'ai repéré, dessiné sur les cartes, situé dans cette autre partie du monde que visite aussi Orion, la constellation qui guidera notre course.

Etrange l'action de la mer et du vent sur ma peau vieillie. Dès que les moines du *Colomban* ont eu fini de chanter leur messe, sous mon grand Christ dressé à quelques pas en deçà de la proue, j'ai fait tonner le canon du départ. Puis je suis resté, immobile, le dos tourné à la côte, les mains serrées contre le bois de la Croix. L'air et l'eau me brûlaient. J'entrais lentement dans leur étreinte, ce feu pur, sournois, qui couve sous l'écume. La nuit arrivait, déployant sur l'eau sa cendre meuble. Il me semblait que le vent continuait à m'attaquer, comme sous l'effet de l'érosion inexorable qui me rinçait le crâne. Le froid de l'eau, de la nuit assourdie de brume me gagnait. Et je brûlais — c'était une souffrance atroce — sous le Christ dont les bras étendus traçaient l'axe du monde. Près de moi, à quelques encablures déjà, j'entendais glisser la cathédrale du *Colomban*, cliquetis d'ossements, prières sonores que réverbéraient les étoiles. Des chevaux hennissaient, là-bas, très loin, devant nous, galops fous dans le ventre du *Belphégor*. L'eau, l'air, leur dissection froide continuaient à me tanner la peau. J'avais sans doute trop vécu dans la bibliothèque parmi les cartes. Mon visage bouffi avait molli sous les larmes. Et cette nuit du grand Vendredi où l'Occident méditerranéen pleurait son Christ mort, dans la brume, l'écume et l'étoile, je me composais un nouveau visage. La position immobile sous la Croix, dont je voyais les montants se découper sur la crête des vagues, la chimie pure des éléments, le guet que je m'étais imposé, attaquaient ma chair : je sentais mon visage se vider, la pulpe, le passé se creusaient en cette nuit de terreur, je vivais seul la mortification de l'Occident, l'épine et les clous rutilaient pour moi sur la mer, seul à la proue de l'*Orion*, je porterais le heaume du veilleur.

J'ai plongé dans le sommeil. Quelque temps après — une durée impossible à calculer — j'ai cru discerner des cris, un branle-bas terrible sur le pont et dans les soutes. Au même moment, Mendoza surgissait dans ma cabine en criant au feu. J'ai d'abord pensé que le feu avait pris dans les soutes. Déjà Mendoza m'entraînait sur le gaillard d'arrière. J'ai vu alors une gigantesque forme qui rougeoyait dans la nuit. Tous mes hommes d'équipage s'étaient massés, brusquement silencieux. Un silence irréel, pesant, celui qui prélude à l'avènement d'un cataclysme.

Le navire qui brûlait était loin de nous, le dernier des sept, l'*Escurial*. Je l'ai immédiatement reconnu. Ses trois mâts enflammés le hérissaient de glaives cosmiques. L'*Escurial* était trop loin de nous pour que nous pussions intervenir, ou même recevoir les cris des marins qui devaient y flamber. Seule nous parvenait, dans le vent, l'odeur de paille et de chair calcinée. Une odeur vivante qui jaillissait du navire flamboyant, volait parmi l'écume et emplissait l'espace. Une odeur de terre. L'*Escurial* qui brûlait nous rattachait une dernière fois à ce continent, et sa fournaise réchauffait la brume. Nous vîmes un moment des silhouettes enveloppées de feu sauter à la mer, des formes noires aussi qui gesticulaient et s'enfonçaient dans la nuit.

A mes côtés, Mendoza, blême, s'était jeté sur le pont et il priait. J'étais à la tête de ce silence plein de menaces qui m'assaillait, entre la rage muette de l'équipage et le grand météore qui flambait devant moi. Terrifié ? Non, vidé de toute crainte. Nous étions encore à faible distance des côtes. Les vigiles placés tout au long du rivage avaient certainement déjà repéré l'*Escurial* en feu. Signe terrible. La malédiction était sur nous. Sur moi. Il en serait de ma quatrième expédition comme des trois qui l'avaient précédée. La pensée avait le temps de se déployer dans la contemplation immobile.

Bientôt je vis le feu monter en une circulation implacable et dessiner la structure du vaisseau, détail après détail. Mirage ? Vision fabuleuse ? Les hommes autour de moi hurlaient. Et leur cri accompagnait l'effondrement de l'*Escurial*. Clameur haineuse, horrifiée. Sur le pont de l'*Orion*, l'odeur de cendre et de cheveux et d'os brûlés était insupportable. Le vent avait viré, nous apportant les derniers crépitements de l'incendie. Des braises flambaient encore sur les flots. Je ralliai ma cabine en regardant le grand Christ levé devant la lune cadavérique. On eût dit que l'*Orion* avançait dans la cendre. Des marins continuaient à hurler, d'autres pleuraient. J'avais abandonné Mendoza à sa prière. Nous faisions route, toutes voiles dehors.

Je songeai un instant aux hommes de l'*Escurial*, à son capitaine. La révolte couvait sur l'*Orion*. J'étais fourbu, incapable de parler. Avant de rentrer dans ma cabine, j'annonçai simplement que notre expédition se poursuivait et que l'incendie de l'*Escurial* ne remettait rien en cause.

Mendoza est arrivé peu de temps après, sans même prendre le soin de frapper. Il s'est avancé. Il était livide. L'effroi, la tension nerveuse lui sabraient le visage, permettant de lire sous la peau le dessin des muscles. Ses yeux roulaient dans des orbites démesurées.

— Il faut rentrer. J'ai reçu la consigne formelle de la part de Sa Majesté de vous donner l'ordre de rentrer au premier signe de malédiction.

Tout en parlant, il continuait à s'avancer vers ma couche. La colère, ou la peur le faisaient bégayer.

— Au premier signe de malédiction, ai-je simplement relevé. Et quel est ce signe ?

— Amiral, vous n'appelez pas signe de malédiction un vaisseau qui brûle ? Vous avez parcouru toutes les cours d'Europe comme un gueux, quémandant l'autorisation d'embarquer, je vous rappelle que vos trois expéditions précédentes ont échoué, et celle-ci est elle aussi en passe d'échouer.

— Vous avez peur ?

— Certainement pas !

— J'admets que tout ceci vous change de votre couvent augustinien et des élucubrations de clerc. Sachez, mon jeune ami, que cet incendie déplorable — il doit s'agir d'un matelot ivre qui a involontairement mis le feu aux soutes — ne change rien à ma décision. Vous avez raison de dire que j'ai visité les cours d'Europe comme un gueux. Eh bien, je ne suis plus un gueux. Je suis maintenant le maître et vous m'obéirez. Peu m'importe le Roi ! Je ne lui appartiens plus. Un marin n'appartient qu'à la mer. Vous vous plierez à mes exigences.

— Je rapporterai vos paroles au Roi ! — Mendoza hurlait littéralement, arpentant la cabine de part en part.

— Auparavant vous suivrez l'expédition dans sa totalité. Nous avons devant nous des mois de route et je ne sais pas ce qui m'attend là-bas. Vous allez vous calmer, je vous annonce que toute tentative de sédition sera sévèrement réprimée. Il nous reste six vaisseaux. Tant pis pour l'*Escurial*. Réjouissez-vous ! Vous auriez pu y embarquer...

Je n'ai pas pu poursuivre, Mendoza était déjà sorti. L'émotion, la peur, la colère que je venais de mettre dans cette conversation m'avaient abattu. Je revoyais l'*Escurial* embrasé s'enfoncer sous les vagues, et le Christ écartelé dans la nuit lunaire. J'étais trop vieux, trop blessé aussi — bien que l'épaisseur de mes cicatrices m'apparût inviolable — pour renoncer à l'ultime projet de mon existence. Deux mots, parmi ceux que le jeune espion halluciné venait de prononcer devant moi,

34

m'avaient marqué : *gueux* et *malédiction*. Et je me revoyais, gueux maudit implorant la faveur des rois. Précisément j'avais suffisamment imploré. Mes genoux portaient encore les cals des mendiants qui s'inclinent pour baiser les pieds des souverains. Bien que je souffrisse du poids de toute la vieillesse du monde, j'étais désormais le maître. Plus de roi, de contrainte, d'interdits, de comptes à rendre. L'épreuve de force était engagée avec Mendoza, mais déjà j'avais l'intime conviction qu'il se plierait entièrement à mes exigences. Je n'appartenais plus à aucune cour. Je ne me reconnaissais de maître que dans ce beau Christ aux embruns qui dominait la proue de l'*Orion*. L'expédition continuait. C'était là l'essentiel. Ma réputation continuait aussi à me poursuivre. Déjà, sans doute, les guetteurs alignés aux confins du rivage avaient répercuté la nouvelle : un des vaisseaux a brûlé, la quatrième expédition sera encore plus atroce, plus sanglante. L'incendie de l'*Escurial* me confortait dans le pressentiment, et désormais la certitude, de ma malédiction. J'étais vraiment le gueux maudit de Mendoza. Sans doute l'*Orion* était-il promis au même destin que l'*Escurial*.

J'eus du mal ce soir-là à trouver le sommeil. Les cris de Mendoza, sa colère froide, la misaine enflammée de l'*Escurial* me hantaient. J'étais trop âgé pour chercher le moindre apaisement dans une prière. Je m'emparai de la carte jaunie qui jouxtait ma couche : la Rivière-Dieu s'enfonçait sous la Corne de l'Inde. Les géographes latins l'avaient devinée, le cartographe Alcide en avait décrit l'eau volcanique. Elle m'attendait, moi le maudit, moi dont tous les veilleurs du Royaume, cette nuit, clamaient la malédiction. Avant de sombrer dans le sommeil, j'eus un regard pour ma femme et mes fils dont les portraits moisis occupaient les quatre loges frontales de la bibliothèque. Enfin je glissai entre le bruissement de l'écume et l'écho de mon nom maudit.

Au réveil, la mer était calme, ensoleillée. Je l'apercevais par les hublots de ma cabine, derrière les vitres épaisses. Un des officiers, Alvarez, vint m'annoncer que l'on avait repêché quelques débris de l'*Escurial* et le corps d'un marin à demi calciné. J'ordonnai aussitôt que ces tristes reliques fussent rejetées à la mer. Je demandai également qu'on me laissât en paix. Je ne souhaitais pas recevoir de sitôt la visite de Mendoza. Quand Alvarez se fut retiré — il comptait parmi les officiers loyaux qui ne m'avaient pas privé de leur soutien après la tragique expédition du premier *Orion* —, je pus enfin retrouver très nettement le cauchemar qui m'avait harcelé pendant mon maigre sommeil. Il avait pour cadre l'église San Bernardo où je m'étais rendu la veille du départ pour la messe du Jeudi saint. Eglise vide cette fois. Je me souvins d'avoir vu des hommes vêtus de noir soulever la dalle funéraire de ma femme et de mes fils, éventrer les cercueils à coups de pioche, puis traîner les cadavres putréfiés jusqu'au fleuve où d'autres hommes les avaient jetés sous les cris d'une foule en délire. Je m'étais réveillé en sueur, le cœur battant, au moment où le visage de mon dernier fils, Pedro, s'engloutissait dans le courant. Ce n'était pas la première fois que mes morts me poursuivaient. Je revivais pratiquement toutes les nuits leurs lentes agonies. Mais jamais mes rêves n'avaient mis en scène la profanation de leurs tombes. La vue d'une mer limpide sous un ciel blême et ressuyé acheva de me calmer. Alvarez était au gouvernail. Mendoza quelque part dans les soutes. Des nuées d'albatros et de pétrels nous suivaient. Les cinq autres vaisseaux de ma flotte nous accompagnaient. Nous faisions toujours route vers le sud-ouest.

J'étais là à la proue de l'*Orion* à scruter les jeux de moire et d'émeraude de l'eau lorsque je perçus des éclats de voix, un bruit de bagarre. Je courus immédiatement sur le pont. Un jeune marin d'une quinzaine d'années baignait dans une flaque de sang, l'œil révulsé, la joue fendue d'une longue balafre. Mon arrivée surprit le cercle des matelots. Je demandai ce qui s'était passé. On m'assura que le garçon avait glissé d'une échelle comme il manipulait un couteau. Je voulus me satisfaire de cette explication. Je n'étais pas dupe. De vieux matelots s'étaient tout simplement disputé le jeune, et dans leur combat ils l'avaient sacrifié.

J'entendais cependant que cette dépouille fût lavée et bénie avant qu'on ne la lance à l'eau. Le corps sanglant fut porté jusque dans ma chapelle. La peau avait bleui, se constellant de minces veinules violacées qui donnaient au jeune mort une physionomie terrifiante. C'était le moment d'appeler Mendoza pour qu'il bénisse le cadavre.

Je m'agenouillai un instant, tout en regardant les vieux marins de l'*Orion* déshabiller et laver le corps. J'ai toujours admiré la douceur des gestes des marins qui préparent les corps, souplesse, tendresse de la paternité ou des amitiés charnelles. Les vêtements étaient tombés : apparaissait maintenant un torse, comme crispé dans l'ultime spasme, et dessous l'abdomen entaillé, crachant sa provision d'intestins et de chairs sanguinolentes, le sexe aussi, noyé de sang, membre blanc et rabougri des puceaux. Je vis Mendoza blêmir dès qu'il aperçut le cadavre. En avait-il déjà rencontré ? Il ne connaît pas le visage de la mort celui qui n'a jamais vu de cadavres ainsi détruits. A vingt ans, avec mon père, j'avais pratiqué les premières autopsies illicites sur des corps de pendus et de suppliciés. Mendoza était immobile devant le cadavre, incapable d'articuler la moindre parole ou d'esquisser un geste de bénédiction. Il captait de ses yeux hallucinés l'image de ce corps traversé de balafres, non plus le corps diaphane des représentations de l'Eglise, un corps percé, fendu, révélant ses profondeurs d'organes, sa boue de sang. Même les crucifixions ou les dépositions de croix des peintres mystiques du Royaume étaient loin de saisir et de restituer cette violence et cette horreur. J'aimais, moi, que Mendoza vît jusqu'au bout ce qu'était l'incarnation et je suppose encore qu'il était loin de deviner ce qu'avait été l'origine du drame.

Il prononça, en latin, une courte bénédiction puis sortit sans tarder. Il était à peine dehors que je l'entendais vomir et se tordre de douleur.

Je laissai les vieux marins jeter le cadavre. Mendoza saurait-il raconter cet épisode dans sa relation au Roi?

Les grandes voiles claquaient : j'aimais les voir se tendre dans le vent qui nous poussait loin des côtes. Cette rupture, cette fuite en avant me délestaient. Je retrouvais une nouvelle jeunesse. Il me suffisait pourtant de rejoindre ma cabine pour rencontrer les spectres de mes morts. La mer liquidait ma mémoire. Je quittais brusquement le carcan de mon origine et de mon individualité. Il ne restait rien de mes errances et de mes deuils. La mer me lavait de ma cendre et j'étais là, porteur de ces cartes et de ces itinéraires, en quête de ce monde nouveau, peut-être inaccessible, de cette rivière qui descendait dans le ventre de la terre. J'avais réussi à partir. Peu m'importait ce qui m'attendait. Tout était préférable à l'étude prolongée et immobile des cartes.

Je n'apercevais plus de repères humains. Ni murailles, ni forts, ni donjons, ni créneaux de vigie. Seulement la mer, la vieille mer d'Ulysse, peuplée de monstres, de divinités, de refuges secrets et de héros légendaires. La mer avec sa peau cuirassée, plissée de vagues, d'écume, de lames, ce lourd suaire d'embaumeur. Elle me fascinait, bleue, verte, telles étaient ses couleurs depuis le départ. Et alors que j'aurais dû, depuis longtemps, relever le pilote, reprendre les cartes, calculer l'incidence des astres et déterminer la route, je me laissais emplir de sa lumière, de sa rumeur. J'entrais dans son éternité égal d'Ulysse et de Noé. J'habitais son ivresse. Elle réveillait ma soif de l'infini. Oubliés le Royaume, son christianisme rigide, Mendoza, le cauchemar nocturne, l'incendie de l'*Escurial* et l'assassinat du matelot. J'étais seul, debout sous le Christ dont le corps gothique ruisselait de soleil, saisi par l'intense réfraction qui changeait l'océan en arc de lumière, traversé de cris, de vols blancs, de furies grises d'oiseaux, seul entre la voûte céleste et les soutes de Sodome.

Parfois, au hasard des variations du vent, l'écho des messes du *Colomban* me parvenait. Cliquetis d'ostensoirs et de reliques. Mais le seul ostensoir qui retînt ma contemplation, le seul, tout au bout des flots, à la source du monde, comme une pupille gigantesque levée sur le carnage des eaux, le seul dont j'aimais le crépitement, l'incendie mat, c'était le soleil qui guidait ma course. Avais-je vécu tant d'années enfermé dans cette sinistre salle de cosmographie au-dessus de la crypte aux cercueils flottants ? J'avais désormais peine à y croire. J'étais contemporain de la genèse.

III

Des jours de mer, et je crois bien que pas un homme de l'équipage n'imagine l'estuaire de la Rivière-Dieu. Il arrive qu'Alvarez ou quelque autre des officiers du Roi me demande comment je vois cette rivière, les végétations qui la bordent, et les terres, les peuplades. Je crois que le nom les charme. Le monde sera, à mon sens, complètement repéré lorsqu'on aura repoussé ses limites jusqu'aux sources de ce fleuve. Racines du monde et du temps. Il manque toujours cette rivière sur toutes les cartes que j'ai contemplées, celles d'Ottavio Fabri, à Venise, par exemple. Peut-être suis-je simplement venu au monde pour ajouter ce nom, remonter cette rivière, et, ce faisant, explorer les profondeurs du cosmos.

La notion de limite, ou de frontière, m'est toujours apparue suspecte. Les Maures grèvent le monde d'une énorme masse d'eaux noires qu'il ne faut surtout pas visiter. Leur vision de l'univers s'arrondit autour de cette béance sombre, de cette pupille plissée de vagues ténébreuses. Il y a la terre stable, appréhendée, et de l'autre côté le bassin

41

noir, ce Bahr-al-Tamet où rôdent les ombres. Toutes mes réflexions, tous mes travaux, depuis l'enfance et les conversations avec mon père, et ensuite avec tous les cartographes, les navigateurs ou les érudits que j'ai rencontrés, de l'Italie à l'Afrique, et jusqu'au Royaume, m'incitent à penser que le monde, c'est-à-dire pour moi l'ensemble des choses sublunaires, se déploie depuis une source, irradiant dans le temps et dans l'espace, une faille que je vois se dérouler comme un fleuve, et d'où procèdent les éléments et les règnes. C'est donc cette source vers laquelle je navigue, et fais naviguer tous ces bateaux et ces hommes, une source d'où naîtraient les eaux mêmes de la mer, énorme volcan sous-marin.

Je passe désormais des heures à écrire. La nuit j'observe longuement les astres, Algol et la Croix du Sud. J'ai fait doubler le plafond de ma cabine d'une coupole de bois peinte en bleu sur laquelle je dessine et j'incruste progressivement les étoiles et les constellations que j'étudie. Nous sommes depuis quelques jours entrés dans un temps de bonaces. Dans les soutes, les marins boivent. Leurs cris, l'écho de leurs jeux ou de leurs bagarres remontent jusqu'à moi comme j'écris. J'ai toujours l'impression d'entendre le murmure des prières du *Colomban*. Depuis que nous avançons si faiblement, j'ai soudain l'illusion de mieux lire en moi. Je saisis presque dans sa totalité ma biographie éclatée, tant il est vrai qu'une vie charrie de multiples fragments d'espaces et de villes : Venise, le Royaume, les bribes d'enfance d'où ressort le souvenir de mon père, les voyages successifs et leurs rudiments de découvertes ou d'échecs, le désert des Maures, la séduction de l'Infidèle, je commence enfin à relier et à déchiffrer tous ces fragments de mon origine.

Mendoza est entré l'autre jour dans ma cabine, comme je finissais d'écrire le récit d'un de mes premiers voyages. Il me semble qu'il vit mal l'enfermement du bateau : ses joues, déjà maigres, se sont creusées encore, son visage m'apparaît comme une géométrie d'arcades et d'arêtes qui laisse voir la transparence de l'os. On dirait qu'il ne cesse de remâcher le souvenir du matelot assassiné. Je crois même deviner dans ses yeux l'éclat trouble de la nausée. Il entre respectueusement, inspecte d'un regard ma cabine, sa voûte bleue. Quand il arrive chez moi, il a, croit-on, visité tous les ponts, tous les niveaux de l'*Orion*, et sa lassitude, mêlée au sentiment aigu de sa captivité, le mène presque naturellement à ma cabine. Je n'ai pas oublié la crise cinglante qui a suivi l'incendie de l'*Escurial*. Vigilant, il continue à tout observer et à m'épier, mais je perçois les premiers signes d'une prochaine incapacité à écrire. Ainsi va, en général, la découverte douloureuse de l'enfermement.

Les mots vont bientôt lui manquer. Sa pensée rumine quelques images affreuses qui évacuent le verbe : la dépouille sanglante du matelot, l'effondrement de l'*Escurial* embrasé, l'horreur de la captivité sur l'*Orion* pour des mois, des années peut-être. Je crois que sa faculté de penser et d'écrire s'évide en même temps que son visage, et, dans ce creusement atroce, cet amincissement qui décape l'os, seuls se gonflent les yeux, livides, comme des poulpes injectés de sang, chargés de toute l'horreur des visions qu'ils ressassent.

Je finissais donc d'écrire lorsqu'il est entré : la relation d'un vieux voyage dans une ville du Nord. Il ne me restait que quelques lignes pour conclure. J'ai continué sans prêter attention à lui, il glissait le long de la bibliothèque, caressant du doigt les sermons de saint Augustin qu'il est capable de réciter en grec, j'achevais moi mon voyage, mon premier voyage, et je détaillais longuement ce que j'y avais vu. Il glissait toujours le long de la muraille de livres. Je me souviens de son profil tranchant découpé sur la bibliothèque dans la lumière cuivrée du soir. Comme j'en ai pris l'habitude, je me suis mis à relire, à voix haute, les pages que je venais d'écrire. D'abord timidement, un peu gêné par la présence de l'intrus, puis le bruit de ma voix et celui du voyage ont rempli la pièce, bruits de la ville visitée, fracas des pas sur le pavé moussu, et la lumière du fjord montait, noyant la cabine, effaçant définitivement la silhouette de Mendoza.

J'avais quelque chose comme dix-sept ans, j'avais embarqué sur un bateau de marchands. Je découvrais le négoce de l'étoffe, de la tapisserie et des pierres précieuses : les brocarts, les tapisseries

tissées de fils écarlates, les gemmes, les rubis.
Nous visitions toutes les anfractuosités de la côte
nordique, escarpée, surplombée de feuillus aus-
tères qui laissaient tomber une lumière décapante
et nue. Une sensation d'humidité glaciale nous
gagnait comme nous nous engagions dans les
fjords. Il fallait d'urgence revêtir les peaux de
mouton. L'eau étendait son bouclier sombre. Les
hautes falaises amplifiaient la résonance des cris
des oiseaux de mer. Je revois l'entaille profonde
du fjord, l'eau par endroits très verte, l'alternance
des résineux et des feuillages d'automne, et surtout
le resserrement progressif du golfe jusqu'à la ville.

La remontée avait duré quelques heures.
L'anfractuosité semblait particulièrement inhospitalière, l'équipage craignait un peu ce qui l'attendait : combien de vaisseaux en effet avaient ainsi
été pillés puis mis à feu au fond des fjords ? C'est
cela pour moi le voyage, l'angoisse primordiale de
l'explorateur, cette remontée à travers les pans
d'ombre qui dévalent des falaises et s'écrasent sur
l'eau, cette peur qui saisit l'explorateur de la tête
aux pieds, creusant les viscères d'une appréhension secrète, cette découverte d'un *lieu vide*,
seulement hanté de froissements d'ailes géantes,
de remous lumineux. Et le chenal qui s'amincit, les
falaises qui s'abaissent jusqu'à presque se rejoindre, l'ombre profilée de la citadelle, l'eau qui
s'éclaircit, nouent les entrailles de ceux qui approchent, lentement, résolument, jusqu'au noyau, le
sanctuaire vrai auxquels ils vont aborder, veilleurs
vierges d'une entaille primitive du monde.

La ville se dressait tout au fond du fjord, enchâssée dans un rond de murailles pluvieuses. Nous accostâmes au port, à quelques pas de la poterne centrale. Les forêts de résineux continuaient par-delà les remparts. La tour d'une haute église mêlait sa flèche à l'alignement des troncs. La ville était le lieu d'une intense activité commerciale : je me souviens que nous échangeâmes nos pierres contre des statuettes religieuses. Pourtant une étrange épidémie commençait à ravager la cité portuaire et l'on faisait flamber, au coin des rues, le mobilier et les effets des mourants. Des corps putrescents jonchaient le pavé. Nous avions reçu l'ordre du capitaine de notre bateau de ne pas nous aventurer dans la ville haute, derrière les murailles.

L'essentiel de l'activité du négoce se déroulait au port, mais la vue de la ville claquemurée, enfoncée sous ses pans de sapins noirs, déchaînait en moi l'envie de m'y perdre. Je marchai donc des heures dans la cité close, arpentant les venelles, les coupe-gorge qui incisaient la misère putride, m'égarant dans les hauteurs, presque au niveau des bois, sur un belvédère qui permettait de surplomber les tuiles vernissées par les pluies ; c'est là qu'au terme de ces courses, de ces marches solitaires, j'étendais mon corps fatigué, ivre de cette ville et de la peste qui la gagnait. Etrange ville que celle-là, et pourtant j'ai oublié son nom, mon âme méditerranéenne n'a pas su retenir ses consonances humides. En revanche, j'ai conservé le souvenir exact de sa topographie, mon corps

46

même a gardé en lui l'empreinte de ses rues, de son labyrinthe escarpé qui se déployait le long d'échoppes et de maisons à pignons rouges ou à colombages, mes muscles ont capté cette écriture aux jambages cahoteux, pavés sinueux, rampes abruptes, escaliers envahis de corps de mendiants.

Tout en marchant, en découvrant les dessous de cette architecture, les galeries de cette bogue pierreuse, l'image de la remontée de l'estuaire m'habitait, les flancs de pierres et de bois, le jour vert transpercé de fumées métalliques, l'eau épaisse, alourdie de vases et de troncs pourrissants. Un instant j'avais eu l'impression de m'enfoncer dans une tranchée du monde, une nef striée d'ombres jusqu'à la ville dont j'aimais le contour de murailles, le dessin denté des créneaux. A force de déambuler, je découvris enfin une immense église — celle-là même qui portait la haute flèche — au sommet de marches. La peur de la peste faisait qu'on y disait des messes presque sans relâche. La ville au fond du fjord s'ordonnait pour moi, à la fois dans son paysage, et à l'intérieur de ses murailles. Et l'ordonnance du lieu m'apparut plus encore quand j'eus trouvé au fond de la nef une statue étonnante qui suscitait la piété de la foule, notables, miséreux, clergé, enfants, tous mêlés. Une statue de Vierge allaitant l'Enfant qu'un vieux prêtre aux mains noueuses éclaira de torches quand il vit arriver l'*étranger* que j'étais. Je m'agenouillai respectueusement devant la statue dorée qui rutilait

47

sous le feu des torches. J'avais dû me frayer un passage parmi la foule des priants qui l'encerclaient.

L'obstacle de la langue faisait que le prêtre et moi nous communiquions par gestes. Soudain je le vis s'approcher de la statue posée sur l'autel, désigner une fente qui tranchait longitudinalement la Vierge en moitiés symétriques, puis l'ouvrir, comme une armoire ou un tabernacle, révélant au fond d'un sarcophage habillé de scènes peintes polychromes, une autre statue plus petite, qui représentait un vieillard avec sur ses genoux un Christ en croix. Au même moment l'image du fjord se resserrant progressivement jusqu'au cercle des murailles de la ville, puis jusqu'au ventre de la Vierge s'imposa à moi. L'estuaire convergeait dans ce ventre qui m'apparaissait comme la crypte profonde de la ville, et les eaux, les bois, les ombres naissaient ou revenaient à ces portes peintes, portes d'enfer et de nuit, lèvres nocturnes que je voyais s'entrouvrir sur la brèche initiale des choses.

Je restai quelques heures avec le vieux moine aux mains déformées au pied de la statue ; sa langue rude, à laquelle je ne comprenais rien, hormis quelques mots — celui de Christ en particulier, à peine abîmé par l'accent du Nord — s'éclairait dans la gestuelle qui l'accompagnait, et je parvenais à saisir le mystère de cette trinité dormante enfouie dans le ventre de bois. Rentré au bateau, j'appris qu'on m'avait cherché partout, je reçus même une sévère correction — quelques coups de fouet, ligoté nu au mât — mais le supplice d'ordinaire atrocement douloureux, je le sentis à peine, tant j'étais persuadé d'avoir un instant approché avec le moine qui m'expliquait ce ventre et l'énigme de cette statue l'unité et la source du monde. Les mots du moine, ombreux, roulant leur rocaille gutturale, vibraient encore en moi, annonçant la peste, le feu qui brûlait déjà au coin des ruelles, à moins que ce ne fût l'eau, l'eau purifiante issue des glaces blanches qui déferlerait dans le fjord, noyant la statue et son ventre noir.

J'ai relevé les yeux : Mendoza était là, face à moi, aussi décharné, aussi transparent que le soir du Jeudi saint au couvent de la cathédrale. Il m'observait d'un regard tenace. Ma cabine était embrasée des feux du crépuscule : par l'ouverture droite, j'apercevais une mer lisse qui se tendait sous une brume flamboyante. Autour de nous, les cuivres et tous les instruments de navigation, astrolabes, planisphères, compas brûlaient, innervés de cette lumière solaire et marine. Des ombres frôlaient sans cesse mes fenêtres. Fatigué par l'écriture, et la lecture de mon texte — je le découvrais en effet, il me semblait que je l'avais produit de manière quasiment instinctive, porté par la poussée du souvenir et le pouvoir magique du fjord —, je ne savais plus trop où j'étais, ni même qui j'étais. Je ne comprenais pas pourquoi il m'avait fallu me libérer de ce souvenir et de cette image de Vierge cryptique dès le début de mon dernier voyage. L'odeur des morues séchées que nous consommions sur le bateau m'arrivait maintenant, intacte, telle qu'en ma mémoire. De même la géographie compliquée de la ville, les aléas circulaires de son architecture, le manteau de forêts résineuses qui la continuait par-derrière, la haute flèche lancée comme un tronc minéral, tout cela s'imposait encore à moi, et j'étais là, inerte, l'œil hagard, face à Mendoza qui n'avait rien perdu de mon récit. Je crus un instant qu'il allait parler. Non, il demeurait silencieux, fermé dans ce silence lourd, obtus. D'ordinaire, du moins depuis que nous nous connaissions, c'est-à-dire juste depuis l'hiver qui avait précédé le départ, il serait sorti. Il restait là, immobile, tapi en lui-même.

Etait-ce l'image de la Vierge enceinte du cadavre de son Fils qui l'avait envoûté ? Devinait-il la raison de ce dernier voyage et l'objet de sa quête ? J'étais moi-même incapable de dire le moindre mot. Il me semblait d'ailleurs que toute parole que j'eusse prononcée eût peut-être brisé l'émotion qui était née de ma lecture, et à travers elle, de cette ville du Nord recluse au fond de son fjord, enceinte de sa statue et de sa peste. Sans doute Mendoza essayait-il de raccorder cette Vierge aux discussions théologiques auxquelles il avait peut-être pris part sur la Trinité et son mystère angulaire, à moins que plus froidement, il ne tentât de replacer ce souvenir dans ma vie, d'élucider sa force séminale dans la succession des événements qui avaient jalonné le cours de mon existence et que les rapporteurs du Roi lui avaient certainement confiés.

— Beau temps, ce soir, dit-il bientôt d'une voix incertaine et tremblée.

Je ne pus que répondre un oui ridicule. Je ne l'avais jamais entendu porter une appréciation positive sur le monde : ses études au couvent augustinien, ses pratiques mortifiantes, ses obsessions théologiques et, à présent, sa charge d'espion l'avaient assurément coupé de la réalité ambiante, tuant en lui toute perception poétique des choses. Or, mon récit venait de lui parler de bois, d'eaux, de fjord remonté, de ville pluvieuse et de Vierge dormante. Peut-être venais-je, bien malgré moi, de l'initier à la beauté du monde, dans cette frange fondamentale qui l'écartait du carcan sec de ses conjectures. Jamais la moindre considération sur la beauté de la flotte, la grandeur du vaisseau, la majesté poignante du Christ de proue. Il n'avait été jusque-là que cet œil tatillon occupé à tout enregistrer, tout noter. Il jouait scrupuleusement son rôle, et je le voyais ce soir, pour la première fois, révéler un soupçon de jubilation qu'il enterra bien vite sous son masque.

Il sortit, après m'avoir poliment salué. Au même moment la lumière déferla. Je vis sa silhouette se dissoudre dans une mer en feu.

IV

J'ai gagné le *Colomban* en chaloupe. Depuis
quelques jours en effet, nous voguons sur une
mer calme et chaude. Tandis que je m'absente,
je laisse le commandement de l'*Orion* à Alvarez.
Ce qui surprend dès que l'on monte à bord
du *Colomban,* ce sont les chants puissants des
moines. On a l'impression qu'ils chantent du matin
au crépuscule. Massés sur le pont supérieur, sur
une plate-forme de bois délavé qui décrit un arc de
cercle, ils entonnent sans discontinuer des canti-
ques, des hymnes, des psaumes et des répons. Du
capitaine au plus modeste matelot, il n'y a que des
religieux à bord de ce vaisseau. Je crois y avoir
embarqué l'effectif de deux ou trois couvents du
Royaume !

Soit les moines célèbrent leur messe sur le pont,
en plein air — et alors l'écho des cérémonies se
perd dans les vagues —, soit ils s'enfoncent dans
les profondeurs du vaisseau où les ébénistes de
l'Atelier de la Marine royale leur ont aménagé une
nef en forme de barque retournée. Leurs innombrables cellules jouxtent cette cathédrale marine

avec laquelle elles communiquent par de minuscules passages.

J'ai reçu un bel accueil de la part des moines du
Colomban. J'ai retrouvé le temps de cette visite le
christianisme austère du Royaume. J'ai communié
des mains du Prieur avant de visiter tout au fond
des soutes la litière de reliques qui leste le navire.
Le Prieur, ai-je cru comprendre, se réjouit à la
perspective de déposer ces reliques aux sources de
la Rivière-Dieu. Et il faut voir l'amoncellement de
tibias, de maxillaires, de crânes menaçants avec
leurs écrins, leurs reliquaires et leurs châsses
incrustées de pierres précieuses. Tous les saints du
Bassin méditerranéen, de Jérusalem à l'Egypte,
tous ces morceaux de leurs squelettes, dont les
marchands font commerce, échouent dans les
trésors des monastères du Royaume, bribes de
calottes crâniennes, vertèbres ou rotules, fragments divers, et ces particules d'os sacrés nous sont
indispensables pour ensemencer les terres nouvelles auxquelles nous allons aborder.

J'ai demandé à pouvoir rester seul dans le
grenier à ossements. Plus un bruit soudain, si ce
n'est celui de l'eau qui s'ouvre. Malgré mes
réserves farouches quant à l'authenticité sacrée de
ces reliques, je voulais méditer devant ce lit
fascinant, torrent de galets osseux que vient de
déserter la chair. Un immense ostensoir brillait à
l'endroit où s'épousent les parois de la soute.
J'étais envoûté par la clarté vive de l'hostie au
cœur de l'ostensoir, il me semblait même que cette
lumière brûlante s'éparpillait sur les ossements. Je

me suis allongé auprès des reliques pour mieux capter l'éclat de l'or sacré : les condyles, les fémurs brisés criblaient mon corps de leurs esquilles, j'avais la sensation d'être là, sous la voûte de bois dont le galbe pur réfléchissait les ailettes et les scintillations de l'ostensoir, comme dans un vaisseau céleste, porté par un vent d'étoiles, un vaisseau arrondi sous le ballet des météores, je ne voyais plus l'ostensoir et son cœur irradiant, la soute humide et sa rocaille de reliques, mais le cosmos incrusté d'or et les vestiges du soleil.

Un souvenir qui me revient : ce jardin d'enfance, nu, constellé d'arêtes, de pierres rudes, de végétations épineuses et de scorpions qui s'enterrent dans la poussière. Dans ce jardin, ma tortue, celle que m'a donnée le marchand ambulant. Je vois le jardin qui se redessine après la neige. Parce que l'hiver dans cet arrière-pays qui tient presque de la montagne nous laisse grelottants au fond des longues salles de pierre. Je reste là, près du feu, pendant que mon père travaille, écrit ou peint. Je suis seul près de lui. Peu de femmes dans cet univers sinon une vieille servante au dos rompu qui attise parfois la braise. La neige est là, dehors, et sa blancheur bleuit la pièce. J'ai dû laisser la tortue dans le jardin : elle s'est enterrée sous un amas de brindilles et d'humus, dans son sommeil elle saisit un peu du feu de la terre.

Des mois de solitude pour l'enfant que je suis :

la servante passe et m'ignore, mon père est totalement absorbé par ses travaux, il ne me reste qu'à attendre la fonte de la neige, le soleil, la reverdie. J'ai déjà oublié le dessin du jardin, son réseau d'épineux, de pierres crues qui affleurent. Le jardin minéral, torride. Ce grand linceul blême m'effraie. Je quête les accrocs, les entames. Elles viennent, de grands carrés d'herbe frileuse se découpent ; je cours, ivre du monde qui recommence, une énergie qui accélère en moi le bondissement du sang, je sais où est la tortue dormeuse, sous son manteau de brindilles noires, et je gratte, j'écarte le tégument de feuilles fossilisées dans le gel, sous la terre encombrée de vers morts, une amorce d'écaille, et mes doigts s'enfoncent, ma paume s'ouvre sur la carapace glaiseuse. D'un coup sec l'arrache. Et je soulève la tortue, ou plutôt ce qui en reste, la carapace vide, une légère poudre d'os et de terre mêlés, et je l'élève dans le pâle soleil qui encercle le jardin, mon offrande morbide, ma tortue cosmophore vidée de toute vie, plus de prunelle, de regard qui perce dans l'écaille, une carapace lisse mais vide, et je mesure en hurlant ce grand creux du monde.

Il va sans doute venir le moment où la lassitude, la peur s'emparent des hommes, généralement aux environs du cinquantième jour de mer. D'ici là quelque île nous aura peut-être offert son échine de rocs et de sable, un espace à arpenter. Mais il me semble que ces mers chaudes aux nuits très bleues que nous traversons sont vierges de tout lambeau de terre. L'eau prédomine : nul affleurement de pierre avec son couvert de forêts obscures. La mer, à l'infini. Beaucoup parmi ces hommes qui m'entourent doivent commencer à souffrir secrètement de l'exil. Ils sont rares ceux qui, comme moi, trouvent leur patrie dans la contemplation de l'embrun et de l'étoile, rares ceux qui ont accumulé une telle haine du Royaume, de son obscurantisme et de ses limites. Le portrait du Roi orne encore ce qui tient lieu de salle à manger pour les officiers : monarque poudré, perruqué, le torse barré d'un immense cordon vert, mais je ne retiens que la petite verrue qui crève, sous l'œil gauche, le masque d'onguents, cette petite verrue ridicule, signe d'une âme pustuleuse.

J'aurais aimé avoir auprès de moi un équipage soudé, de vieux marins. Ma malédiction les a noyés. Je n'ai auprès de moi que les espions du Roi, mis à part Alvarez, et peut-être Segovie qui, le soir venu, lorsque nous nous réunissons dans ma cabine, semble me comprendre lorsque je lui parle de mon urgence à atteindre la Rivière-Dieu. Alvarez, foncièrement occupé des choses de la matière, se plaît à évoquer les richesses naturelles du fleuve. La Rivière-Dieu, c'est un gisement pour lui, une faille miraculeuse qui revivifiera le Royaume. Pour Mendoza, je le sens à la moue sceptique qu'il affiche, un leurre. Je vois ces hommes le soir comme frappés d'hébétude. Je les attendais plus rebelles, plus incisifs aussi. Rares sont, désormais, les oppositions qu'ils manifestent. En fait, c'est Alvarez qui commande, vieil épervier au profil acide, l'œil dévoré par l'émeraude du monocle. Tous parlent encore avec déférence du Roi. C'est qu'ils ont des intérêts à la Cour, leurs parents, leurs proches y sont, et ils espèrent que le succès de l'expédition rejaillira sur eux et confortera leurs positions et leurs titres. Loin de s'épanouir au contact de la mer et des éléments qui cinglent, ils se dessèchent.

L'instant est irréel, la nuit, lorsqu'ils entrent dans ma cabine : j'ai écrit pour moi une grande partie de la journée, je viens juste de quitter Venise, l'Egypte, la figure tourmentée de mon père ou la tortue de Grenade, la Vierge nordique dans sa forêt résineuse — images lestées de mémoire, îles dans mon égarement lucide — et je vois arriver ces spectres au pas gourd, au regard vitreux, sans attaches, sans vie, comme détruits par la navigation immobile. Parlent-ils ? Je crois saisir des bribes de paroles. Ils boivent, à l'exception de Mendoza, impassiblement ascétique. Et ils ne parlent que de terre, des rivalités, des luttes occultes de la Cour, des tractations meurtrières. Je relance parfois la conversation, je l'aiguille vers un aspect de cette confrérie sordide que je ne connaissais pas encore. Le monde ne les intéresse que passagèrement. Jamais d'étoile, d'île, de vol d'albatros et de grives marines dans leurs propos. Jamais cette lueur de mer qui vacille brusquement au ras de la vague, ce sursaut d'une lame qui me fait penser à l'effondrement de je ne sais quelle cité marine. Le Royaume, le Roi, la Capitale, le désert des Maures. Mais ils se dessèchent jusqu'à bientôt perdre pied.

J'attends l'instant où ils vont prendre conscience qu'ils ne reverront peut-être plus ce qui est leur raison d'être, la Cour, le *cursus honorum,* les cordons et les rosettes sur le poitrail. J'attends ce moment de vertige que je devine déjà chez Mendoza, différent, radicalement autre, cette prescience du vide au fond d'une nuit mystique. Oui, ils se dessèchent ou ils se tendent, et ce faisant, ils m'appartiennent.

Je les quitte alors, las de leur bruit, de leurs rêves médiocres. Je leur donne congé, ne voulant pas qu'ils s'attardent dans ma cabine en mon absence. Je revêts une cape et je gagne la proue, près du Christ : j'aperçois cette forme hachée, taillée dans le sel et la mer qui hurle. Je reçois parfois de pleins paquets de vagues, rien ne me fait pourtant renoncer à cette place que j'aime par-dessus tout. J'en ai vu des Christ de cette facture dans tous les couvents du Royaume, partout, dans les vallées, ou juchés sur des pitons rocheux. Mais je les ai toujours vus entourés d'hommes, pollués par cette densité humaine, ces crachotements de flammes, de cierges malsains. J'ai rendu le mien, dans la primitivité de ses lignes, au vent, au ciel, à l'orage et aux astres. J'ai refait de sa mort un sacrifice cosmique, une re-création qui se joue pour moi dans la nuit marine. Les haubans claquent. Des craquements remontent de la cale.

L'*Orion* vibre. Tout le vertige du monde transperce le Christ et m'étreint.

*

Ce désir de mer m'est né dès l'enfance. Tout en bas du jardin épineux où rôdait la tortue, une plage de galets blancs descendait dans les vagues. C'est là, la nuit tombée, seul dans ma chambre qui surplombait l'océan, que j'ai pour la première fois reçu l'appel du large, le grondement et le galop des masses marines lancées contre les roches.

Sous les flots, dans la nuit d'écume, les galets roulaient, chahut de pierres, de crânes sonores sous la lune. Le rivage s'éboulait dans la tempête, les lames couvraient la rumeur des oiseaux : de la fenêtre, j'apercevais le front levé des crêtes charriant leurs massifs d'algues, leurs vestiges de temples sous-marins. Cette palpitation de la mer Océane me terrifiait : j'étais là, derrière la fenêtre ouverte, la chemise trempée de sel, à regarder les lambeaux d'astres que déployait la mer, ce vertige de vagues dressées, murailles blanches jusqu'à la lune, j'entendais l'ossature de la terre s'égrener en fracas de galets et de vertèbres cosmiques.

Une énergie phénoménale se ruait contre la falaise, la clameur de l'eau se propageait dans les grottes qui criblaient les assises de notre maison, je rêvais d'aller au-delà de ces crêtes, de ces murailles translucides que fronçaient les débordements d'écume.

La maison vibrait, la tortue aussi sous sa cara-

59

pace. Déjà je devinais que je ne saurais admettre l'idée d'une mer close, d'un monde connu, fini, je délirais, et dans mon délire m'obsédait la faille dans les fonds qui libérait cette force, le bras secret qui agitait les eaux, je croyais à l'existence d'une force souterraine, l'œil de la tempête, sanglant dans l'écume, brasillait pour moi au cœur des flots.

Il me semblait que les vagues, dans leur assaut, décrivaient une courbe qui passait au-dessus de la maison : elles retombaient dans la campagne, mon poste de veille demeurait intact malgré la furie des eaux rudes.

Les tempêtes se suivaient : la pointe sur laquelle nous habitions, comme un moignon de vieille terre usée, paraissait être condamnée à l'effritement, tailladée par les lames. Lorsque le vent se calmait et que le jour éclairait la perspective d'une mer à peine secouée d'une houle régulière, j'aimais me réfugier parmi les rocs, entre les stalactites ajourées qui marquaient l'entrée des grottes, des monceaux d'algues poussés par le flux pourrissaient sous les premiers rayons du soleil. Mon rêve de large et d'ailleurs continuait à m'habiter. J'attendais la prochaine tempête, secrètement je l'appelais de mes vœux.

J'avouai, un jour, à mon père ce désir de mer. Sa réponse cingla :

— Tu es perdu.

Décontenancé, je renonçai aussitôt à mon projet.

— Je ne partirai pas, clamai-je.

— Cela ne fait rien, redit-il d'une voix assurée — définitive —, tu es perdu.

Mer et perte sont donc pour moi indissolublement liées depuis cet instant. Ce corps bosselé de vagues, travaillé de volcans et de tourbillons, un moment lisse, calme, si calme qu'il attire les vaisseaux dans son immobilité dangereuse, ce corps livide, hérissé de donjons et de pinacles, de grands remuements noirs, je le revois toujours tel qu'il m'apparaissait de ma fenêtre d'enfance. Il n'est d'eau que réfléchie par la mémoire. Et je me dis que ma flotte peut basculer vers l'éclatement ou le naufrage, comme je bascule vers cet ancrage incertain de mon origine.

Ce matin, dès que je me suis levé, la mer m'est revenue, lente, d'un bleu limpide qui l'unissait au ciel, sous un soleil voilé qui se diffusait en minuscules flocons, comme un grand vide, une non-mer, énorme flaque d'où se seraient retirés les vagues, les villes, les Léviathans, les passages — la géographie rituelle de l'eau ; j'étais face à ce vide, au sommet de ma mémoire qui remontait, quand j'ai aperçu, solennelles, bariolées, les longs mâts gréés de voiles latines qui arboraient leurs insignes et leurs croix, les caravelles de ma flotte, les cinq rescapées alignées en une procession grandiose, et leurs couleurs, leurs formes, leur emplacement sur l'eau me renvoyaient une image de cette totalité que je quête. A cet instant précis, mer ne signifiait plus pour moi perte, mais puissance, transhumance du monde jusqu'à sa source.

J'ai beaucoup raturé en moi, écrit, réécrit, détruit, détourné ma vie. On me prête plusieurs origines, plusieurs naissances ; tout récemment encore, avant d'appareiller, j'ai dû donner à l'Archichronographe, le mémorialiste du Roi, les épisodes saillants de mon existence, la succession de mes entreprises et de mes voyages. Il notait ce que je lui disais avec la rigueur d'un greffier aveugle, incapable de distance. Les événements m'ont fait, je les refonds sans cesse. Qui suis-je ? Je ne le sais plus. Ma vie, je la saisis comme une suite ponctuée de blancs, de silences où s'éteint la mémoire. Peut-être, au terme de cette expédition, si nous atteignons, comme je le souhaite, la Rivière-Dieu et ses sources, aurai-je achevé de lire en moi, de retracer la courbe de mes mondes. Actuellement il n'y a pour moi que la tortue vide et son dôme arqué sous la mer qui roule, le mot terrible de mon père, cette fenêtre dont je revois les montants et les meneaux découpés sur les flots qui tremblent. Je suis aussi vide que la tortue morte, plus de chair en moi, il ne m'est de souvenirs que du monde, propulsés par cette énergie qui les tend, ils résonnent sur la mer absente et se fracassent dans mes gouffres vides.

J'ai dessiné le monde. L'aiguille de la boussole tremblait, attirée par la perspective d'un nouveau passage. A l'encre, lentement, comme je l'ai fait si souvent dans la salle de cosmographie du Royaume, au-dessus de la crypte aux cercueils flottants, sur un parchemin dont l'humidité du bateau ramollit le grain, j'ai tracé l'Inde, le Passage du Sud, les lointains de la mer Océane, les barrières, les portes qui l'ouvrent, les premiers contreforts rocheux hérissés d'arbres verts qui, dans ma vision, annonçaient l'estuaire aux eaux sableuses et limoneuses de la Rivière-Dieu.

J'ai situé également l'endroit où nous nous trouvons actuellement, sous le vent qui adonne. Le cartographe ausculte l'anatomie du monde, c'est lui qui en fait jaillir les secrets. Il semblerait d'ailleurs que certains émettent les mêmes réserves dès qu'il s'agit d'observer et d'analyser la contexture des corps humains et celle du monde. Peut-être l'*imago mundi* n'est-elle que l'amplification de l'*imago corporis*. Je revois mon père, travaillant les cadavres, isolant les ligaments, les faisceaux de muscles. Dans la cave de la maison, sous la chambre d'où je scrutais les balancements de la mer et du vent. Je crois éprouver, quand je trace mes cartes — j'aime par-dessus tout le bruit du stylet qui griffe le vélin humide —, le plaisir qu'il ressentait lui, lorsque, d'une main visqueuse et sanglante, il dessinait le réseau secret des viscères qu'il venait de prélever. C'est la même main qui tremble et, saisie de la même ivresse — celle du monde qui s'ouvre, des secrets qui s'éclairent, main du commencement des révélations —, tâte et représente les revers d'organes ou de terres, les fourmillements des fleuves, projetant l'épure, l'*imago*, les ligaments de l'énigme.

Je n'ai jamais vu autant de cartes qu'à Venise. Et de corps. L'ascèse de la carte et l'orgie du lupanar. De loin en loin des corps de femmes — de sirènes ? — se dessinent sous mon stylet. Il suffirait de peu pour que la plume trébuche et retrouve un ventre, un sein, la naissance d'un corps ondoyant sous l'eau.

Mais l'Amiral de la Rivière-Dieu, fidèle à l'enfant qu'il était, n'écoute que son désir de mer.

V

Ulysse et Noé sont pour moi les figures fondamentales du navigateur. L'un et l'autre vont se
fondre dans ce voyage et je sais que je vais
rencontrer les sirènes, l'ivresse, le déluge et la
colombe lorsqu'à la limite des eaux connues et
habitées de la mer Océane, j'aurai trouvé le chenal
ouvert de la Rivière-Dieu. *Sources du grand
abîme, écluses des Cieux,* comme le dit l'Ecriture.
Je sais que je vais devoir affronter le grossissement
fluvial, attendant la Colombe au seuil de l'arche.
Tout au bout du monde, je bâtirai un autel à
l'Eternel, je le construirai de pierre et d'holocauste
sur la table des eaux. Je concilie en moi l'éternelle
jeunesse d'Ulysse et les six cents ans de Noé,
l'envoûtement des sirènes et la fécondité de
l'arche ; Amiral de la Rivière-Dieu, chargé par le
Royaume d'une mission d'exploration océane ; la
vieillesse du monde revit en moi.

Je suis l'Explorateur. Dans ma cellule de cartographe, entre les plafonds qui suintaient et les
tombes aquatiques, j'ai mûri mes échecs, je me
suis terré sous la cendre pour ruminer mes nau-

frages, mon veuvage, la mort de mes fils — et il arrivait que je pense qu'on me les avait tués —, et, dans la profondeur de cette rumination et de cette ascèse, je condensais une fabuleuse énergie ; rêvant Ulysse et Noé je renaissais bien au-delà de moi, de ce fragment de terre inconnu où on me dit que j'ai vu le jour, je quittais les limites de l'humain — la mort pourrissante, les plafonds noirs, le christianisme sauvage, ressassant du Royaume, l'échec de mes expéditions et les entraves que l'on mettait pour m'empêcher de repartir —, me poussait l'énergie de l'ailleurs, telle une tempête, une violence levée.

Je ne connaissais encore que l'épure de la ligne, la sécheresse du pointillé, l'aléa des conjectures. J'ai cru un moment que je ne m'immergerais plus dans la beauté du cosmos. N'était-il pas révélateur qu'on m'eût imposé les cercueils flottants des vieux amiraux ? Je les entendais sans cesse frotter le flanc de la crypte. On me donnait à explorer le gouffre de mon délire et les parois d'une tombe.

J'ai dépassé tous les obstacles. En un miracle tout s'est dénoué. Je suis le suprême Explorateur, le premier arpenteur des profondeurs cosmiques. J'entends la tempête de l'enfance. Ce ne sont plus les cercueils, c'est le monde qui cogne en moi, vital, impérieux. L'Explorateur perd tout visage. J'ai tout perdu pour mieux capter le visage du Créateur à travers la Création. Je ne suis plus qu'un œil lucide veillant à la proue de l'*Orion*. Explorateur, je vais sonder le visage de

Dieu. Cette découverte m'attend à la fin de mon dépouillement et de mon ascèse.

Pour l'heure m'occupe la contemplation du vide marin et du cadavre transfiguré du Fils de Dieu. A force de mer, d'heures vouées à la contemplation obsédante de l'eau, mon regard se liquéfie, il se laisse remplir d'une brume qui vaporise les choses, mange les visages jusqu'à les transformer en cratères marins, mais toujours je retrouve le Christ dans son écriture de sel. Je le vois, figure de proue de l'*Orion,* rentrant au creux du Père. Une terrible humilité et une audace ravageuse me divisent. Le moine perce parfois sous l'explorateur — et Dieu m'est pourtant témoin que j'ai goûté à tous les débordements, toutes les profanations —, le visiteur des choses créées rivalise presque avec Dieu. Ils sont rares ceux qui ont deviné l'enjeu de cette expérience. Mendoza peut-être. Un mois que nous naviguons, et je ne sais toujours rien de son énigme. Il continue à se dessécher, le travail de la folie commence, je dis bien, commence sa dévastation. Les mots lui manquent souvent. Il multiplie les lapsus. Ainsi, hier, alors que nous étions tous réunis comme chaque soir dans ma cabine, il a bafouillé plusieurs fois. On est loin de la rectitude des premiers raisonnements. Tout d'abord, il avait oublié le nom de la caravelle incendiée : j'ai dû le lui rappeler. De même, citant les étapes supposées de notre itinéraire, il a interverti Porte de l'Inde et Eperon d'Orion. Et je crois saisir que son élocution tremblée s'accompagne d'une perception hagarde et d'une vision éclatée du monde.

Plus de souffrance en moi. *Homo sine dolore*. Point de jubilation non plus ni même d'extase, une sensation de grand vide, d'immense délestage renforcé par l'infinie perspective de l'eau. Une à une, mes souffrances ou mes rancœurs s'atténuent et s'éteignent. Ma mémoire s'élargit, ravive l'enfance, en même temps qu'elle annule les souvenirs liés aux dernières années. Encore quelques jours de mer et je serai incapable de me remémorer les heures qui ont précédé le départ. Le beau vide du monde pénètre en moi. La mer, et l'humidité qui en émane, tout comme elle imprègne le parchemin des cartes, imbibe insidieusement ma conscience. La blancheur m'obsède et m'étreint. Mais, là encore, non pas la blancheur de la neige posée comme un masque qui, refluant, découvre les lignes intactes des choses, la blancheur de l'eau, blancheur de la blancheur, écume sur l'écume ou poussière d'écume jetée sur l'insondable, blancheur immobile qui, elle, ne reflue pas, comme l'âge, cette maturité du monde qui bourdonne en moi. Cette blancheur qui me lave et serre dans ses plis l'ombre dressée du Christ.

*

La tempête s'est levée, d'un coup, à l'horizon de mer. On a vu le ciel s'assombrir, se charger de nuages lourds. Brusquement le soleil s'est éteint :

un pan noir s'est abattu, l'anéantissant dans sa cendre. La brume venait, les matelots montés au mât de misaine pour border les voiles carrées n'ont eu que le temps de descendre : le vent déferlait. Et la mer s'est dressée au même moment. Pendant des heures, on ne distinguait qu'un immense mur d'eau dans la brume qui fumait. Le ciel noir, fendu d'éclairs, apparaissait parfois, au hasard d'une brèche de mer. L'*Orion* croulait sous les vagues en un long feulement de mâts brisés et de coque tordue. A plusieurs reprises il m'a semblé que les lames projetées contre la proue l'éventraient. Cela craquait de toute part : les ponts, les voiles, lacérées, ma cabine, dont les colonnes et le plafond menaçaient de s'effondrer. La rumeur de l'eau et du vent mêlés, la frappe régulière des déferlantes, les courants contradictoires qui assaillaient les flancs, la cavalerie meurtrière des rouleaux qui inondaient le pont nous exténuaient. Je n'avais plus aucune idée de la direction, ni de l'heure. Les tempêtes nocturnes sont encore plus rudes. Des gerbes barraient les fenêtres de ma cabine : je ne savais pas si c'étaient des paquets de mer ou des corps de marins drapés dans leur suaire d'écume.

Un instant, j'ai aperçu une silhouette qui se faufilait jusqu'au château d'arrière, Mendoza a jailli dans ma cabine, propulsé par le vent qui claquait. J'avais maintenant face à moi ce corps trempé, hirsute, grelottant, et je sentais que ma cabine faisait eau. Etait-ce Mendoza qui, en entrant, avait laissé pénétrer la mer ? Les colonnes, le plancher, mon lit, tout était mouillé. Bientôt une fenêtre trembla sous la bourrasque : je vis la vitre éclater dans une spirale de vent.

L'eau nous arrivait maintenant par le flanc droit et avec elle, des algues, d'étranges concrétions rouges qui bavaient sur le plancher, comme des fragments de poulpe, des lambeaux de cordages et de voiles. Il fallait se cramponner au plancher pour éviter le faisceau des projectiles. Mes livres dégringolaient par pans entiers, mais cela n'était rien à côté des hurlements de la coque soumise à tant de vibrations qu'elle menaçait à tout instant de rompre.

J'avais ordonné, dès les premiers signes de la tempête, de naviguer avec des voiles de cape pour résister aux vents violents et aussi pour empêcher l'eau de pénétrer dans l'*Orion*. Avais-je été suivi, et si oui que restait-il de ces voiles ? L'étrave, me semblait-il, craquait plus que tout, j'entendais sa plainte à travers le tonnerre d'eau qui remplissait ma cabine. Plaqué au sol, extatique, immobile malgré le balancement et la clameur, Mendoza ne disait rien. Plusieurs fois j'essayai de me relever : le vent, les trombes me jetaient ; chaviré, je roulais au pied de mes livres, parmi les signes qui suintaient dans l'écume. Je réussis à m'approcher de mon écritoire et à enfouir mon journal de bord dans une malle. C'est à ce moment-là que je glissai sur le parquet huilé de substances grasses et de vomissures. Boussole, astrolabe roulaient, la grande clepsydre, fissurée, bondit de son châssis et mêla son sable à la boue de déjections qui jonchaient le pont. Mon cœur cognait, mes tempes vibraient, comme la coque dont je croyais entendre les planches se disjoindre ; la tempête ne s'apaisait pas, elle nous imposait même un surcroît de vent et de mer saccageuse ; étaient-ce déjà les confins du monde, la barre ultime des eaux, les Enfers marins arqués sous un vent que soufflaient des hordes d'anges destructeurs, allions-nous au terme de ces eaux déchaînées, de cette mer ravinée, connaître le naufrage dans le vide ?

La tempête durait. Elle ne durait même plus. Elle s'éternisait. Par l'interstice de ma fenêtre, quand elle n'était pas voilée d'une trombe ou d'une déferlante qui ne scintillait même pas, je devinais une cendre tenace que ne perçait pas le moindre astre. Je crus vraiment que nous avions atteint les eaux ultimes. Les creux m'arrachaient les viscères. Je ne pensais plus. Je ne priais pas : j'attendais simplement l'éclatement final de l'*Orion,* la vague plus haute, plus tranchante que toutes celles qui l'avaient précédée, la vague qui creuserait l'étrave, l'assaut qui ouvre la forteresse, la dernière muraille qui romprait les arcatures de la carène et mes ossements, précipitant mon grand Christ mutilé dans l'abîme.

J'ai découvert l'horreur dans son ampleur. Je dirai un jour la prise et le sac de Grenade. Mon *Orion* dévasté m'attriste bien plus. La tempête s'est effacée, projetant ailleurs l'énergie qui l'a soulevée. Les résilles brisées des ouvertures de ma cabine donnent sur une mer sereine, à peine entaillée d'un beau clapotis. Aucune trace des autres vaisseaux. Je suis seul sur le pont saccagé. Les trois mâts sont brisés : le mât d'artimon est peut-être le moins abîmé. De grands morceaux de voiles pendent, déchirés, troués, marqués de longues salissures. Alvarez, Segovie, Mendoza dorment. Je suis seul sur le pont encombré de vestiges, face à la mer qui commence. Nul signe sur sa moire de la tourmente de la nuit. Je cherche une amorce d'épave. Rien. L'épave est là, sous moi, c'est l'*Orion* pour l'instant immobile. Les cordages s'enchevêtrent parmi les lambeaux des grandes voiles carrées.

J'ai quitté ma cabine envahie de livres trempés, d'instruments fracassés. De la grande clepsydre qui rythmait le temps depuis le départ, il ne subsiste que le châssis octogonal. J'avance parmi les décombres. Alvarez arrive et me dit que le gouvernail est en mauvaise posture. On a perdu également des ancres, peut-être des hommes. Le contraste me saisit entre cette mer lumineuse qui s'étend sous un ciel ponctué de rares nuages cotonneux et le pont délabré sur lequel je me tiens. L'*Orion,* vestige de balafres, de bois ruiné. Les mâts sectionnés me désolent. Hampes détruites, signes levés du vaisseau démantelé. Je remonte jusqu'à la proue. Le Christ est là toujours, mais, dans la tempête, il a perdu son bras gauche. Il semble désormais plié sur sa droite, privé de ce bras qui veillait sur les eaux boréales. L'eau et le vent, à forte densité de sel, l'ont cuirassé d'une gaine blanchâtre qui laisse transparaître le tracé des veines et des muscles. Soudain j'avise le bras arraché : il est là, emmêlé dans les cordages du bastingage. La croix s'est aussi quasiment détachée et risque de s'écraser sur le pont. Et je pleure devant ce Christ mutilé, cloué sur un monde qui renaît.

*

L'eau. Infiniment. Je somnolais dans ma cabine encore humide quand le fracas des marteaux et des scies m'a réveillé. La pègre est sortie des soutes. Les matelots réparent l'*Orion*. Ils tentent de colmater les brèches, recousent tant bien que mal les voiles en lambeaux. Activité minutieuse. Cela s'agite de toutes parts. Dans ma cabine me parvient un remuement de ruche : le bruit des maillets, le pas des hommes. Je crois deviner que la volonté de survie — donc de retour — les éperonne plus que le désir de continuer l'exploration. Les soutes faisaient eau. La coque est considérablement endommagée. Les hommes remontent des profondeurs de l'*Orion*, velus, patibulaires : la pègre du Royaume, voilà ce qu'on m'a donné pour équipage. Ils jaillissent trempés, l'air exténué, remplis d'une rage sourde. Ils grouillent autour de moi. Certains s'introduisent dans ma cabine pour consolider la bibliothèque qui s'est à demi effondrée. Ils me saluent à peine. Je sens une haine qui ne demande qu'à exploser. Le mois de navigation, l'épreuve de la tempête, l'effort qu'exige la réparation ont eu raison de leur enthousiasme du départ. Où sommes-nous ? Théoriquement d'après mes calculs, corroborés par les indications des horloges marines, en plein cœur de la mer Océane : la Corne et l'Eperon devraient sans tarder se dessiner à l'horizon.

Un doute me saisit parfois. Je le tais encore. Et si cette Corne et cet Eperon n'étaient qu'un leurre ? Il m'arrive de me dresser à la fenêtre de ma cabine, croyant brusquement apercevoir une bande de terre, le cerne d'une falaise, un signe, quelque chose au ras des eaux. Hélas ! Mon regard s'épuise à scruter l'eau immobile. Une subite tombée de lumière, l'éclat soudain du soleil perdu dans un fatras de nuages, le distraient : mais, cette perspective que rien n'arrête me désole. Moi qui me suis si souvent insurgé contre les bornes, les barreaux, la mentalité cellulaire qu'on voulait m'inculquer, je cherche aujourd'hui une île, une terre, une limite au monde. Une limite pleine, pas cette limite vide que la tempête m'a fait percevoir. Je me souviens d'avoir un jour lu sur une carte l'appellation de *Passage des Anges destructeurs* : nous venons sans doute de le traverser.

Parmi les marins qui entrent et sortent avec une totale liberté, la silhouette de Mendoza s'est isolée. Sa venue ne me surprend même plus ; je reste allongé sur ma couche. Il s'approche et s'installe sur un coffre. Il m'apparaît plus diaphane encore, plus sec aussi. Un sabre de terreur. Nulle profondeur, nulle épaisseur, nulle pulpe chez cet

homme : une ligne vive, une arête qui vous coupe.
Je ne lui ai jamais reconnu de beauté : ce soir, sa
ligne tranchée, son regard — d'écume et de feu —
m'émeuvent.

— J'ai eu peur, pour la première fois de ma vie.
Cette franchise aussi est nouvelle.

— Peur ?

— Oui, terriblement peur. Vous avez vu la mer
soulevée, les vagues, les feux Saint-Elme...

— Je connais tout cela depuis l'enfance...

— Pas moi. Je ne savais pas qu'il existait un
enfer marin.

— Il a un nom, on le voit parfois sur les cartes :
le *Passage des Anges destructeurs*.

— Ah, les Anges de mort, les grands Extermi-
nateurs avec leurs lames de feu.

— Peut-être. Vous parlez, vous, des Anges du
Livre, ceux que nous avons sentis, nous, c'étaient
ceux de la mer, pas ceux des mots ni des visions...

— J'ai mesuré pour la première fois ce qu'était
la violence du monde. J'ai rarement quitté la
Capitale, et à l'intérieur même de la Capitale, des
lieux très définis : le Couvent augustinien, la
Cathédrale, le Palais royal. Les tempêtes n'atteignent pas souvent la ville.

— J'ai toujours connu la tempête. Enfant déjà,
je vivais sur un rivage. Puis, adolescent, quand j'ai
commencé à naviguer. Les tempêtes du Nord,
dans les glaces de Septentrion, les blocs blancs,
très lisses, comme des cathédrales de neige...
Celle-ci était particulièrement destructrice. On a
failli faire naufrage...

— Dieu est avec nous…

— Je n'en sais rien…

— Comment, vous n'en savez rien ?

— Je n'en sais rien, rien. Je sais la mer, la vague dressée qui cogne, la rotonde étoilée qui nous guide, je sais des signes. Je connais l'infini, celui que nous vivons actuellement, l'eau sans limite, la houle longue qui ne bute contre aucune terre. Mais je ne sais rien d'autre. Si, ma volonté de poursuivre, ma détermination à continuer, quoi qu'il advienne. Souviens-toi de l'incendie de l'*Escurial* et de ta réaction, ce soir-là. Tu as voulu me faire renoncer. Je ne renoncerai pas. Parce que je connais l'infini et aussi le vide, la mort, un grand blanc dans nos vies, la tombe, ma femme, mes fils, enlevés.

— Il y a pourtant un Christ à la proue de ce vaisseau…

— Vieille histoire. L'*Orion* est porte-Christ. Conforme, en cela, à mon prénom. Je l'ai pourtant oublié ce prénom, je suis incapable de le proférer en moi-même, comme si l'autre nom qu'on m'a donné, mon nom maudit, l'avait définitivement recouvert… L'un et l'autre sont morts d'ailleurs. Je suis à présent Amiral de la Rivière-Dieu. Cela me suffit…

Et l'aube est venue sur la mer. Lente, d'un feu concentré dans le cercle des nuages. La nuit se résorbe et saigne. Les dernières étoiles disparaissent, deux constellations en forme de Calice et de Lyre. L'*Orion* dort. Je me relève de ma couche : le soleil naissant s'inscrit dans l'ogive de ma fenêtre. La blancheur extrême du monde me saisit, blancheur qui englobe ma cabine. Je m'extrais du sommeil et me relève dans la brèche de ces linges. Je nais entre le monde et la mer, j'écarte ce globe de momie. Il y a du spectre, une nuit décantée dans cette lumière qui croît. Je glisse sur le grand suaire des eaux : rare est cette lueur de nacre, ce ressac laiteux qui m'éblouit. La mer a une consistance épaisse, pages macérées, linges pâles qui se défont dans un tumulte lent, comme si elle n'était plus qu'écume, comme si elle roulait infiniment dans son pli cette lourdeur blanche, feuilletée, cet amas de pétales, ou de fleurs, ou de chairs lactescentes, ou d'étoiles et de cendres claires. Le balancement calme confine au vertige. Et je goûte la transparence du vertige. Je me redresse, happé par la lumière. Je n'ai jamais vu une telle blancheur, une telle intensité d'écume. J'ouvre l'ogive : une odeur âcre et pénétrante flotte sur l'embrun, une odeur de genèse, une odeur qui jubile. Et je vois ce fumet de mer neuve surgir de la blancheur.

Puis, dans un grand soufflement d'eau, de lourdes formes noires sont apparues à l'horizon. Le jour montait, et avec lui ces murailles sombres, comme des montagnes. J'ai cru une nouvelle fois au cataclysme. Un jour mitigé — un jour mêlé de nuit — glissait sur la mer. Les sifflements redoublaient de violence. L'eau soulevée heurtait la mer immobile en un tintement mat. Alors j'ai reconnu les léviathans nocturnes, leurs formes géantes comme des ventres prêts à happer l'univers. Les léviathans bardés de lichens et de minuscules coquillages, d'une noirceur de jais virant parfois, sous l'effet des sédiments accumulés, au gris ou au vert. J'étais subjugué par cette flottille féroce. Un instant, je crus que la colonie flottante encerclait l'*Orion*. Les baleines évoluaient lentement sur leur lac spermatique. J'avais enfin identifié cette odeur qui m'avait réveillé, cette blancheur partout étalée sur les flots. Je me relevais de mon sommeil biblique, fasciné par la course solennelle des léviathans noirs. Leurs ombres gigantesques obscurcissaient le jour.

L'équipage de l'*Orion* s'était levé, alerté par la soufflerie démoniaque. Il s'agissait surtout d'éviter la zone des baleines. Le spermaceti scintillait maintenant à la façon d'une écume dense, épaissie d'algues et de seiches. La mer flambait et les murailles animales profilées sur le ciel clair n'en étaient que plus prégnantes. Nul n'échappait plus à leur emprise. Les terriens que nous étions avaient toujours considéré l'océan comme un théâtre : c'était sur lui que s'était levée la tempête, sur lui aussi qu'avait éclaté l'incendie de l'*Escurial*. Les léviathans ronflaient, l'eau surgissait du haut de leur crâne, avant d'exploser en une pluie qui fouettait les vagues. Leur nage et leurs bonds provoquaient des remous importants. L'*Orion* aurait pu sombrer, mais j'y pensais à peine tant j'étais requis par le spectacle des baleines sur leur lac de feu blanc. D'autres arrivaient des confins de l'espace : il y en avait six, sept, peut-être plus.

J'aurais voulu entraîner mes hommes dans ce sperme fumant. Les vapeurs nous grisaient. M'envoûtaient surtout le spermaceti et l'ombre noire des ventres. Enfant, le séjour de Jonas m'avait terrifié. Je me revoyais rêvant cet engloutissement au creux de l'entraille marine, cette dormition au fond du ventre, puis ce réveil qui préfigurait la résurrection. A cet instant, les ventres se dressaient sur les flots. Je regardais avec une attention décuplée ces animaux d'un autre âge, ces bêtes de l'Alpha ou de l'Oméga, caverneuses et tombales, criblées de verrues, de bulbes qui les couvraient d'une moire de reflets. Je voyais la mémoire élémentaire du monde se lever sur les eaux.

Ces animaux étaient ventres, crânes peut-être aussi, mémoires archaïques où résonnait encore le sommeil initial des choses. Et j'aimais que ma quête ultime, après tant d'années stationnaires entre les couvents et les cosmographes du Royaume, tant d'années vouées à la ville, aux hommes, aux artifices et aux illusions de l'humanité, me permît d'affronter les baleines sur leur lac spermatique. C'était à n'en plus douter : je remontais le monde. Je retrouvais sur la mer la baleine et Jonas. Je déployais les rouleaux du Livre.

J'avais toujours cru à la rotondité du monde. A vingt-sept ans, je l'avais écrit et proclamé dans ma *Description du monde*. Mais il me semblait que l'univers avait la faculté de se déployer comme un livre formé de rouleaux accumulés sur des tiges — j'avais le souvenir de ceux des moines d'Egypte —, et la mer, dans son flux et son reflux, son sac et son ressac, ses bonaces et ses tempêtes, mimait le déploiement du Livre. Il n'y avait que les prophètes à naître du rouleau primordial. Telle était peut-être aussi ma destinée. Une nuit, alors que j'étais seul à veiller dans mon cabinet de cosmographie — pavage huilé de lune, tout autour un campement d'ombres muettes, et dessous, cette rumeur entêtante, ce charroi de cercueils sur l'eau nocturne —, j'avais entendu l'appel, comme une vocation tardive mais impérieuse, un cri qui transperçait le cosmos anuité comme un éclair de météore, l'appel qui allait faire du vieillard condamné à pourrir au-dessus de la crypte en traçant ses cartes vaines l'Explorateur suprême, le dernier Amiral de la Rivière-Dieu.

Cette voix, comme une fissure sonore, une injonction qui ébranlait l'espace, je la réentendrais peut-être tout au bout de ces rouleaux, de cette écume et de cette encre, par-delà Jonas et le ricin, au commencement du monde, aux sources de la Rivière-Dieu.

VI

Il arrivait parfois que je reçusse au cabinet de cosmographie la visite du vieil Aldoro. C'est l'ombre de ma main posée sur le parchemin du journal de bord qui vient de raviver son souvenir. Aldoro entrait chez moi généralement au crépuscule. Jamais à la maison, toujours au cabinet. Je crois qu'il aimait énormément l'atmosphère de cette salle assombrie de vitraux, le pavage régulier, les lambris noirs de sacristie — j'ai toujours aimé les sacristies, souvent plus que les églises, les resserres d'encens, de suif, les armoires remplies de calices et de dalmatiques. Rien de tel ici. Mes cartes, éparpillées sur les tables, et les globes que je m'essayais à construire. Il contemplait les premières horloges marines, les clepsydres, mes outils d'observation du ciel.

Aldoro, c'était le peintre officiel du Royaume. Il avait commencé par portraiturer les membres de la famille royale et de la cour avant de recevoir les commandes de l'Archevêché et des monastères. Son teint avait mauvi à vivre auprès de ces autorités ecclésiastiques. Souvent la peau bleuit ou mauvit à la suite d'un coup ou d'une blessure ; ici son visage entier avait pris cette couleur, ce qui lui valait le surnom de « peintre mauve ». Et ce surnom, comme souvent, lui était resté, non qu'il affectionnât le mauve dans ses tableaux, mais simplement à cause de son teint.

J'attendais souvent Aldoro. L'après-midi, lorsque je traversais des moments de doute ou d'épuisement dans la réalisation de mes sphères, la perspective de sa visite me redonnait confiance. Je savais que je reconnaîtrais sa présence au bruit de cette robe ecclésiale qu'il portait, et dont la traîne râpait le pavage. J'attendais Aldoro. Il observait mes sphères, commentait parfois des noms, des découpes de côtes : Antilia, l'île des sept cités, déchaînait son imagination. Il arrivait d'un couvent, d'un cloître ou d'une église de la ville. Il avait peint tout le jour. C'est lui qui a dessiné l'esquisse de mon Christ de proue. Aldoro était un peintre nocturne : il gagnait ses chantiers avant l'aube et ne les quittait qu'au crépuscule. Il redoutait particulièrement la lumière du jour. Les réfectoires de moines, les nefs où il travaillait étaient toujours obscurcis à sa demande et éclairés de bougies. Je construisais moi-même mes sphères à la lumière des bougies, ce qui me gênait souvent pour la perfection des tracés.

On prêtait à Aldoro une lointaine origine vénitienne. Comme à moi et à tant d'autres qui ont fécondé spirituellement le Royaume. Aldoro s'asseyait sur un tabouret et me regardait vérifier le rendu des tracés. Il aurait aimé, me disait-il souvent, installer son atelier dans le cabinet de cosmographie. Ce qui me rebutait semblait lui plaire : les vitraux aux résilles suintantes, la proximité du fleuve avec la menace hivernale des crues d'engloutissement, le cloître sanguinaire des moines augustiniens, et, surtout, ce qui constituait pour moi le comble de l'horreur, la crypte aux cercueils flottants.

Je me souviens d'une esquisse qu'il peignit un soir, dans le cabinet : le visage putréfié d'un amiral émergeant de l'eau de la crypte.

L'origine vénitienne, insulaire ou orientale qu'on lui attribuait et qu'il ne démentait jamais, souhaitant sans doute laisser à sa vie et à sa légende cette dimension floue et traversière qui sied aux vrais destins, donnait à sa voix une musicalité contenue qui faisait jouer les mots, l'accent, qu'il pratiquait volontiers, déformant les sonorités jusqu'à transformer les vocables. C'est ainsi qu'il utilisait souvent des mots très proches sur le plan des sonorités, mais de significations radicalement opposées. Impossible donc, souvent, de comprendre ce qu'il disait, ou ce qu'il voulait dire, et ce défaut que d'aucuns imputaient à son origine étrangère m'apparut toujours comme un jeu, — la volonté de parler par énigmes. Je m'interrogeai souvent sur le sens des paroles de Sandoval, l'archevêque, rapportées par Aldoro : « L'acte de peindre est un acte spirituel qui ne peut être porté que par les valeurs religieuses du Royaume. »

Un soir, il manifesta l'intention de me peindre.

La pose dura trois nuits consécutives, avec l'interdiction pour moi de quitter le cabinet. J'avais dans la journée tout loisir de m'occuper à mes sphères, mais la nuit venue, il me fallait impérativement regagner ma place juste à côté du plus grand des globes. C'était l'hiver. Le fleuve, en crue, avait inondé les bas quartiers dans la périphérie du cabinet, remplissant la crypte qui produisait une clameur encore plus inquiétante. Aldoro attendit la troisième nuit pour commencer à me peindre. Il attendait — je le savais — que mon visage se décomposât sous l'effet de l'insomnie.

La fatigue accusait mes sensations : j'entendais le roulement souterrain des cercueils, le passage rapide du fleuve, je voyais les bougies se distendre, cuivrant la peau déjà violacée d'Aldoro ; les sphères, me semblait-il, se mettaient à tourner, l'*Allégorie de l'Europe* qui m'avait longtemps absorbé se défaisait sous les coups de multiples forces, le cabinet tanguait sur sa crypte, des flammes des bougies je ne vis bientôt plus que le cœur noir. Les lois du monde s'inversaient. Pendant ce temps, Aldoro continuait à peindre, impassible, et je voyais l'ombre de sa main, longue, décharnée — une main faucheuse de squelette —, qui vibrait sur les murs : la main du *peintre mauve* ouvrait les eaux et jugulait la crue.

J'ai parlé d'Aldoro à Mendoza. Il connaît beaucoup de ses œuvres, la série des saints, le saint Luc, le saint Jérôme et le saint Matthieu du couvent augustinien. Le saint Augustin aussi, bien entendu, moine affolé dans sa solitude d'Hippone. Plus Mendoza m'entretient de son saint d'élection, plus je me dis que j'aurais aimé écrire sa vie, décrire le trajet secret de la grâce, de la débauche à l'ascèse, la sainteté visionnaire des *Confessions* et d'Hippone. Deux hommes en un, deux hommes soudés par le feu de la grâce. Oui, j'aurais aimé raconter cette fusion des deux parts humaines essentielles : la part charnelle et la part de l'Ecriture. La dépouille adamique et terreuse, et le feu de Dieu. La cendre et la flamme. Je n'aurai pas le temps d'écrire cette légende dorée. Je suis désormais voué aux flots et, je l'espère, aux sources du monde. Voué au vent, aux furies de l'élément. Mes écrits sont troués d'écume. Mes pages se tordent sur la vague. Je pressens et j'envie celui qui, à la fin des siècles, écrira cette vie d'Augustin.

La cendre et la flamme, disais-je. Tout le Royaume est là. Toute l'œuvre d'Aldoro oscille entre ces pôles. Mendoza m'a longuement parlé du *peintre mauve*. Il me l'a décrit travaillant dans le réfectoire du monastère, peignant lentement, avec une extrême solennité, ses anges, la Cène, les pieds nus — toujours cette obsession du pied chez Aldoro — des Apôtres, Judas le traître, la solitude angoissée de Pierre dans la nuit de mort.

Deux fois j'ai vu Mendoza s'animer, devenir affable, capable d'une conversation apaisée : aujourd'hui quand il m'a parlé des fresques d'Aldoro et l'autre jour, après la tempête, lorsque nous avons évoqué ensemble le Passage des Anges destructeurs. Tout ce que m'a dit Mendoza est conforme à l'idée que je m'étais faite d'Aldoro en le regardant me peindre.

Je le revois — il m'habite constamment depuis quelques heures, de telle sorte qu'il m'est même difficile de penser à autre chose — dans la grande nef du cabinet de cosmographie, longiligne parmi les flammes folles des bougies. Partout mes sphères, mes globes, mes relevés d'arpenteur céleste. Et lui, le *peintre mauve,* le peintre officiel du Royaume, tendu entre mes bougies et mes sphères, quêtant mon visage improbable, traçant à la hâte l'épure de mon Christ de proue. Je regrette de ne pas lui avoir proposé de venir avec nous sur l'*Orion.* Il aurait peint les baleines, les roches, les plantes, les eaux, et peut-être les peuplades étonnantes que nous allons rencontrer.

Je le revois. La crue cogne. Les cercueils glissent sur l'eau funèbre. Les ombres vacillent autour de nous. Il faut avoir franchi le seuil du cabinet de cosmographie pour mesurer l'incomplétude du monde, les grappes de *terrae incognitae,* le destin magique de l'Explorateur. Aldoro entre dans la chambre de cendre : c'est ainsi que le *peintre mauve* désigne l'endroit où il travaille : ouvertures obscurcies, opercule sombre sur les vitraux. Les globes sont là, devant lui. Mille flammes s'agitent à son passage. Il aime cette torsion de forêt qui crépite. La chambre de cendre : je goûte à présent la perfection de la métaphore. Comme ce mercredi si bien nommé, ce mercredi de jeûne et de supplications. L'œuvre d'Aldoro s'inscrit tout entière entre les Cendres et la Transfiguration, l'embrasement divin et le rappel du crâne. Et la chambre de cendre, c'est aussi le Royaume : cachot de poussière, torturé de plaintes, de mortifications.

De la robe ecclésiale, Aldoro extrait une sorte de gousset qui contient précisément de la cendre. Rameaux brûlés de la Semaine sainte, bûcher des condamnés, poudre d'ossements ? Il étale cette cendre sur la toile. C'est de là que va jaillir mon visage. Je ne me résous pas à cette transmutation mystérieuse. Ma raison se heurte à une énigme. Pourquoi moi, pourquoi ces trois nuits d'insomnie forcée, pourquoi cet environnement de crue qui nous cerne ?

La naissance de mon visage — je ne le décrirai pas — s'accompagna pour moi d'une douloureuse traversée. Les flammes doraient mes sphères, mais je sentais en moi l'immense appel de la mort, comme un vertige, le creusement d'un tombeau. Je percevais vraiment les sources que j'allais atteindre, mais il me fallait auparavant descendre dans la cendre de mon passé. Très au fond de moi-même.

Je revis ces nuits-là longuement le corps nu de ma femme, un corps avide d'amour, et immédiatement mes fils, la dépouille de mon père fracassée sur un rivage : il me semblait qu'Aldoro peignait ces images-là, son pinceau caressait le corps nu d'Ulda. Non, dans la chambre de cendre à la dérive sur la crue, Aldoro me peignait en train de peindre pour moi ces images. Il m'obligeait à m'immerger dans ma crypte noire. Grâce à lui, grâce à son geste lent qui s'égrenait sur les murs, grâce à ces trois nuits qui me menèrent presque jusqu'à l'évanouissement, je compris l'unité de mon itinéraire, la durée souterraine de mon passé. Ce cabinet, ces globes, ce désir de l'*Orion,* cette attente de la Rivière-Dieu reposaient sur le souvenir fondateur de la Tortue cosmophore.

Grâce à Aldoro, en ces nuits d'eaux vives qui miroitaient autour de la nef, j'avais franchi ma porte d'ombre.

VII

Nous avons essuyé un orage des plus violents : nous nous trouvions au milieu d'un cercle de feu. A l'aube, des cris m'ont réveillé. J'ai d'abord cru à une nouvelle catastrophe : une terre s'offrait à nos yeux. Le temps était clair. On voyait nettement la ligne nue d'une falaise. J'ai aussitôt donné l'ordre de mouiller dans la baie, au fond de sable vaseux.

Quelle folie sur l'*Orion* ! La pègre exulte. Ma joie est restée très mesurée : je savais d'emblée qu'il ne s'agissait pas du continent de la Rivière-Dieu, simplement un îlot inconnu que nous étions sans doute les premiers à découvrir. Des oiseaux de rivage nous assaillaient. J'ai gagné la terre à bord d'une chaloupe, entouré d'hommes armés, prêts en cas d'attaque. L'eau était très bleue. Il faisait sur le rivage une chaleur suffocante. Cette terre semblait déserte. Déjà les marins voulaient s'enfoncer sous les végétaux broussailleux. La plage était très longue. Sans même à avoir à m'engager sous le couvert, j'ai pu marcher. Marcher : arpenter le sable meuble, auprès des vagues qui s'écrasent. Après l'enfermement de l'*Orion*, mon seul plaisir tenait en ces quelques pas sur cette frange d'île.

Je ne pensais plus à la latitude, pas plus qu'au nom éventuel de cette île. Je jouissais de cette présence au monde, entre les arbres immenses dont j'entendais bruire les palmes, et l'eau, face à cette baie où je pouvais contempler l'*Orion* Christophore. Des hommes s'ébrouaient dans la mer sous une pluie d'oiseaux. Bientôt nos émissaires nous rapportèrent un pauvre sauvage qui se débattait dans ses chaînes. Ils l'avaient surpris comme il coupait des palmes. Alvarez et Segovie s'occupèrent des opérations de dénombrement des populations de l'île.

La nuit est venue, très vite. Mendoza ne pensait qu'à reprendre la direction de l'*Orion*. J'ai demandé de rassembler des brindilles, des vestiges de palmes séchées et de goémons, et d'allumer des feux. Le froid était tombé, un froid comme venu des montagnes proches. Les brasiers crépitaient sous la nuit très bleue. Un halètement constant, un concert d'insectes et d'oiseaux provenaient du centre de l'île. Un tissage sonore, entrecoupé de stridulations qui semblaient, pour certaines, issues de gorges humaines. Le bal des sauvages inquiétait Mendoza. Je le regardais, éclairé par les flammes gigantesques du brasier, secoué d'une peur qui défaisait ses traits, la peur d'une attaque possible des sauvages.

J'aimais ce brasier qui cuivrait les visages. Face à nous, la baie encalminée. La mer éclatait en rouleaux très lents. Quelques astres scintillaient.

La fumée des palmes avait une odeur délicieuse d'essences rares : elle nous grisait. Mes calculs — maintes fois renouvelés — faisaient que j'étais formel. L'île constituait tout au plus un point avancé du continent de la Rivière-Dieu. Il était à souhaiter, pour mes hommes d'équipage, que le continent fût simplement séparé de l'île par un chenal. Peut-être, demain, une fois la brousse traversée, les sauvages jugulés, allions-nous apercevoir les eaux troubles, limoneuses de la Rivière. C'est ce qu'en quelques mots je dis à la totalité de l'équipage rassemblé. Tout en n'y croyant pas un seul instant. J'eusse même été déçu si j'avais dû, dès le lendemain, découvrir l'estuaire. Je n'avais pas suffisamment goûté l'enfermement de l'*Orion*. L'exploration ne faisait que commencer. J'en avais la certitude. Les grands feux dansaient sur le rivage. Des nuées d'oiseaux aveuglés par les fumées et les gerbes de lueurs tournoyaient au-dessus de nous. Mon équipage m'entourait. Je ressentais une sorte d'ivresse. Etaient-ce les fumées, la découverte de l'île, le bruissement nocturne de la brousse derrière nous, la présence de Mendoza, hiératique, tel un moine d'Aldoro ? Je voyais aussi nos chaloupes renversées sur le sable, et mes hommes, le vice sculpté à même le visage. A tous je m'apprêtais à imposer une nuit de veille. A part ceux qui étaient restés à bord, tous les autres veilleraient avec moi sur le rivage. Nos pas s'éparpillaient autour des feux, nos pas de colonisateurs. Comme une écriture charnelle sur le flanc vierge de l'île.

Cette nuit serait la nuit du nom. L'île, qui n'apparaissait en effet sur aucune des cartes, devait être baptisée. Je m'agenouillai sur le sable, pétrifié par le froid pur, lavé par la nuit astrale. Le nom mûrirait en moi. J'écoutais : autour de moi, la respiration des hommes, le fracas de la houle, les reptations, les craquements, les passées d'animaux dans la brousse, et les étoiles, et le monde. Un nom qui éclôt tient en son orbe toute la magie du cosmos. Dans mon cabinet de cosmographie, j'avais rêvé des noms déjà connus, déjà repérés. Cette nuit, j'allais ajouter un fragment de monde, j'allais créer un nom.

La nuit fut longue et intense. Les hommes alimentaient sans relâche les feux. Les flots brasillaient. Les sentinelles avaient allumé des torches sur l'*Orion*, encadrant le Christ, dont je devinais la forme tourmentée. Au bout d'un moment, je perçus une plainte, l'expression d'une douleur musicale et flûtée. C'était le sauvage que nous avions capturé : il sanglotait, seul à l'écart des brasiers, sa plainte concassait les mots ; s'exhalait une buée sonore, qui émanait elle-même d'un langage fluide. J'essayai de comprendre ce qu'il disait : la soufflerie des brasiers, les chants paillards des hommes et le brisement des vagues compliquaient la saisie de cette voix fluette. Là où j'aurais attendu un langage rauque, en harmonie naturelle avec les laves volcaniques de l'île, je trouvais un chant délié, parfaitement cristallin. Je tentai d'identifier les sonorités de la plainte : s'agissait-il d'ailleurs vraiment d'une plainte, n'était-ce pas plutôt une prière ou la récitation de quelque formule incantatoire ?

Trois ou quatre sons revenaient inlassablement : le premier, comme un claquement de vague sur le sable, les autres, plus aigus, rappelaient des pépiements d'oiseaux de brousse. Je m'imprégnai de cette bouillie sonore : au même instant, je regardai l'*Orion*, avec son Christ flamboyant, la lune diaprée et l'ombre déchiquetée des brasiers sur les boucliers pierreux du rivage. La plainte s'assoupissait parfois, puis elle repartait de plus belle. Adresse aux étoiles et aux vagues, peut-être aux dieux qui se dissimulaient sous ces puissances ?

Les sauvages armés de flèches nous guettaient peut-être derrière les buissons feuillus qui marquaient l'entrée dans la brousse. Je faisais mienne l'angoisse de Mendoza. Purifié par les éléments accordés de cette nuit stellaire, hanté jusqu'à l'obsession par la mélopée du captif, je descendais dans les méandres originels du langage. Le nom qu'il me faudrait proclamer à l'aube, quand des brasiers il ne subsisterait que guipures de cendre et galets calcinés, naissait progressivement en moi : la plainte du prisonnier, par ses redites vocaliques, le façonnait mais il était également modelé par la meule de la marée nocturne, la respiration violente des hommes et l'émotion qui me saisissait à vivre cette nuit de veille, entre la brousse et l'*Orion*. De l'insomnie, qui renouvelait toutes les figures essentielles de mon passé, allait naître ce nom.

Je ne voulais pas qu'il fût marqué des consonances du Royaume, j'aurais aimé qu'on y entendît le bruit particulier de cette île, son fracas de volière, j'aurais aimé qu'on sût, à l'entendre, qu'il avait été lieu de halte pour le vaisseau Christophore. La cendre et la flamme d'Aldoro m'habitaient pareillement. Mes visions me remuaient. J'atteignais les gisements du langage, des blocs de sonorités erratiques. Seul Dieu, disait le Psalmiste, avait le pouvoir de nommer. Il avait rempli de son Verbe le creux du monde. Les sonorités qui chatoyaient en moi, comme des mines précieuses dans la boue, se chargeaient de toute l'énergie du lieu.

Bientôt le soleil apparut. Je lâchai un cri. L'île était baptisée.

Peu de temps après, les moines du *Colomban* débarquaient sur le rivage d' « Erosia ». Tel était, en effet, le nom que la naissance du jour m'avait arraché. Les centaines de moines dans leurs canots. Je les accueillis. La première réaction du Prieur fut de tracer le signe de la Croix sur le sable humide. Il christianisait ainsi le lieu que j'avais nommé. J'ordonnai aux hommes de construire immédiatement l'autel. Ils disposèrent un rocher plat sur des rondins, le firent rouler jusqu'à un espace dégagé, quasiment au milieu de la plage. Les moines avaient apporté dans les barges le Tabernacle et les candélabres. L'équipage de l'*Orion*, officiers en tête, prit place devant l'autel érigé dans la direction du soleil.

Le Prieur nous apparut, chamarré d'or. La messe commençait. Les moines entonnèrent les psaumes, avec allégresse : joie d'arriver sur une terre inconnue, joie de porter le Christ sur des rivages nouveaux. Le Prieur du *Colomban*, extrêmement rigoureux, célébrait la messe comme il l'eût fait dans n'importe quelle église du Royaume. Mais ici la messe était chantée sur un roc inviolé, face à la mer. Des fous, des goélettes tourbillonnaient au-dessus de l'autel.

J'attendais avec impatience l'Instant du Sacrifice. Auparavant le Prieur exigea que le prisonnier fût conduit jusqu'à lui, dépouillé de son pagne végétal, et baptisé par immersion totale dans une énorme flaque qu'avait laissée la mer. « Ego baptisto te, in nomine Patris, et Filii, et Spiritus Sancti. » Le sauvage terrifié se débattait : soudain, il se calma, comme s'il eût été saisi par la grâce.

« Mes bien-aimés, nous dit ensuite le Prieur, grâce à Dieu et à notre merveilleux pilote, nous avons touché terre. Ce continent n'est peut-être pas celui que traverse la Rivière-Dieu. Nous avons sans doute encore devant nous des jours et des jours de navigation. Nous allons offrir le Sacrifice de Notre Seigneur sur le rivage d'Erosia, c'est là que nous avons dressé l'autel, celui qui réjouit notre jeunesse.

« Regardez, mes frères, ce ciel limpide, cette mer apaisée, cette terre aussi après tous ces jours de navigation. Ce lieu est béni désormais. L'Amiral de la Rivière-Dieu et ses vaisseaux y ont porté le Christ. J'ai tracé tout à l'heure sur le sable, en arrivant, le signe de la Croix. Je viens de baptiser le premier sauvage de l'île. Grâce à Dieu, il vient d'être plongé dans la mort du Christ, grâce à Dieu, il n'est plus la proie des esprits, il est l'instrument de l'Esprit.

« Cette exploration a reçu l'assentiment du Seigneur. Nous irons jusqu'aux sources de la Rivière-Dieu. L'Amiral qui nous guide n'est saisi que d'une force, la folie de la Croix. Qui a souffert plus que lui de travaux, de blessures, de prison, de dangers de mort, de flagellation, de lapidation et de naufrages ? Il m'a confessé sa vie. Je sais la folie sainte qui l'habite. Rendons grâces au Seigneur pour cette expédition. C'est une chose que de vivre confiné dans les monastères du Royaume, à vénérer une Parole qui, faute de grand air et d'esprit de mission, se dessèche, c'en est une autre de porter l'Evangile à travers les mers, de se faire Christophore, pas pour soi, pour une quelconque vanité — l'Amiral ne désire rien pour lui-même, ni pour sa descendance qui appartient déjà au Seigneur —, mais pour Dieu, pour Son Eglise, pour l'honneur et la gloire du Royaume, le vrai Royaume, le Royaume céleste.

Il est bon de fêter notre Dieu,
il est beau de chanter sa louange :
il guérit les cœurs brisés
et soigne leurs blessures.

Il compte le nombre des étoiles,
il donne à chacune un nom ;
il est grand, il est fort, notre Maître :
nul n'a mesuré son intelligence.

« Prions pour notre saint Amiral et la réussite de notre très sainte expédition. Amen. »

La messe fut grandiose. Les moines entouraient l'autel. L'ostensoir géant, que j'avais vénéré dans les soutes du *Colomban*, avait été déposé sur le Tabernacle. Le corps sanctifié du Sauveur du monde fut levé au-dessus des eaux, exposé aux quatre points cardinaux. Il me semblait que l'origine des choses était là, dans ce cercle de pain pâle qui éclipsait le soleil, ce cercle de pain où je lisais en transparence la Croix, l'Alpha et l'Oméga. Le corporal recouvrait le rocher brut. Le sacrifice était donné dans ce décor de genèse ; les psaumes, c'était la mer qui montait, le froissement d'ailes des oiseaux affolés tenait lieu d'aubade de Séraphins, le Temple se dressait entre la forêt et la mer.

Le jour, intense, avait changé les vagues en une barre de réfractions torrides. Des odeurs suaves nous arrivaient de l'île, et des cris, des bruits de danses, une succession de glissements qui secouait le couvert. Le sacrifice se jouait au zénith du monde. J'avais rarement vécu une telle ardeur, une telle beauté. Aux messes moisies, terreuses, du couvent augustinien, aux messes atmosphériques du *Colomban* entre ciel et mer, je préférais indéniablement ce sacrifice sur la pierre et le sable, avec ce remuement de houle et de brousse.

Le Calice fut levé, donné à la voûte céleste : nous nous prosternions tous, face au sol, dans le sable rugueux. D'un côté cette présence grenue, élémentaire des choses, de l'autre la grâce aérienne du Sang offert, le corps cosmique et glorieux du Sauveur.

L'Eglise m'avait toujours paru nier le monde. Je me souvenais de mes printemps d'enfance, l'ouverture des sources, la campagne fourmillante de ruisseaux, les fleurs, la reverdie et sa plénitude. C'était le moment où il fallait faire Carême, renoncer à l'orgie des vergers pour la cendre, les statues voilées, le jeûne, le deuil de la Semaine sainte. Pâques me paraissait manquer le réveil du monde. Le tombeau ne s'ouvrait pour moi qu'à l'intérieur de l'église.

Or, ce matin-là, sur la plage d'Erosia, le sacrifice de l'Unique entrait dans l'harmonie de l'univers. La messe était célébrée dans la nef cosmique, presque au bout des rouleaux du Livre. Le nom du Christ était désormais inscrit sur le sable de l'île, le Sang du Christ avait ruisselé sur l'autel que souillaient depuis l'origine les fientes des oiseaux marins, le sauvage venait d'être plongé dans l'eau lustrale.

Je communiai dans l'extase. Mendoza, près de moi, s'était jeté sur le sable sitôt l'hostie reçue. Je l'imitai. Je me laissai tomber, écrasé par la légèreté de ce corps qui m'habitait. Un tonnerre de liesse résonnait. Les sauvages déferlaient. Le *Belphégor* venait de mouiller dans la baie.

Il n'y eut guère de combats. Les sauvages se livrèrent sans résistance. Les moines les baptisaient. Les peuplades d'Erosia avaient le visage sombre, de grands yeux liquides, une bouche aux lèvres proéminentes. Les femmes et les filles étaient vêtues de parures de végétal tressé. Qui étions-nous pour ces pauvres sauvages? Des dieux, devaient-ils penser, et c'est sans doute pour cela qu'ils émirent si peu de résistance. Ils regardaient fascinés l'autel que nous avions bâti sur le rivage. Plus forte fut encore leur émotion quand le *Belphégor* eut avancé ses chevaux sur ses barges. Les hennissements les terrorisèrent d'abord, puis, très vite, ils se firent à ces bruits de cavalcade marine. Les chevaux, comme gourds, avaient sauté des plates, chancelants, prêts à chavirer sur les vagues. Les marins les tiraient vers la plage à l'aide de longes de cordage.

Les chevaux, les moines, les marins du *Belphégor* et de l'*Orion,* la messe finissante et les baptêmes de sauvages, tout cela créait une agitation énorme sur le rivage. Les bêtes caracolaient dans l'écume, poitrail nerveux, en sueur. Elles avaient vécu des jours prisonnières de la paille et de la souille du navire. Aussi s'élançaient-elles dans l'eau en un fracas de galops fous, comme des chevaux de mythologie, les coursiers des dieux envahisseurs que nous figurions aux yeux des habitants d'Erosia.

Le chef des tribus s'était avancé vers moi avec une multitude d'offrandes et il ne cessait de se prosterner à mes pieds. Des enfants accouraient. Nous traversâmes la brousse et ses galeries opaques jusqu'au premier village, un assemblement de cases qui entourait une place de terre ocre et battue. Une immense statue bariolée, hérissée de feuillages et de plumes, occupait le centre de l'espace. Je fis embraser la statue. Les femmes s'étaient réfugiées dans les cahutes en hurlant. A l'emplacement de l'idole, dans les cendres encore rougeoyantes, nous élevâmes la Croix du Sauveur. Nos moines chantaient. Il se passa alors comme un miracle : le chant des moines rassura les femmes qui sortirent des cases. Elles s'étaient parées pour la circonstance d'attributs colorés, de pierres qui constituaient autant de bijoux frustes, des colliers composés de vertèbres animales et d'arêtes de poisson, des plumes chatoyantes, des algues bleues. Elles se massèrent au pied de la Croix, dans les cendres de l'idole. Le Prieur présenta l'ostensoir à la foule. La christianisation n'était encore que rituelle, il faudrait un lent travail d'imprégnation, d'assimilation, et je décidai de laisser à cette fin une quarantaine de moines et d'hommes. Nous reviendrions à Erosia après la Rivière-Dieu, qui devait être proche.

*

J'eus l'occasion d'assister aux rituels d'initiation.

Le chef de la tribu, un vieillard qui ne se déplaçait jamais sans son sceptre bariolé, constellé d'amulettes, m'entraîna dans la brousse. Il me semblait comprendre, à travers sa gestuelle, qu'il souhaitait me faire subir l'intégration initiatique. Moi qui venais de brûler l'idole, je n'y tenais guère. En revanche, entouré de Mendoza et d'Alvarez, je fus témoin des rites de circoncision des adolescents d'Erosia.

Nous descendîmes dans le lit d'un cours d'eau asséché, envahi de broussailles. A mesure que nous progressions, le lit s'enfonçait entre deux murailles de pierres alluviales. La lave ou le limon avaient durci, constituant des bourrelets de glaise minéralisée. Nous allions de sape en ravin. Au premier orage, les eaux devaient déferler, engloutissant le labyrinthe.

La forêt se composait ici d'arbustes noueux, à la façon d'ossements qui eussent fleuri. Nous respections la consigne du silence. De-ci, de-là, j'avisais sur les flancs de la roche des signes, des tatouages, des masques construits à partir de crânes. Des grottes criblaient aussi la paroi et l'on pouvait, de toute évidence, circuler dans la pierre. Après avoir foulé le sable rouge de la rivière pendant au moins une heure, traversé, pour ma part, de la pensée fugitive que ce voyage pouvait être sans retour, nous dûmes nous engager dans le labyrinthe. Là encore — les torches des hommes qui nous devançaient nous permettaient de le voir —, la pierre était blessée de signes. Parfois un orifice céleste éclairait la conduite. Il y avait même des traces d'éboulement. On entendait la terre qui glissait ou grondait, une rumeur noire venue des profondeurs de l'île. Puis il y eut un chuintement et un surgissement cristallin, l'eau sourdait sous nos pas. J'étais las de ces galeries de termites, d'autant qu'il fallait, plus nous remontions le lit secret, nous courber : l'air devenait difficilement respirable, je voyais devant nous les plumes convulsées du passeur, je croyais m'engloutir dans un sortilège ou un cauchemar.

J'avais pourtant le souvenir des puits du Nil où j'avais reçu une nuit durant l'enseignement d'un moine pneumatophore. Du Nil aux galeries souterraines d'Erosia, dans le cœur érodé de la mer Océane. Bientôt nous atteignîmes une chambre rutilante, aux parois incrustées d'or. Je faillis défaillir. Sept jeunes garçons étaient alignés, terreux, enduits de boue.

Mendoza me souffla qu'il fallait interdire l'exécution du rite. Au contraire, je laissai faire. Il était difficile d'imaginer combien de temps les adolescents avaient passé au fond de la sape à attendre leur circoncision. D'autres rites avaient certainement précédé l'admission dans la chambre, dont nous ne saurions rien. Nous saisissions un seul maillon du rituel : il devait en comporter bien d'autres, plus loin, dans les fractures secrètes de la pierre.

Nous vîmes le roi souterrain trancher les sexes des garçons à l'aide d'un poignard effilé, un bloc jaspé dont la forme évoquait celle d'un couteau sacrificiel. Les sept prépuces furent coupés sous nos yeux. Le sang gicla jusqu'à nous. Des bruits de terre, de boue mouvante remontaient des sinuosités du ravin. Les sept garçons enfouirent leur membre blessé dans la glaise.

Le roi passeur nous invitait déjà à sortir. Au même instant, Mendoza s'écroula, le visage terreux et ensanglanté.

Notre séjour dans la baie d'Erosia nous procura sur les mœurs et les divers usages des sauvages beaucoup de connaissances. Nos vaisseaux étaient à l'ancre auprès de leurs villages ; nous avions loisir de les visiter plusieurs fois par jour. Nous multipliâmes à leur égard les preuves de bienveillance et de douceur.

Mendoza, profondément horrifié par la barbarie du rite de circoncision, ne voulut plus quitter l'*Orion*. Je l'y laissai donc tandis que je poursuivais mes explorations de l'île.

J'avais fixé le jour du départ. J'errais une nouvelle fois sur le rivage septentrional quand j'aperçus soudain, auprès d'un autre village des mêmes peuplades à peau sombre, des débris de canots entre les rochers. Je me précipitai : je reconnus aussitôt l'emblème de notre vaisseau *Madeba*. Nous n'étions donc pas les premiers, comme je l'avais cru d'abord, à toucher le rivage d'Erosia. Les barges du *Madeba* s'étaient fracassées sur les récifs de l'île. J'alertai les hommes, et leur demandai de fouiller les parages de la plage jusqu'à la barrière de corail. Alvarez et Segovie allèrent jusqu'à inspecter les cases du village le plus proche. Aucune trace du naufrage du *Madeba*.

Je supposai que le *Madeba* avait coulé la nuit de tempête. Il était à espérer que le *Lux* et l'*Ossuna* continuassent leur route. J'avais un moment attendu qu'ils nous rejoignissent dans la baie. J'avais désormais la preuve de la disparition d'un deuxième vaisseau après l'*Escurial*.

Si les barges avaient été rejetées par la marée sur les côtes d'Erosia, le flot avait peut-être aussi apporté les cadavres. C'est à cette fin que j'avais fait fouiller les cases. Il s'y trouvait peut-être des instruments de navigation ou des reliques de vêtements, des vestiges d'objets ayant appartenu aux marins.

Les fouilles restèrent vaines. Je retardai le départ. J'avais l'intime conviction que des corps de nos marins étaient cachés sur cette île. J'avais touché l'île, je l'avais baptisée, mais des cadavres de mon escadre avaient les premiers reflué sur les rivages d'Erosia. Cette île que j'avais follement aimée, je me mettais à la détester. Je la voyais comme un point stable, déjà repéré sur le grand livre des eaux. Mais je savais maintenant qu'elle n'était pas née de ma rêverie nocturne, c'étaient les cendres de mes marins et de mon beau vaisseau aux voiles pourpres qui l'avaient baptisée. Plusieurs nuits je vis en rêve les cadavres mutilés qui roulaient sur le sable. Je pressentais que les sauvages les avaient recueillis et dissimulés quelque part dans la brousse. Il était indispensable de trouver les restes des marins. Je ne lèverais pas les ancres tant que je n'aurais pas découvert vestiges ou reliques. L'île était damnée. Il me semblait que la suite de l'expédition était compromise si nous n'arrachions pas les cendres de nos marins à la possession des sauvages.

Puis je me souvins des crânes. Ces crânes que j'avais aperçus lorsque avec Alvarez et Segovie nous avions visité les galeries du labyrinthe initiatique. Je retournai sur les lieux, cette fois à l'insu du chef du village. Je retrouvai sans problème le lit asséché, l'entrée du ravin. Des sauvages veillaient à la porte d'une grotte. Ils s'écartèrent dès qu'ils nous virent et nous laissèrent passer. Il me fallut quelques instants pour que je m'acclimate à la pénombre de la salle. Des feuilles brûlaient dans des poteries en forme de vasques, répandant une odeur capiteuse. J'avais à peine fait quelques pas que je devinai d'autres débris de barges, puis une pirogue intacte. A l'intérieur sept têtes coupées, sept têtes blanches, sept têtes de marins du *Madeba*. Partout autour de nous une abondance de crânes disposés dans les pliures et les alvéoles de la roche.

Quand je me fus approché, je me rendis compte que les têtes de mes marins décapités trempaient dans un bain de plantes macérées. Une litière de fougères arborescentes, finement entrelacées, garnissait le fond de la pirogue. Sous l'effet du bain et des plantes — et sans doute déjà de la salure de la mer qui avait roulé les corps —, la chair avait commencé à se décoller ; les dents apparaissaient, les arcades sourcilières et le creux de l'orbite également. Les corps avaient sans doute été brûlés. Je donnai l'ordre aux hommes qui m'escortaient de s'emparer de la barque funéraire et de la porter jusqu'à la plage.

Il y eut là une autre messe qui précéda juste notre départ de l'île, rebaptisée pour la circonstance « Madeba ». Une messe de requiem. Autant notre arrivée avait été exubérante, autant notre départ fut sombre et affligé. Le Prieur avait revêtu les ornements noirs gansés d'argent. On avait enfermé les sept têtes dans sept minuscules cercueils. Une autre boîte contenait elle trente effigies de cire, conformément à une tradition maritime d'une île nordique qu'il m'avait été donné de visiter dans mes premières expéditions. Le *Dona eis requiem aeternam* fut chanté devant une mer qui semblait s'être obscurcie pour l'occasion. Puis les reliquaires furent ensevelis selon la tradition chrétienne. Le *Dies irae* littéralement hurlé par les moines m'avait rempli de la peur imminente du Jugement.

Seize jours après notre arrivée sur le rivage de Madeba — j'espérais ne pas laisser ailleurs dans la mer Océane le nom d'autres bateaux de mon escadre —, à quatre heures du soir, nous appareillâmes —, et avec nous le *Colomban* et le *Belphégor* — avec une brise de l'ouest qui cessa lorsque nous fûmes au large.

VIII

Une autre île nous attendait à quelques enca-
blures de l'autre. Mais je donnai l'ordre de poursuivre la route.

Les nuits qui suivirent notre escale à Madeba
furent particulièrement lumineuses. La mer était
très belle. Un vent chaud soufflait. On eût dit que
des météores flambaient au ras des eaux. Le soleil
tombait d'un coup à l'horizon comme s'il eût été
tranché par la mer. Il fallut quelques jours pour
que je parvinsse à me débarrasser des angoisses de
l'île. Les rituels de circoncision et les têtes de mes
marins dans leurs barges funéraires m'obsédaient.
J'avais nommé l'île dans ma longue rêverie nocturne, mais j'avais goûté jusqu'au bout aussi sa
barbarie. J'eus du mal à retrouver la pureté
élémentaire du monde. Les réserves des bateaux
commençaient à diminuer considérablement, et ce
n'étaient pas les fruits, rapidement putrescibles,
que nous avions récoltés sur l'île, qui allaient
combler les carences.

Je ne sentais plus la rage, ni la révolte. La
cérémonie ultime du requiem sur le rivage de

Madeba avait abattu les équipages. Pourtant rien ne me ferait dévier de mon intention. Nous entrerions bientôt — dans quelques mois peut-être — dans les eaux rouges et mêlées de la Rivière-Dieu. Si d'autres îles ne nous offraient pas de possibilités de mouillage, nous aurions à supporter la folie de l'enfermement. Délesté, dans la nuit chaude que traversaient de longs cris hagards, j'aspirais presque à cette captivité forcée sur l'eau. J'aimais la vieille coque de l'*Orion*, sa prison putrescente. Et je me dilatais dans la contemplation de la lointaine Croix du Sud, auprès de mon Christ mutilé.

Plus j'avançais dans mon repérage du monde, plus le souvenir de Fra Domenico me hantait. Il était étrange, en effet, de voir comment, à mesure que je progressais à la fois dans mon âge et dans ma reconnaissance de la création, les images du passé se découvraient comme un filigrane. J'avais pris la direction de Venise vers mes vingt ans, seul, sur les conseils de mon père qui m'avait vanté la renommée de Fra Domenico, le vieux moine cartographe.

Rarement ville a suscité en moi un éblouissement si grand. Je découvris une Venise dorée dans l'aube. Des dômes, des coupoles se levaient, entrecoupés d'eaux, de larges entailles miroitantes. J'appris à me perdre dans ce réseau de rii, de ruelles aquatiques si silencieuses, si embrumées qu'on n'y entendait que le clapotis de l'eau lourde contre les quais. Les îles s'égrenaient comme de longs doigts funestes dans la lagune. Mon enchantement fut aussi intense la nuit que le jour. Je visitai les bordels. C'étaient de grandes salles voûtées qui ouvraient sur les canaux. A vingt ans l'exigence de sensualité est intense. Je me perdais entre ces corps souples, hanches et seins lisses et pubis très noirs. J'ai le souvenir de ces chevelures et de ces semis de poils sombres sur la neige des peaux. Une forte odeur de musc flottait dans les chambres closes. Remontait aussi des canaux proches un superbe fumet de terre spongieuse et de matières déliquescentes.

Les substances mêmes de l'amour venaient compléter ce concert de fragrances. Je passais des heures au bordel. A peine avais-je expulsé le signe de ma jouissance que j'attaquais une nouvelle proie. Je conquis une trentaine de sirènes de la lagune. Mes journées étaient surtout vouées à l'amour dans les chambres basses. C'est là, près de l'eau, captivé par son haleine noire, que je saisissais vraiment la triple nature de Venise : eau, femme et mort. Les poils emmêlés des pubis humides que je visitais sans relâche figuraient à mes yeux les algues qui eussent protégé je ne sais quelle porte infernale. Venise demeurait en effet pour moi, et ce malgré sa lumière rutilante et nimbée, ses dômes, la trajectoire vibratile des canaux, la poche liquide et secrète de la mort, le ventre rétracté et nocturne, limon de déjections grouillant dans l'eau noire.

Comme souvent par la suite dans ma vie, les nuits me purifiaient. Je gagnais en barque l'île de Fra Domenico. J'avais en poche une recommandation de mon père. Je ne sais d'ailleurs toujours pas comment l'anatomiste qu'était mon père était en relation avec le moine cartographe. Fra Domenico habitait Murano, l'île des verriers. Sa cellule de moine et de cartographe — l'autel sur lequel il célébrait sa messe quotidienne voisinait avec sa table de travail — dépendait du monastère camaldonite de l'île. Plus encore que la rencontre avec le vieux moine — j'ai toujours aimé ces visiteurs de l'étrange, et Fra Domenico préfigurait sans doute d'une certaine manière le vieil Aldoro —, c'est la traversée qui me ravissait. La brume épaisse annulait toutes formes. Mon corps rompu, mes sens sommeilleux, exténués par l'ivresse de jouissance, me donnaient l'impression d'une ville spectrale, traversée de cris, de bruits fous, de clameurs insolites, je croyais entendre les messes marines de San Nicolo dei Mendicoli, j'entr'apercevais des doges vêtus de rouge qui dérivaient entre les indentations des îles ; une peur confuse montait en moi, l'appréhension d'un possible châtiment.

J'avais vogué tout le jour sur les eaux létales du plaisir, j'avais cherché cet au-delà de l'amour physique, je m'étais effondré de sommeil sur les corps huilés de semence, avec sur la langue ce goût tenace de mort, et je devinais que je pouvais être châtié. Aussi avais-je la sensation de traverser la mort quand je gagnais l'île de Fra Domenico. C'était toujours la même Venise mortifère et putride : je voyais dans les eaux que tranchait un rai de lune s'épanouir un fouillis d'algues luisantes. Les bouches, les lèvres, les failles secrètes du corps ne me quittaient pas. J'eusse souhaité que se levât une risée salubre à seule fin de me laver de mes miasmes du jour. Je laissais derrière moi la masse étale de l'orgie, la ville basse, lourde, promise à l'engloutissement.

Ma fascination des traversées est sans doute née une de ces nuits de brume lunaire à Venise, alors que l'épuisement que j'endurais me faisait grelotter. La traversée s'éternisait. On aurait dit que le nautier prenait un malin plaisir à ramer mollement. Quand j'arrivais — enfin ! — sur l'île, je me précipitais chez le moine : une veilleuse allumée me signalait que Fra Domenico m'attendait. J'avais à peine franchi le seuil de la cellule voûtée, nervurée comme l'intérieur d'une conque qui va s'amincissant, que j'étais saisi par le mystère du lieu : il me semblait même que je rejetais loin derrière moi, comme s'il se fût agi d'une défroque, mon passé de jeune débauché, l'amertume des frasques. J'étais gauche, intimidé. Le goût de mort, sur ma langue, avait reflué, faisant place à une sécheresse terrible, comme si mes réserves salivaires eussent été taries.

Fra Domenico m'accueillait avec une extrême courtoisie. Son visage s'illuminait dès qu'il me voyait entrer. Tout dans son espace était ascèse et pureté : la table de pierre érémitique de l'autel, les rouleaux de parchemin tout autour, les plumes, les flacons d'encre. J'oubliais la ville, son épaisseur

112

d'eau, sa saturation de brume, sa densité de mort. Je regardais avec émotion les mains pures de cet homme qui n'avait jamais touché de femmes. L'air humide et le froid de la cellule, que ne parvenaient pas à réchauffer la maigre veilleuse et le brasero, avaient fini par gonfler les articulations des doigts du moine, ce qui lui donnait de lents gestes gourds.

Fra Domenico n'avait jamais voyagé. Il était né là, sur l'île. Il assurait avoir rarement traversé la lagune. D'où lui venait alors cette passion des cartes, ce désir permanent de tracer le monde qui se déployait pour lui à la façon d'un triptyque : l'Europe, l'Asie, l'Afrique ? Quand il ne traçait pas, il dormait. Là, sur une infâme paillasse, juste au-dessus du soupirail qui ouvrait sur la plaine d'eau. Certes, les navigateurs, les premiers explorateurs qui faisaient escale à Venise défilaient chez lui. Il devait les écouter longuement, il observait aussi leurs cartes, enregistrait les indications de leurs relevés, puis il sombrait dans son sommeil lucide. Entre l'autel de Dieu et la table de travail, il dormait le monde. Et du sommeil de cette modeste dépouille aux joues efflanquées et piquetées d'une barbe moribonde sortait l'image du Cathay, les estuaires des fleuves d'Afrique, les montagnes du Caucase et de la Scandinavie, Acre, Jérusalem, les lointains de l'océan hyperboréen. Plus il vieillissait, plus il dormait. C'était là sans doute sa manière de se préparer à l'immobilité définitive, mais, dans ses moments de veille, il concentrait une énergie fabuleuse. Je le vis tracer

113

l'Afrique, le Désert des Maures, d'un mouvement emporté — inspiré. Il connaissait Ptolémée mais il le dépassait, l'assimilation de ce que les découvreurs venaient déposer dans sa cellule et la densité merveilleuse du songe lui permettaient d'aller plus loin encore dans son imagination de la rotondité du monde.

Ses cartes étaient pour l'œil un pur régal : les terres étaient ombrées de jais, les océans, selon leurs profondeurs supposées, étaient clairs ou sombres, les fleuves d'Afrique en particulier avaient un vert acide qui me charmait. Fra Domenico constellait aussi ses cartes de symboles et d'animaux allégoriques : le Lion représentait Venise — pour lui l'Ombilic du monde —, le Cerf crucifère l'Europe, le Léopard moucheté d'or l'Afrique ténébreuse.

Le vent poussait parfois jusque dans la cellule une odeur écœurante de salure, la flamme faiblissait, je voyais peu à peu le moine se laisser dévorer par l'ombre. Il rêvait souvent à la Jérusalem céleste. Il m'en parlait, et son image, à cet instant, se détache encore, intacte dans ma mémoire. Tout comme il m'entretenait du Paradis terrestre et de ses fleuves : Phison, Gihon, Tigre et Euphrate. Après les corps des femmes, le bruit de leur jouissance, après la ville dorée qui avait brusquement chaviré dans cette brume qui étouffait les astres, après la longue traversée qui m'avait rempli d'un sentiment sourd de culpabilité, j'entrais dans la magie du Paradis, et les deux combustibles de ma rêverie, je les trouvais dans la poésie propre des vocables et le tracé chatoyant des fleuves sous la plume de Fra Domenico.

Grâce à lui, auprès de lui, à mon tour je dormais le monde. Je n'en connaissais réellement, par expérience, que le chemin que j'avais fait du Royaume à Venise. Mais j'avais devant moi tout le temps de le repérer, de le traverser. Pour l'heure, auprès du moine cartographe, j'atteignais à un autre mystère : la forme même de la création m'était révélée. Il avait fallu que je goûte ces corps mouillés, que j'éprouve cette profondeur tenace de mort, il avait fallu ce long voyage égaré sur les eaux jusqu'à la cellule de Fra Domenico, et, maintenant, le monde s'ouvrait, je voyais fourmiller les fleuves, je captais la violence des estuaires. Plusieurs fois, après que nous eûmes longuement contemplé ensemble ses cartes lumineuses, Fra Domenico m'invita à m'agenouiller avec lui auprès de son autel le temps d'une prière. Je n'ai jamais plus ressenti, comme dans ces moments-là, cette plénitude bruyante, ce vacarme intérieur, plus fort qu'un tonnerre sidéral ou un éboulement cosmique. Le monde bougeait en nous. J'en avais l'intime conviction. Des hallucinations m'assaillaient : les estuaires s'ouvraient et je remontais des fleuves. La bogue de pierre de la cellule éclatait. Je ressentais un appel, un vertige. Des milliards de soleils roulaient sous mes paupières.

A distance, je comprends mieux aujourd'hui les deux versants de Venise qui me furent révélés. La première Venise — aquatique, féminine et funèbre — me préparait à ce bonheur intense, fulgurant même : l'axe du monde traversait la ville d'eau, l'appel puissant de la création résonnait dans un modeste goulot de pierres chaulées aux jointures rongées de sel. Ou était-ce moi, qui, comme jadis, du temps des visions d'enfance avec la tortue de Grenade, provoquais ces impressions ? Je ne le crois pas : Fra Domenico était un personnage exceptionnel. Il avait, dans son sommeil, la faculté de dessiner l'ensemble des choses sublunaires. Son ascèse me fascinait, mais je ne pouvais encore l'imiter. Tout le temps que je fus à Venise, je fréquentai les bordels avec une avidité décuplée. Ce que je croyais percevoir la nuit dans cette cellule de l'autre bout de la lagune ne m'empêchait pas le jour revenu de me replonger dans l'orgie. J'en buvais les fastes jusqu'à la nausée. Le musc des corps me grisait. Ces femmes, les lourds faisceaux de leurs chevelures, la nacre moite des peaux, et leur râle qui se disperse entre les eaux qui cognent. Les beaux sexes fendus dans l'épaisseur des poils...

J'ai gagné aujourd'hui l'autre rive de Venise. J'ai bouclé la triade : la chair, l'écriture et le monde. Je suis seul cette nuit encore dans ma cellule aux dimensions de la voûte céleste. Une Venise fastueuse et engloutie veille en moi. J'ai aujourd'hui peine à concevoir la profondeur ramifiée du souvenir. Comme autrefois Fra Domenico dans son atelier sommeilleux de Murano, j'ai trouvé l'ascèse, le couteau de l'embrun et le tesson des astres. Je me crispe dans cette ardeur gelée. La nuit marine m'enveloppe. Un bruit continu de glissement traverse l'espace. Je me tends dans l'écoute. L'eau frappe la barque de secousses régulières. La ville est derrière moi, étendue comme un corps putride. Il me semble reconnaître parfois des volées de cloches. Un luxe de sonnailles, un délire de cris et d'alertes. J'attends l'aridité du rivage et de la cellule. Je me tais et j'essaie de taire en moi l'anarchie du rêve, le fracas de mes divisions. Je sais que le moine veilleur m'attend. Ses encres finissent tout juste de sécher sur le parchemin, entre la salure et le suif. J'entre : je me penche sur la dernière des cartes. La mort vient d'y laisser un nom vide.

IX

De même que la présence constante des éléments me purifie de mon passé, de même le contact de l'océan détruit mon odorat. Je ne sens plus. Il arrive que l'odeur animale qui provient des soutes m'alerte, mais le plus souvent je me trouve dépourvu de tout pouvoir olfactif. Même les écorces et les herbes récoltées sur la sinistre Madeba ne dégagent pour moi aucune odeur. Je les ai pilées, concassées entre mes doigts, espérant que les sèves et les sucs qu'elles libéraient raviveraient en moi le souvenir de l'île de Chio où, à l'occasion d'un de mes premiers voyages, je passai des jours et des nuits à humer la sauge, le thym, l'origan, les orangers et les citronniers aussi. Le parfum qui m'emportait, un des plus capiteux qu'il m'ait été donner de sentir, c'était le mastic, enivrant comme un encens de harem.

Je parviens aujourd'hui encore à retrouver cette odeur, de façon uniquement mentale ; le souvenir, dans sa magie, éveille une constellation d'analogies et le fumet flambant du mastic me revient, il traverse les milliers d'autres parfums que j'ai sentis et qui n'ont pas laissé, eux, cette trace vivante. Douloureuse est la sensation qui m'étreint quand disparaît la présence du mastic : je ne sens plus rien, mais je reste taraudé par le reflux de cette dernière odeur. Je suis orphelin du dernier parfum qui me rattachait à l'innocence : plus de résine paradisiaque pour noyer mes blessures. Et je dois affronter le vide de l'eau, l'irréalité du soir qui tombe, le mirage de ces quatre clous lumineux qui miroitent au sud.

Toute odeur est profonde et spiralée : elle désigne un cheminement attentif, une investigation à travers la terre et l'origine. Me reviennent les odeurs du jardin maritime de l'enfance, la fosse tapissée d'humus souple où s'enfouissait la tortue, les brindilles de l'allée, les mousses gorgées de vieilles pluies après l'hiver : face au vide de la mer Océane, c'est le seul moyen que j'aie de me recomposer un univers vivace, tissé d'odeurs, de frémissements, de sources qui crèvent. Je retrouve l'odeur du mastic de Chio. J'aime ce souvenir d'encens bifide. Rugosité de l'écorce et jet de suc. Mais surtout, ce qui me captive, c'est la frontière qui tranche l'odeur : d'un côté, le monde tangible, de l'autre, le fumet qui s'évapore, l'innocence et la mémoire, l'encens et le harem. Il y a pour moi dans la nappe de mastic qui remonte une odeur persistante de chair croupie, lichen noir des tombeaux, et l'odeur, verte jusque-là, mue, je la vois qui s'assombrit, se charge de pustules, de nuages, comme un agglomérat de charpies cadavériques qui couvrirait le ciel, ce n'est plus l'enclave verte, le paradis des parfums de Chio, c'est un trou, une lésion de vermine silencieuse, un visage même, noirci, narines mangées, cratères oculaires béants, il faudrait à nouveau la magie de l'essence de lentisque pour effacer cette lèpre putride, la fosse cendreuse de San Bernardo, l'encens vert de l'innocence, la griserie d'un matin de Chio.

*

J'avais oublié Frederico de Mendoza. Je vis de plus en plus en solitaire, dans un tête-à-tête permanent avec l'élément. Il revient vers moi : mauvais présage. Je me souviens que chacune de nos altercations a été le prélude d'une catastrophe. Plusieurs fois, j'ai deviné qu'il voulait m'aborder. Je l'ai évité la nuit dernière encore, comme je méditais devant la Croix du Sud. C'est bien le signe que depuis Madeba nous sommes entrés dans les eaux de l'Equinoxial. Que me veut Mendoza ? Ce soir, je le laisserai venir. Je lui ai peu parlé depuis la découverte atroce de nos marins décapités.

Cet homme m'a irrité, au tout début. Je voyais en lui un espion, et il l'était vraiment. Croyais-je alors que mon expédition allait tourner court et que j'aurais à affronter la Cour et l'Archichronographe ? Je me suis installé à mon pupitre. Je veux écrire, me délivrer d'un certain nombre d'images qui m'obsèdent. Ce sont les sources de mon épopée qui me reviennent : Venise et ses bordels, la traversée nocturne de la lagune jusqu'à la cellule illuminée de Fra Domenico, l'odeur verte du mastic sur l'île de Chio. Je songe à nouveau à l'attrait de l'Orient, du mystérieux pays qui s'étend au-delà de Trébizonde et de Damas.

Mendoza : je l'ai vu rouler sous le fouet aux lanières de plomb, j'ai vu son grand corps glabre meurtri, entaillé de fines lames sanglantes. Je viens d'avoir une idée qui ne m'avait jamais encore traversé l'esprit : Mendoza aurait-il servi de modèle à Aldoro pour la série des saint François extatiques et brunâtres de la sacristie de la cathédrale ? Il a fallu la naissance subite de cette idée et la médiation de la peinture pour que je redécouvre le corps de Mendoza, plus exactement, pour que je le reconsidère. Je sais qu'il va venir tout à l'heure, je le pressens. Je l'attends même, comme pour vérifier la véracité de mon intuition. J'ai présents à l'esprit les traits des saint François d'Aldoro, le visage creusé sous le cône du capuce, les grands yeux liquides profondément enfoncés, le nez légèrement bossué, la carnation cendreuse, la pomme d'Adam saillante.

Je suis passé des milliers de fois par la sacristie de la cathédrale, ne fût-ce que pour rejoindre mon cabinet de cosmographie, et je n'avais jamais établi ce rapprochement qui, malgré l'approximation de la mémoire, cet inévitable vacillement que corrige le travail d'autosuggestion de l'intuition, me semble à présent aller de soi. Mendoza a servi de modèle à Aldoro, et cela ne m'étonne pas. Comment le peintre aurait-il pu négliger cette haute silhouette osseuse, ces mains aux phalanges effilées, ces longs pieds aux formes féminines ? Et le regard, incandescent, halluciné. Un brasier noir. Peut-être Aldoro a-t-il peint sa série de saints en suivant les étapes mortifiantes, le jeûne féroce de Mendoza : je crois me souvenir que le saint s'amincit, se transforme en un sarment ravagé et noueux au gré de la succession des peintures. Et un épisode précis me revient : l'impression de lévitation que j'eus un matin, dans le déambulatoire de la sacristie, en contemplant le dernier des saints d'Aldoro, ce creusement terrible des viscères et cette légèreté, la sensation d'être aspiré par l'*appel d'air* qui émane du tableau.

Le voici. Nul doute pour moi : c'est bien l'homme des peintures. Des semaines que nous sommes ensemble sur ce bateau, des mois que je le fréquente et le déteste, et je le redécouvre. Ses cheveux ont poussé sur le front, une mèche dépasse du capuce. Mendoza m'apparaît comme un enfant. J'observe en particulier le nez bosselé, presque tordu, les ailes modérément évasées, le dessin très pur de la bouche. Et je reconnais la pomme d'Adam qui marque toujours autant le cou.

— Nous sommes donc maintenant dans les eaux de l'Equinoxial... La Rivière-Dieu est proche...

Je lui trouve un ton délicat, presque hésitant. On est loin de la fougue inquisitoriale des débuts. Je l'interroge :

— Vous avez vu la Croix du Sud ?

— Oui, comme tout l'équipage. Je n'ai jamais douté que nous réussirions…

— Nous ?

— Oui, nous tous, l'escadre que le Royaume a consenti à armer…

— Rien n'est acquis encore, mon cher ami. — Je le vois soudain reprendre sa distance, sa froideur. — Il n'y a peut-être rien au bout des eaux de la mer Océane. Et si mon *désir de mer* ouvrait sur le vide ?

— Ce désir, on m'a souvent dit qu'il vous venait de votre père ?

— Qui se cache sous ce « on » ?

— Je ne sais plus. C'est ce qui se disait à la Cour et dans l'entourage de l'Archevêque. Vous savez sans doute que Sandoval a toujours été très favorable au projet de l'expédition et que c'est pour cela que j'ai pu embarquer à vos côtés…

— Je l'ignorais… Vous savez que peu m'importent les tractations qui ont précédé le départ. Pour en revenir à mon *désir de mer*, je ne suis pas sûr qu'il me soit venu de mon père. J'ai même une exacte souvenance du moment où je lui ai avoué — je devais avoir aux environs de douze ans — mon intention d'explorer la mer ténébreuse. Voici ce qu'il m'a répondu aussitôt : « Tu es perdu. » Je me suis rétracté. Il a répété : « Tu es perdu. » J'ai d'abord cru que la seconde réponse n'était que l'écho de la première. Aujourd'hui, à la lumière de ce que j'ai vécu, j'en comprends mieux le sens. Fussé-je resté à terre, j'étais perdu. J'avais au creux de mes viscères cette soif irrépressible de l'ailleurs, c'est elle qui m'a mené de Chio à l'Hyperborée, de Venise en Guinée, je savais que je devais voyager... Et je l'ai fait... Je suis très lucide, très calme... Je me remets peu à peu de l'horreur de Madeba. Mais je sais que d'autres vaisseaux vont encore disparaître, un troisième à coup sûr... Cela me paraît inéluctable...

— Qu'en savez-vous ?

— Mon cher ami, rien, un simple pressentiment. Tout comme je sais que je ne reverrai plus le Royaume...

— Nous allons faire naufrage ?

— Il faut espérer l'inverse, mais quoi qu'il en soit, je ne reverrai plus le Royaume, et je m'en félicite. Je crains un durcissement du pouvoir royal. Vous verrez. Il faudra bien que quelqu'un revienne, ne fût-ce que pour rendre témoignage de ce que nous aurons fait. Vous savez, je suis apatride. Je trouve un semblant d'apaisement en contemplant les étoiles et la mer. Les odeurs terrestres ne vous manquent pas ?

— Non. Pourquoi ?

— Elles me manquent, énormément. Tout à l'heure, j'étais hanté par l'odeur du mastic de Chio. Je cherche en moi des constellations d'odeurs, et je cherche aussi une cohérence dans tout ce que j'ai pu faire...

— Quelque chose m'a surpris récemment, dans une de nos conversations. Il m'a semblé comprendre que vous ne croyiez pas en Dieu... Vous cherchez pourtant un fleuve qui porte son nom...

— Je cherche un fleuve, vous l'avez dit, pas une abstraction... Pas une idée, pas un nom... Je veux repérer le monde, trouver sa source... J'appelle cette source Dieu ou autre chose... Ce ne sont plus les noms des choses qui m'intéressent, mais leur forme, leur localisation...

— Vous auriez dit cela avant de quitter le Royaume, le Roi, la Cour, l'Archevêque, personne ne vous aurait donné l'autorisation d'appareiller. — Mendoza ne contenait plus sa rage et sa surprise.

— C'est bien pour cela que je ne l'ai pas dit.

— Vous êtes alors un renégat...

— Peut-être...

— Mais enfin, c'est scandaleux, vous êtes sujet de notre très catholique Souverain, vous avez reçu de lui l'autorisation de mener la mission d'exploration océane, et cela pour la gloire du Royaume, et avant toute autre chose, pour celle du Seigneur...

— Je le sais, cela ne me gêne pas...

— Vous étiez à la messe du départ le Jeudi saint, je vous ai vu...

— Et vous, vous rouliez sous le fouet des moines sanguinaires, je vous ai vu aussi...

— Et alors ?

— C'est votre droit. Mais il m'a semblé que vous preniez quelque plaisir...

— Comment du plaisir ? — Il étouffait sous la montée de la rage.

— Oui, je maintiens, du plaisir...

Il arracha les pans supérieurs de sa robe et m'apparut torse nu. J'eus du mal à le regarder, mais il me désignait lui-même, du doigt, les marques des balafres sur ses flancs et entre ses côtes. Le sternum dessinait son couteau sous la peau très blanche. Je contemplai avec minutie ce saint François dénudé, païen presque, tendu sous la colère.

— Je m'associais aux souffrances imméritées de Notre-Seigneur, hurlait-il.

Ainsi sabré dans sa rage et sa nudité, je le trouvai beau. Je continuai à le contempler, d'autant qu'il tardait à refermer l'habit. Je mesurai au même instant l'inconvenance de mon acte. Toute notre conversation et la gradation de sa violence avaient-elles pour but la contemplation de cette chair stigmatisée ? Je ne pouvais m'empêcher de lire dans ces marques de fouet qui s'étaient providentiellement logées dans l'interstice des côtes — fallait-il y voir une preuve nouvelle de la barbarie minutieuse des moines du Royaume, barbarie dont Mendoza aurait un jour à souffrir, je le savais, et d'une façon encore plus cruelle — le signe d'une aveugle obéissance rituelle. Je vénérais trop le sacrifice du Christ pour croire à la nécessité de ces démonstrations théâtrales et factices, et la statue blessée que j'avais choisie pour figure de proue l'attestait.

Cette nuit-là, dans ma cabine, les stigmates de Mendoza mutilé rutilaient sous le feu des veilleuses. Nous nous étions tus, et notre silence jeté sur tant de violence et de haine rendait cette nudité meurtrie encore plus insoutenable — plus envoûtante.

X

Le 22 juin, comme les vents s'étaient fixés au sud-sud-est, je dirigeai ma route à l'est vers le territoire supposé de la Rivière-Dieu et l'Eperon d'Orion. L'air, chaud, parfois animé de vents moites, risquait de devenir une cause d'insalubrité. Aussi avais-je ordonné de parfumer les soutes et le tillac de manière à préserver le plus longtemps possible la santé de l'équipage. Ces parfums furent placés dans des vasques où ils brûlaient à longueur de journée et de nuit. Je retrouvais presque l'odeur du mastic enivrant de Chio. Aux environs du 24 ou 25 juin des brumes très épaisses s'abattirent sur la mer, annulant toute visibilité. De ma cabine sur le gaillard d'arrière, le point le plus éloigné que je pusse saisir, c'était la dernière des vasques enflammées au pied de mon Christ de proue.

La tombée et l'épaississement de la brume me semblaient aller de pair avec l'accroissement de l'insalubrité de l'atmosphère. Il suffisait, en effet, de rester quelques instants sur le pont de l'*Orion* pour sentir sa peau se couvrir de particules gluantes, comme un masque constitué de ventouses qui vous eussent sucé le visage de leurs multiples pseudopodes. J'espérais, et mes hommes avec moi, que les brumes se disperseraient rapidement. Il n'en fut rien. Le vent mollit. Nous étions prisonniers de la brume et des eaux.

Alvarez me rapporta un soir des observations qu'il venait de faire sur un des hommes de l'équipage sujet depuis quelques jours à de violentes crises spasmodiques. Il avait déshabillé le marin pour l'ausculter et avait pu ainsi constater que le corps, en même temps qu'il se durcissait pendant les crises, se couvrait de pustules noirâtres qui ne disparaissaient pas. Je frémis en apprenant cette nouvelle. Je connaissais la réputation mortifère des eaux de l'Equinoxial. Même si le marin demeurait un cas unique, il convenait de l'isoler au plus vite du reste de l'équipage.

Je demandai que les rations de parfums qui brûlaient fussent doublées. J'allai moi-même observer le malade. J'avais appris à vivre dès l'enfance dans la proximité de la maladie et de la mort : le cabinet d'autopsie de mon père m'avait une bonne fois prémuni contre les germes et les virus. Cela dit, il fallait être extrêmement prudent et discret si l'on ne voulait pas déclencher de peur panique sur l'*Orion*. Je me rendis au chevet du malade escorté de Segovie, de Mendoza et d'Alvarez : le sujet contaminé avait été placé à l'écart, dans une cabine annexe. Lorsque je le découvris, il hoquetait et ruisselait de sueur. De l'encens crépitait dans des brûloirs autour de la couche. Le matelot était âgé d'une trentaine d'années : c'était un de ces hommes courts, râblés, rustiques, du sud du Royaume, de ces familles pauvres vouées à la terre, et que la terre rocailleuse des plateaux méridionaux ne peut plus nourrir. J'enfilai des gants pour examiner les pustules : elles étaient maintenant au nombre d'une vingtaine sur toute la face creusée de l'abdomen et sur le torse. Elles avaient gonflé et noirci, traçant à la périphérie un bourrelet tuméfié qui dégageait du pus. Je posai quelques questions rituelles au malade qui ne répondit pas : il délirait déjà.

Les limites de mes connaissances médicales et le caractère inédit des symptômes que j'avais eu à observer me laissaient démuni. Il devait s'agir d'un virus équinoxial apporté par les brumes. Or, ces dernières persistaient. L'alcool, les liqueurs que l'on avait versées sur les pustules, rien n'y faisait. Je perçus très vite que les risques de contagion étaient grands. Les matelots tournaient autour de la cabine où l'on avait enfermé le malade, venaient aux nouvelles. Les voiles tombées émettaient un bruit flasque. Et la brume enveloppait toujours l'*Orion*.

Bientôt, sous les effets conjugués de la fièvre et de la souffrance, — les pustules, dont le diamètre ne cessait de s'étendre, se multipliaient — le marin se mit à geindre. Ce fut d'abord une plainte contenue, un long bruit de désarroi, puis, dans l'effondrement des forces physiques, la voix se serra, retrouva assez de violence pour expulser la douleur. Il n'y avait rien à faire dehors, rien à voir : aucun regard ne pouvait percer la muraille de brume. Aussi décidai-je de veiller le matelot : les flambeaux et les vasques de parfum entouraient la couche, l'atmosphère intérieure de la cabine était saturée d'air humide et lourd, on eût dit que des végétations ou des chevelures accaparantes mais invisibles proliféraient au-dessus du lit du mourant. Le malade en vint à ne plus supporter de vêtement sur son corps en feu : j'eus donc soin de le dénuder intégralement, puis de le capeler sur la planche qui lui tenait lieu de lit. La peau avait pris une couleur de vieille tourbe mordorée, feuilletée, ombrée de sphaignes, et sur ce fond uniformément sombre, les pustules, en nombre croissant, dardaient leur œil de pus. Le cercle, à l'origine garrotté d'une membrane visqueuse, s'était fendu : il en coulait maintenant un suc verdâtre, qui évoquait le fiel par la teinte et l'Apocalypse des grandes épidémies par la pestilence qui commençait à en émaner.

J'appliquais régulièrement du vinaigre, de l'eau, de l'alcool encore sur cette peau, mais rien ne contenait la progression des pustules. Je me penchais au-dessus de la couche du mourant, dans cet hypogée de parfum, de brume, magnétisé par l'odeur de cette chair qui se mettait à pourrir. Je craignis d'abord la contagion, puis, quand j'eus moi-même accepté éventuellement de mourir — tout en ayant au fond de moi la certitude d'atteindre bientôt les sources de la Rivière-Dieu —, j'allai jusqu'à poser les mains sur le corps embrasé : je sentais alors l'incendie des pustules, les milliers d'yeux de pus, paupières infectées et pestilentielles qui crevaient sous mes doigts, ce semis de goulots ardents sur ce corps solide, travaillé de muscles qui se cabraient parfois encore comme sous l'effet de contractions erratiques, d'influx désordonnés, d'affolements du cœur. J'étais là et je caressais cette sueur, ce sang, ce pus, à moins que ce ne fût la chair qui se délitait entre mes doigts. Je me mis, de toutes mes forces, à convoiter le miracle, il ne pouvait qu'y avoir un désir ardent de Dieu pour contrer cette folie meurtrière, ce vertige de plaies grouillantes que je voyais brûler, croître, mais le désir de Dieu demeurait silence dans mes mains de renégat, je ne trouvais que mon propre désir — celui-là même que j'avais appelé de mer — qui me renvoyait sa brume putride, son brasier de germes, et le cri rétracté du matelot enterré sous l'épais bâillon qu'il m'avait fallu lui apposer.

Dans cette solitude qui quêtait le miracle, je pensais à mon père, ce visiteur des cadavres, mais ce que je voulais éviter avant tout, c'était que ce corps râblé ne se muât en chair déliquescente, que le virus équinoxial, dont je cernais la présence et la menace, n'ouvrît la brèche terrible, celle qui allait perdre l'*Orion,* massacrer l'équipage et me priver de la Rivière-Dieu.

Quand il m'assistait, Mendoza me rappelait que, déjà à l'automne, une épidémie mystérieuse m'avait obligé à retarder l'expédition. Les navires n'avaient pas été consciencieusement désinfectés ; d'ailleurs, rien de ce qui nous arrivait ne l'étonnait plus depuis qu'il connaissait l'état d'impiété de l'Amiral. Je dus une nouvelle fois le jeter dehors. Comme toujours ses remarques et ses attaques me détournaient du seul spectacle qui m'attirât à présent, du seul scandale devrais-je dire, celui de cette chair martelée par le séisme de la souffrance, ce cadavre sous sa tunique de pustules et de paupières cousues.

Le délire de la fièvre me gagnait. Parfois il me semblait que les plaies séchaient sous mes mains, je sentais les abcès qui se fermaient ; le suc, loin de jaillir, redescendait dans les profondeurs du cratère, comme bu par une fontaine inverse, et je m'envolais, oui je parvenais à vaincre la suffocation de la fièvre, la chape de plomb de la brume et de la touffeur équinoxiale. Je veillais ce corps, je l'avais enfin compris, comme je n'avais pas veillé mes fils. Et j'étais là, Pietà hallucinée, genitrix aux mains rapaces, père orphelin de la mort de ses fils. Je naissais à la mort, c'était cela que je voulais, dans cette stagnation de bout du monde, ce silence mortel, sur des eaux arrêtées ; l'*Orion* encalminé me permettait de découvrir la profondeur du tombeau, d'explorer le jardin des miasmes.

La mort m'enfantait, et ses mille regards me fixaient, sources noires, prunelles ardentes derrière ses paupières cousues de jeune faucon. Déjà Alvarez, Segovie, à présent Mendoza, affolés, voulaient coûte que coûte m'arracher à cette cabine, à ce cadavre qui, pour moi, sous mes mains usées, rongées, renaissait. Il ne souffrait plus, je n'entendais plus sa plainte, la peau, ocre, s'était mise à libérer une eau de tourbe, et, à force de la caresser, à force même d'embrasser les croûtes, les dômes urticants des plaies, je sentais que la peau, loin de se dissoudre, se minéralisait.

Je quittai le cadavre, rompu, hagard, expulsé comme au terme d'une étreinte. Je me retrouvai sur le pont, face à la brume, le corps couvert de pustules, imprégné de l'odeur de la mort. Au bout de la mer Océane, à sa frange ténébreuse, en pleine mer, j'avais redécouvert les senteurs des fondrières d'argile, les miasmes glauques du tombeau. La chaleur et la brume m'apparurent toujours aussi épaisses. Une clameur résonnait sur les eaux. Cela s'agitait dans les profondeurs des soutes, comme une rumeur de complot qui eût fusé de ma cabine. Du bruit, un bruit énorme qui se prolongeait en moi, s'amplifiait dans les galeries du tombeau que je venais d'explorer, jusqu'à me vriller le crâne. Il y avait comme une musique d'ombre qui éclatait à la naissance de ma nuque, un concert souterrain d'eaux qui battent. Sur le tillac, il me sembla que l'odeur de mort avait vaincu les fragrances des parfums qui flambaient encore. L'*Orion* se dressait à la façon d'un bûcher de momie.

Soudain je fus attiré par un froissement qui

ébranlait l'espace. Là, non loin de moi. J'écoutai, à défaut de voir, et pourtant j'eus bientôt l'illusion que la brume s'illuminait, des cratères lumineux l'espaçaient, changeant la ouate épaisse en une matière solaire, comme en fusion. Un bâtiment passait à la portée de notre voix, avec un seul mât très élevé, planté au milieu, une voile immense avec des focs, une galerie centrale en saillie. J'eus le temps de détailler la voile surtout, dont il m'apparut que les lés n'étaient pas cousus, mais lacés dans le sens de la longueur. Au centre, un signe étrange, un oiseau de feu, convulsé, hérissé d'ailes géantes et bariolées, avec une foison de griffes et de serres, un bec rageur, et une multitude d'yeux qui criblaient le flamboiement des plumes. Au-dessous de la voile magique, alignés sur la galerie qu'éclaboussaient les roulis, une dizaine d'hommes au faciès clair, vêtus de robes longues et blanches à la façon de cimarres de moines. Je restai immobile, fasciné par ma vision. La brume s'estompait. Au même moment, une colonne de nuée s'abattit sur moi qui consuma mon manteau de pustules.

Je me souviens d'avoir déliré pendant des jours. La brume, qui ne s'était fendue que le temps de l'apparition du mystérieux vaisseau, était retombée. L'*Orion* semblait définitivement figé sur cette mer des confins. Je remâchais des calculs aberrants, je conjecturais des latitudes, mais la fièvre entamait mes facultés. Je croyais sentir les pustules qui proliféraient et s'ouvraient sur mon corps. Ma cabine était à son tour envahie des nuages de parfum brûlé. Ils se relayaient autour de moi, les Alvarez, Mendoza, Segovie. J'entr'apercevais depuis mon coma fiévreux leurs faciès ténébreux et avides. Parfois aussi ils traversaient mon rêve. A plusieurs reprises, je vis le torse nu et blessé de Mendoza et ses longs pieds osseux chaussés de soie jaune. Cette image m'obsédait. Je m'éveillais, il n'était plus là : c'était Alvarez qui me veillait.

J'avais la bouche pâteuse, comme si les mucosités internes se fussent ramollies, détruites par la fièvre, la brume et la soif. Je glissais sur des eaux pestilentielles, entre de hauts murs de voiles, la mer déployait des rouleaux très lents d'eau des morts. Cela dura des jours. Nul cri n'éclatait de ma gorge. J'aurais voulu parler, dicter ma confession, mon testament à la fin de mon désir de mer. Quand l'image de Mendoza ne m'habitait pas, je revoyais le vaisseau à l'oiseau flamboyant. Personne ne l'avait vu, et pourtant il m'était apparu lorsque j'avais lâché le corps mort du matelot. Mes sens avaient tournoyé, j'avais été précipité sur le tillac comme sous l'effet d'une force foudroyante, et à cet instant le grand vaisseau crénelé, flanqué de statues convulsives et polychromes, s'était levé sur la mer.

Il me semblait aussi que parfois des mains se posaient sur mon corps, sans doute pour dénombrer les pustules et observer leur évolution. Un couteau acéré leur servait à inciser les croûtes les plus dures. C'était le barbier qui s'adonnait à cette tâche. J'avais une perception confuse de mon passé : le fleuve, son estuaire rouge puis ses eaux plus vertes à mesure qu'on s'aventurait dans la forêt s'échappaient. Avais-je été le jouet d'un leurre ? Une lucidité magnifique me permettait, par moments, de mesurer la folie de mon expédition : tant de moyens mis à ma disposition par le Royaume, tant d'hommes — même si la majeure partie de l'équipage n'était que de la pègre reconvertie —, tant d'écus, de cartes, d'instruments de navigation, et je passais en revue l'incendie de l'*Escurial,* le glaive embrasé des mâts, la tragique Madeba, et maintenant le vertige maudit des eaux immobiles. Je me débattais dans la fièvre sous le couteau du barbier. Et la lame s'enfonçait dans ma chair, la perforation des pustules me libérait un instant, atténuant cette sensation atroce de brûlure, de cuisson des nerfs. Je brûlais, et ma mémoire, ma conscience, elles, se décomposaient. Je voyais des nuées, des amas de vapeurs et de volutes qui tournoyaient au-dessus de ma tête, je croyais parfois discerner des prières, une psalmodie hachée, retenue. On m'avait finalement ligoté, l'armature des cordelettes me clouait sur la planche ; la sueur et le pus qui déferlaient de mon corps se coagulaient sous moi. J'entrai dans cette phase, à la lisière de la dormition, où les choses, les souvenirs, les pensées et même les appréhensions n'existent qu'à demi, imprécis, juste silhouettés — un théâtre d'ombres. Un filet de conscience me rattachait au monde, à ce monde de brume, de terreur, la mer arrêtée.

Je crus un jour deviner le sens d'une parole qui avait été prononcée devant moi, dans ma cabine. La phrase, je l'avais bien entendue, j'avais même saisi le geste du barbier qui l'accompagnait : « L'*Orion* pourrit ! » Après avoir incisé mes pustules, l'homme avait braqué son couteau vers l'une des colonnes torses qui encadraient l'alcôve de ma couche et l'avait enfoncé sans ménagement dans le bois. Ainsi donc l'*Orion* pourrissait. Des mouvements divers avaient éclaté dans la coursive.

L'*Orion* pourrit ! La clameur retentissait. Mon délire, qui s'avivait, fut alors traversé de colonies d'insectes noirs à mandibules. J'entendais les légions attaquer le bois, le forer de galeries qui se ramifiaient. L'Amiral maudit, sous sa tunique de pustules, sombrait en même temps que son vaisseau. Le barbier incisait les poutres de ma cabine comme il inspectait mes plaies.

La fièvre continuait de croître. On me donnait à boire une sorte de potion vinaigrée qui me brûlait la gorge. Et, plus j'endurais la montée en moi de la fournaise, plus je devenais réceptif aux bruits, qu'ils fussent tonitruants ou infinitésimaux. J'entendais le cri désolé de la vigie sur le nid-de-pie, l'émeute aussi des matelots — j'en déduisais que d'autres étaient peut-être contaminés —, puis des coups de fouet, à intervalle régulier, le rythme lancinant d'une lanière qui cingle le pont mouillé. J'aurais voulu me redresser, mais l'appareillage qui enserrait mon corps me l'interdisait : il m'était rigoureusement impossible de me relever. D'ailleurs en eussé-je eu les forces ? Je revoyais le vaisseau mystérieux dans la brume, l'oiseau rouge au bec ravageur, les grands prêtres impassibles, le crâne rasé, la prunelle de perle.

Mais, maintenant, un seul objet requérait mon énergie : ce fracas de fouet sur le pont. Non, il ne pouvait pas s'agir, comme après la grande tempête, de travaux de réparation entrepris pour contenir le pourrissement de l'*Orion*. C'était un homme qu'on fouettait.

J'appris, quand j'eus recouvré toute ma conscience, que cet homme était Mendoza. La brume tenace, l'apparition du vaisseau et de l'oiseau rouge — il m'avait entendu raconter cette vision alors qu'il me veillait —, les centaines de pustules sur mon corps et le pourrissement évident de l'*Orion* l'avaient conduit au bord du délire et de l'hallucination. Et face à cette conjonction de faits extraordinaires, d'une incontestable densité maléfique, il n'avait trouvé qu'une réponse, celle des moines augustiniens du Royaume : le fouet et le sang. Aussi avait-il exigé que le grand Christ de proue fût descendu sur le pont, ce qui, grâce à Alvarez, avait été immédiatement accompli, puis il s'était dénudé, gardant seulement un pagne, et il s'était fait battre par les matelots les plus robustes, couché sur le Christ. C'étaient ces coups de fouet que je percevais de ma cabine. Mendoza ne hurlait pas, ensanglanté, tendu sur mon grand Christ que j'avais rendu au sel et à l'écume. Dans sa peur — il ne pouvait s'agir que de cela — il polluait mon

Christ de ses larmes et de sa sueur. Ainsi il pourrait en appeler au miracle. Je renaîtrais grâce à son rite barbare, grâce à son sang sur mon Christ mutilé.

Halluciné par ma fièvre, je préférais m'en remettre à l'oiseau rouge et à son bûcher de plumes.

*

Les cris sous le fouet, la brume, la brûlure des pustules m'enfermèrent dans leur enfer. J'étais depuis des jours dans cet état d'absence et de prostration. Des images et des réminiscences me vinrent, en ordre dispersé, anarchique. Je me livrais à leur assaut comme la plage sous le flot. Ces images m'étaient extérieures — tout comme les bruits environnants, l'agitation, la peur — et pourtant elles surgissaient de moi, des profondeurs de ma mémoire et de mon origine. A mesure que ces éclairs m'assaillaient, mêlant souvenirs radieux et figures cauchemardesques, l'unité apparente de mon existence se divisait. Pour l'heure je croyais toujours que j'étais l'Amiral de la Rivière-Dieu sous son manteau de pustules, la mission dont j'avais été investi donnait une cohérence provisoire à ma vie, mais au-delà, dès qu'il s'agissait de mes dernières années de cosmographe et plus loin encore de mes expéditions passées et de leurs échecs, je voyais la courbe de ma vie se ramifier.

Qui avais-je été ? L'enfant solitaire et peureux rêvant auprès de la tortue cosmophore, le débauché de Venise et le dormeur du monde dans la cellule monacale, le découvreur, le repéreur, le traître et le menteur ? Des blocs blancs et lisses se dressaient soudain devant moi. Des monceaux de roche blanche. Pure, translucide, une eau de pierre. Et la caravelle glacée avançait entre ces défilés de givre. L'eau figée ralentissait la progression du vaisseau. Sous les variations de l'atmosphère, le bois gelé craquait : immobile sur la proue, la peau durcie, pareil à un orant minéral, je glissais au pied des hautes murailles de neige, et c'était une écriture première, sans lettres ni caractères, un paysage de signes massifs toujours mêlés à la matière. Falaises et récifs formaient cet univers du commencement et des confins. Des brumes lavaient l'espace. Ce furent des lieues de pierre et d'eau neigeuse. Plus j'entendais les cris du supplicié dans la nuit, plus je m'enfonçais dans mes images de brouillard, de mer houleuse et de monts de lave noire. Parfois je voyais des volcans fumer, la terre bougeait, et leur feu embrasait la neige. La fièvre qui me consumait amplifiait mes visions. Je dérivais toujours entre ces murs de glace mais sur des eaux sulfureuses et brûlantes. Les torrents de lave incandescente se déversaient directement dans la mer. Ma fièvre et mes pustules ravivaient mon désir initial de l'Ultima Thulé.

Une autre fois je remontais un fleuve aux eaux gluantes et limoneuses, défiant le tumulte des rapides et des cataractes. Là encore les vagues brûlaient. Une énergie émanait de la terre sous forme de panaches de buée. Et, dans l'espacement des végétations drues qui bordaient la rive, j'apercevais des crânes, des colonies de vieillards grimés et parcheminés, fossilisés à l'angle de jonction du soleil et du fleuve.

Puis ma rêverie me laissait sur le carreau froid d'une immense chambre au plafond élevé. Une lumière blanche tombait de la haute fenêtre, et sa chute rectiligne venait heurter une femme immobile, les mains jointes, silencieuse. Devant elle la ville, traversée par un fleuve asséché qui découvrait ses sédiments de terre fendillée et de rocailles, enroulait son architecture chaotique d'une couleur de vieil ocre cuit. La ville, ses pierres, le lit vidé du fleuve, le lacis des ruelles obscures produisaient une réverbération intense qui se vaporisait dans la pièce où veillait la femme, les mains croisées sur le ventre, attentive, recueillie, dans une attitude de Vierge d'Annonciation. Cependant, nulle figure d'Ange ne lui faisait face : simplement la ville, son damier de tuiles, sa végétation rare et la lumière tremblée d'orage, sa citadelle et ses nécropoles, et, face à elle, ma femme au ventre de mort.

La brume s'était levée miraculeusement. Mon corps, lui aussi, s'était lavé de ses pustules. Le coma et la fièvre étaient un mauvais souvenir. Je sentis très vite, dès que j'eus pleinement repris, et ma conscience, et la direction du navire, que les forces de l'équipage étaient bien entamées. Même si personne n'osait me le dire frontalement — même Mendoza restait silencieux —, la rage et la rébellion couvaient. Mais ce qui retenait l'explosion, c'était la terreur superstitieuse. Tous semblaient au courant de la vision que j'avais révélée sous l'effet de la fièvre, tous avaient vu ma peau couverte de pustules, le souvenir enfin de la brume et de l'enfer équinoxial faisaient craindre un prochain passage de l'oiseau rouge et de ses prêtres au crâne nu.

Le sommeil durable m'avait laissé dans un état de torpeur qui me comblait. Je restais allongé sur ma couche, dans ma cabine, à regarder un ciel où dérivaient de lourdes masses de nuages enflammés. La mer réfractait cette voûte en ébullition. Parfois le ciel se teignait de violences subites.

L'orage menaçait. J'aurais voulu me précipiter sur le tillac pour vivre le surgissement de l'averse. Une fois les pluies crépitèrent, chargées de sable ou de limon, je ne savais trop. Nous en conclûmes à la proximité de terres. Il me plaisait que l'apparition au large de ce rivage tardât. Je pressentais que dès que nous serions arrivés, la mission d'exploration commencerait, m'interdisant ce délicieux voyage de mémoire que j'avais entrepris depuis le départ et dans lequel je m'étais encore plus plongé depuis l'enfer équinoxial et les pustules. J'aurais une ville à fonder, un fleuve à remonter. Il me faudrait concentrer une extraordinaire vigilance, tout entière tournée vers le monde et sa source.

Or le coma avait introduit entre le monde et moi une distance, une marge humaine. Il y avait désormais entre la Création et moi l'épaisseur de ma vie. J'aurais voulu, sous mes pustules, dormir le monde à la façon de Fra Domenico. Les seuls éléments d'origine humaine qui eussent pu encombrer le sommeil du moine cartographe, c'étaient l'Evangile, le Christ, sa doctrine d'amour. Mais étaient-ce vraiment des ingrédients humains ? Le corps lumineux et célestiel du Christ était loin des boues, des gouffres, des profondeurs noires qui m'habitaient.

Une nuit j'eus encore ce rêve. J'étais à bord d'un bateau, dans la cabine centrale duquel je somnolais. Une moire de respirations, de cris avortés m'enveloppait. Le ressac haletait faiblement, et il y avait partout, éparpillés, comme en lambeaux, des miroitements d'étoiles. Et soudain je descendais dans les soutes : j'y découvrais non pas les arcatures ou les solives ordinaires, mais un réseau de filaments gluants et de peaux ensanglantées. Tout au fond, comme dans la crevasse d'un lac, je piétinais un mélange de sang, de boue, ou d'autres déjections encore, le sang noir et funeste des maternités.

Je sentis bientôt à quel point une présence féminine me manquait. Le coma avait réveillé en moi le souvenir d'Ulda et des tombes de San Bernardo. Surtout je revoyais les grossesses d'Ulda dans la maison claire auprès de la montagne, la lenteur des gestes, ses mains posées sur le ventre, la lumière qui frémit, la femme attentive. Plus je m'essayais à une reconstitution par la mémoire, plus je retrouvais ces moments épars, ces gestes anodins, ces heures d'immobilité heureuse, la montagne séchée sous le soleil, son flux de jour qui venait s'écraser dans la chambre de couches. Les faits saillants, les grandes heures m'échappaient. Les moments épiphaniques étaient pour moi dans ces franges où le temps s'égare, balbutie : instants de prélude que je connaîtrais par la suite, près des quais, dans la fièvre des débuts d'expéditions. Et je voyais les derniers charrois de marchandises, les cartes, les voiles et la pègre qu'on m'avait toujours donnée pour équipage, les yeux farouches dans la pénombre des tripots.

La femme me manquait. Il m'eût fallu cette présence protectrice, cette lenteur vigilante. Femmes de Venise et des ports nordiques, corps blancs, nerveux dans le plaisir. La mort d'Ulda, de mes fils, l'âge m'avaient contraint à la chasteté. Non que j'en souffrisse, il me semblait parfois, lorsque je me remémorais mes conquêtes, avoir connu toutes les courtisanes de la terre. J'aurais pu, comme mon père jadis, dessiner la cartographie de leurs sexes. Fentes, valves, toisons, herbages, fruits moites, coques tranchées, les images se précipitaient. Je ne parvenais plus à me souvenir de la forme du sexe de la mère de mes fils. Etaient-ce la pudeur, une incertitude de la mémoire ? Quels que fussent les efforts que je déployais, je ne retrouvais plus le dessin de ce sexe. Me restait le visage d'Ulda, le front bombé, les tempes lisses, le regard très doux malgré sa noirceur, et dessous une béance sombre.

Un soir je demeurai longuement sur le pont pour voir le crépuscule. Il était à la fois lent à venir et intense, comme toujours sur les eaux de l'Equinoxial. La houle, longue, éclatait en grosses gerbes d'écume. Le ciel s'écroulait comme une citadelle aux murailles sanglantes. Des brèches surgissait un flot de lumière qui hésitait entre l'incarnat et le rouge caillé. Il me semblait voir des pieux, des madriers, une colonie d'oriflammes tachées de boue, de sang, de pluies limoneuses ; tout au fond s'étageait la citadelle, et, dans le zigzag des nuages et l'éclatement du disque solaire, elle conservait sa rigueur de construction biblique. A la ligne de flottaison du soleil, qui était aussi la base d'où s'élevait la citadelle, les eaux avaient rougi, pas de cette couleur fugace qui les empourpre parfois au crépuscule, mais d'un ton plus fort, plus soutenu, plus durable, comme si des milliers de particules ou de corpuscules d'origine animale eussent retenu les fragments du disque au moment de son éclatement. Fallait-il en conclure que, sur les mers de l'Equinoxial, le soleil explosait, au moment de se coucher, comme un météore ? Je demeurai fasciné par ce spectacle d'eaux sanglantes, de citadelle en feu, ces images aussi, profilées, de siège ou de combat maritime, je vis bientôt le tout s'effondrer, foudroyé ou fauché par le grand arc nocturne, l'eau rendue à sa primitive unité d'ombre, la houle à nouveau et son vent de sel sur mes paupières lourdes.

Allais-je sombrer sous le poids de mon sommeil ? Allais-je encore plonger dans ma mémoire jusqu'au dessin perdu du sexe d'Ulda ? Je préférai veiller et descendre au plus profond de l'*Orion*, dans les soutes. Pas d'escaliers, des échelles de cordage aux épissures entamées par la pourriture. Un monde d'alvéoles, de cellules creusées, une odeur de sueur, de vin, de saleté écœurante. Une nuit moite, incertaine, dans le bourdonnement de la mer. Je continuai ma progression dans cet entrelacs de coupe-gorge. Des voix s'élevaient frondeuses ou féroces : je reconnaissais les accents et les intonations de la pègre de la capitale. J'étais décidé à aller jusqu'au bout de ma visite, de mon exploration des enfers. Je descendis un degré encore, brinquebalé par le ressac, au hasard, sans même voir où je posais les pieds : j'eus de l'eau jusqu'au mollet. L'odeur devenait insoutenable. Il n'était pas étonnant que les germes eussent proliféré dans cette atmosphère confinée et putride.

A mesure que j'avançais, s'imposait à moi l'image des bas quartiers de la capitale, tout à côté de mon cabinet de cosmographie, et dans lesquels il m'arrivait de m'aventurer, le soir, entre les pavés gluants et les flaques, surtout après les crues, quand la ville se redessinait sous sa croûte d'alluvions et de sédiments noirs, comme dans une ville qui eût été des millénaires engloutie, avec cette saveur de terre et de pierre, de mousse ombrée d'eaux originelles, composantes mêlées, réunifiées sous le ventre du fleuve en folie dont le départ, avec partout sur les murs, les palais, les cloîtres, les édifices, l'inscription du niveau terrifiant de la crue, divisait la cité, marquant d'un côté la ville haute — céleste —, celle que n'avait pas touchée la nappe destructrice, et de l'autre la ville humide, bourbeuse, à présent encombrée de squelettes d'arbres, de monceaux de pierrailles et de grands châssis d'algues roides.

Et je ne pouvais me défaire de cette vision de ville renaissant sous la crue, cependant que se poursuivait ma visite dans les soutes de l'*Orion*.

Les coursives se perdaient, se nouaient, suscitant l'image du nœud ou du goulot, dans un terrible rétrécissement des structures intérieures du vaisseau. J'arrivais aux chambres basses, les loges sombres de l'enfer. Je croisai des marins nus, l'œil vitreux. La ville humide, gluante sous la crue, ne m'avait pas quitté. Dans cet univers d'hommes, d'anciens malfrats, de mâles menaçants, sous les voûtes pourries de l'*Orion*, il était étrange que cette image de revers boueux et souples continuât à me hanter. Soudain je butai contre un groupe d'hommes agglutinés dans la nuit épaisse. Je m'y fondis. Face à nous, éclairé de torches, un jeune matelot dénudé offrait sa croupe à un marin plus âgé sous les applaudissements et les cris du groupe. Lorsque le vieux se retira du corps en sueur et secoué de spasmes, il fit admirer son membre tout ensanglanté.

Ainsi je connaissais les profondeurs de l'*Orion*. J'en connaissais même l'emblème secret. Le poignard de neige et de sang. Je l'avais vu dans la nuit des soutes forer l'œil secret d'un jeune matelot. J'avais entendu aussi les cris des hommes amoureux, et j'avais vu les musculatures solides huilées de semence et de sang. J'avais visité le noyau de Sodome, la dernière Sodome dans son sanctuaire sous-marin, la Sodome de l'*Orion*.

XII

J'ai causé une immense frayeur à mes hommes d'équipage ce soir en leur disant que notre expédition n'aboutirait peut-être pas. Alvarez, décharné, plus osseux que jamais, le cercle du monocle vissé dans l'œil comme une orbite de fer, m'annonçait que les denrées et les réserves ne cessaient de baisser. Je lui ai répondu, sans même réfléchir, que cela m'importait peu. Ce ne sont pas les poissons que nous pêchons — d'énormes raies flasques aux écailles huileuses et à la couleur d'orange ou de rouille — qui vont nourrir l'équipage, m'a-t-il rétorqué. Segovie s'est aussi mêlé à notre conversation pour me reprocher sans ambages mon arrogance et mon penchant à la solitude. Mendoza n'a pas bronché. Etrange. Je le vois de plus en plus se murer en lui-même. Il ne sort guère des soutes, erre quelquefois sur le pont. Je ne crois pas avoir entendu sa voix depuis que j'ai émergé de mon sommeil de malade.

Sur le tillac supérieur, entre des amas de poissons nouvellement pêchés et qui, déjà, pourrissent au soleil, j'ai retrouvé mon Christ couché. Mutilé depuis le déchaînement de la tempête. Poignant sous ses alluvions de sel et d'algues, comme s'il avait été englouti. Je m'approche : je veux l'embrasser. A mon tour je veux connaître la rudesse de ses articulations, de ses nodosités, de ses éperons et de ses balafres. Je glisse sous le jour, face à la mer mouchetée de chaos nuageux. J'ai dénudé mon torse, je veux éprouver l'accroc de ses côtes. Le ressac, le grand bourdonnement d'eaux, de villes secrètes, les passages des léviathans sonores grondent sous ce ventre de bois fendu. J'écoute. Le soleil fond à l'horizon au-dessus d'une pyramide de nuages qu'ourlent des crinières d'écume. Mon Christ est là, sous moi, non plus levé à la proue de l'*Orion*, défiant l'air et le sel, ces substances dernières du monde, il est là, fauché, crispé sous sa tunique ocellée de sang. De fines rayures rouges le strient en effet, ni l'air ni la pluie ne les ont effacées, minces crevasses où le sang s'est comme coagulé, durci à la façon d'une peinture primitive, chapelet de pustules noires dans les fractures du Christ. Je m'incline, attiré par tout ce grouillement de signes, il me semble que la vague me recouvre, mais je me tends sous son arc et je bois ces hiéroglyphes de sang.

Les jours qui nous séparèrent de l'arrivée sur le continent nouveau furent voués à la peur et au délire. Il m'apparaît même, maintenant que je suis près de toucher les sources de la Rivière-Dieu —

malgré la touffeur, la luxuriance de la végétation, la clameur d'insectes qui me mine jusqu'à la folie —, que la tempête, les eaux arrêtées et les pustules ne furent rien en comparaison de ces derniers jours qui me semblèrent une éternité. Il y eut des lames, des courants contradictoires, des matelots précipités à la mer. Il n'y avait plus de farine. Les vers s'étaient mis dans le biscuit. Mais surtout la peur gagnait les esprits. Lentement, insidieusement.

J'errais une fois encore dans les soutes quand j'avisai, vide, la cellule de Mendoza. Je m'y jetai. Il y avait là, éparpillés, quelques effets, une robe brunâtre, des livres saints aux feuillets gonflés d'humidité, et, posées sur une planche qui devait lui servir d'écritoire, des pages apparemment désordonnées, les fragments d'un journal de bord peut-être. Profitant du fait que je fusse seul dans la soute, je m'emparai des feuillets et me mis à les lire. Ils étaient numérotés : je compris qu'un jeu obscur de datations présidait à l'ordonnancement des pages. Le parchemin avait, par endroits, complètement absorbé les caractères, et il ne restait qu'une pâte mouillée et grenue où le texte se défaisait en taches, lacs, cratères, vacuoles d'encre ou d'algue, parfaitement illisible. C'était là surtout le cas des premiers feuillets, la relation des commencements de l'expédition. J'eus d'ailleurs un intense frisson de satisfaction à la pensée que l'Archichronographe qui aurait à consigner dans ses tablettes le récit détaillé de l'exploration n'aurait à sa disposition que ces feuillets gonflés ou tordus, ces pages où l'encre, loin de se figer dans l'aridité des lettres, avait coulé, formant une fresque plus qu'un texte, un flanc de caverne barbouillé, grimaçant sous les torches, une confession fluctuante, incertaine, rapiécée.

Je m'attelai pourtant à la lecture. Des mots émergeaient parfois : Jeudi saint, Cathédrale, Lavement des pieds, *Orion, Escurial, Madeba* ; je crus même voir, parmi les caractères dilués — ils avaient été de toute évidence tracés à la hâte, ce qui expliquait en partie leur rapide dissolution —, rougeoyer l'incendie de l'*Escurial* ; de même, je retrouvai le récit fidèle, impeccable, de mon voyage dans le fjord nordique et je me rappelai l'avoir lu un jour à voix haute dans ma cabine en présence de Mendoza. Je feuilletais les pages dans une sorte de transe, partagé entre la fièvre ou l'appréhension de ce que j'allais y découvrir, et la peur du retour imminent de Mendoza. Bientôt le texte se reforma : le sel, l'humidité, les vers ne l'avaient pas encore rongé. L'encre donnait parfois l'impression d'avoir été grattée, comme si un autre texte eût été recopié sur le premier.

Je me demandai si Mendoza se servait de feuillets qu'il avait déjà utilisés, à moins que, plus subtil, il ne corrigeât sans cesse sa relation. Il me semblait, en effet, que parfois des mots, des rudiments de lettres, mais aussi des signes indéchiffrables, sans doute propres à l'auteur et de lui seul compréhensibles, des dessins également — et toujours selon une structure ternaire, comme des Golgotha minuscules, criblés de potences, de croix constellées d'épis ou de herses — réapparaissaient sous les ratures et les surcharges. La présence intermittente mais indéniable de ce texte sous le texte m'obsédait. Pourquoi ce grimoire, ces rajouts, ces coulures d'encre, là où tout depuis le début n'avait été que clarté, évidence, aridité de l'écume et du sel — et feu tranchant de la haine ? Pourquoi ces hésitations, ces vacillements du texte ? Mendoza était-il un être pluriel et divisé ? Je ne pouvais me détacher de moi : aussi eus-je bientôt la certitude d'avoir sous les yeux la preuve manifeste, matérielle de mon cheminement, les bribes raccordées, enfouies, dissoutes, déformées de ma propre vie. Et il était question de moi dans ces pages, je voyais, de-ci, de-là, mon nom, mon vrai nom, purifié de sa malédiction, mon nom de Porteur de Christ, Mendoza l'avait tracé à plusieurs reprises, le préférant de toute évidence à mon titre d'Amiral de la Rivière-Dieu. Mes tempes battaient. Le sang s'élançait en moi, impétueux. Je n'osai partir avec les pages et je les feuilletai à la hâte, avec toujours au creux des viscères l'angoisse — ce serpent acide — que Mendoza revînt.

Le texte reprenait consistance, densité. Des blocs entiers jalonnaient les feuillets. Le monde, la mer, j'apercevais qu'il était fait mention des étoiles, des poissons, du Christ de proue, de la Croix du Sud : des repères, des éléments épars. J'étais au bout des feuillets. J'en isolai un dernier que je lus intégralement :

« L'*Orion* va couler. Il pourrit. Plus de biscuit, de farine, plus de réserves. Bientôt nous n'aurons même plus de pain pour communier. La Rivière-Dieu est un leurre. Pourquoi y aurait-il au bout du monde cette rivière qui, si j'en crois l'Amiral, conduirait à la source de toutes choses, et donc à la Jérusalem céleste ? La Rivière-Dieu n'existe que dans le songe et la folie de l'Amiral. Je maudis le Roi et la Cour de m'avoir obligé à embarquer, oui je les maudis de m'avoir obligé à quitter mon couvent, mes études sur la Sainte Trinité, ma ville, mes proches, les toiles et les fresques d'Aldoro que j'aimais tant. Je ne reverrai rien de tout cela. Depuis ma naissance et mon baptême, j'avais envisagé le monde comme un ensemble plein, le corps manifesté et vivant de Dieu. Plus j'avance, plus, pour moi, il se fragmente et il se creuse. La mer Océane est un enfer. J'ai passé le Passage des Anges destructeurs, j'ai vu la tempête, la brume, les germes, les pustules, la chaleur des eaux de l'Equinoxial. Je suis exténué. Je n'ai plus aucune force. Je suis même incapable de prier, de rassembler la ligne d'une récitation intérieure. Pendant le sommeil de l'Amiral dont le corps s'était recouvert de pustules, je me suis couché et fait battre sur la statue abîmée du Christ de proue, j'ai voulu remplacer la prière que je savais désormais impossible par la présence des coups, des balafres, des jets de sang. Je suis une blessure ardente. Ma pensée se divise, et ma confession, à mesure que je l'écris, s'efface. Des vers, des moisissures entament le parchemin. Mes lignes disparaissent. Tu es perdu. Tu es perdu. Dieu est un nom vide. Je voudrais me détacher de l'Amiral, je voudrais le haïr... »

J'arrêtai. Le texte, surchargé de réécritures, frisait l'incohérence. J'étais infiniment troublé. J'avais l'impression d'avoir lu la confession d'un être torturé, et je crus comprendre le sens des moutures successives. Tout au long des feuillets, j'avais vu s'évider le nom de Dieu. Je sortis, titubant, écrasé par le grand air.

J'avais toujours détesté la mer.

*

Je voudrais goûter ces instants, malgré la folie, les hurlements de l'équipage. Mes souvenirs s'épurent. Le jardin de mer, le sexe nu d'Ulda, comme toi, un jour, Mendoza, au moment d'affronter le tribunal de l'Archichronographe, ton univers se rétrécira autour d'une table de buis et d'un cercle de neige.

Je voudrais goûter ces instants parce que ce sont les derniers de mer et de mémoire. Je sens venir la fin des eaux de l'Equinoxial, je sens venir la terre. La nuit dernière, dans mon sommeil, j'ai vu des continents bouger. Mon sommeil est encore plus

155

intense, plus raccordé à l'âme même du monde, que celui de Fra Domenico. Chez moi ce ne sont pas seulement des formes, des découpes d'îles ou de côtes, mais le monde même, dans son flux de boue, de buée, de terre et de feu. Le vieux moine cartographe jouait avec les signes et les cartes, moi, dans mon songe, et alors que Sodome vit sous l'*Orion*, je capte un peu du grand travail continué de la Création. Dans ma nuit, sous ces milliers d'étoiles qui roulent, je saisis la rumeur du soleil. Je sais où germe la lumière, à l'autre bout des eaux.

Ulda dort auprès de moi. Corps généreux et lisse, les seins découverts. Elle respire faiblement. Nos mains sont nouées. Nous nous endormons toujours après ce geste d'alliance. La montagne est silencieuse. C'est l'hiver. Je crois que la neige est tombée en abondance, ensevelissant les ravines et les champs ; dans la nuit les peupliers se dressent tels des couteaux de givre, je devine ces formes qui tourbillonnent dans la chambre. J'aime cette lumière bleutée qui plane. Nul bruit de mer ou d'eau, le calme d'un monde arrêté. J'écoute la respiration d'Ulda. C'est un sommeil d'après la jouissance. Une fois encore, je veille. Mes insomnies remontent à l'enfance : j'ai le sommeil rare mais lourd. Je contemple cette femme échouée près de moi, j'effleure son sexe humide, cette brèche nocturne, ma main caresse le ventre ombré de poils légers. Le jour va venir bientôt, filtré par la neige, le ciel plombé. Il va s'inscrire dans l'ogive étroite, déferler, circonscrire la chambre. Pour l'heure, dérivant dans la nuit saccagée par ma lucidité, j'attends. Je ne suis pas seul. Cette chair féminine, là, près de moi, c'est mon Eden dans la neige qui vibre. Transparence des nuits nuptiales d'Ulda.

Les mois de mer ont abîmé mon corps. Le sel a brûlé mes yeux, puis il y a eu les germes de l'Equinoxial. Il m'arrive de me presser les paupières : une blancheur laiteuse m'éblouit, je reste plusieurs instants sans voir. Je connais maintenant le feu du sel, l'érosion des lames qui balafrent et burinent. Mon visage est mangé comme un cratère. Voir m'est douloureux. Je pourris et je brûle en même temps. L'eau cingle et le feu me travaille. Je suis un crâne habité d'ombres. Et la mer se déploie toujours devant moi. Je la hais, avec sa couleur grise de cadavre, sa houle infinie, ses fantômes d'îles. Je la hais. Je regrette presque de m'être lancé dans cette aventure. J'eusse préféré un couvent de la montagne, une cellule blanche pour approfondir mes souvenirs. Mon couvent, c'est ce vaisseau meurtri, ces soutes emplies de rats et de vers, et sur le mur de ma cellule danse le beau Christ cosmique.

Ces nuits de bout de monde sont étonnamment claires. Une foison d'étoiles crépite au-dessus de nous, dont d'innombrables que je n'ai jamais vues. Je m'étends sur le tillac et je scrute la braise sidérale. J'y vois les fragments d'un monde pulvérisé. Puis la lune happe mon regard, posée sur la mer, blême, cadavérique ; sa pâleur me rassure, l'ivresse que je ressens à observer la poussière d'étoiles s'estompe, je me glisse dans ce cercle qui s'ouvre, porte ou prunelle dans le grand brasier de mer.

XIII

Un cri m'a arraché au sommeil. Une voix rauque qui hurlait. J'ai retenu ma respiration, l'exaltation allait m'embraser. Le cri a retenti à nouveau, suivi d'une clameur. « La terre ! » Ma première réaction a été de m'agenouiller dans ma cabine, sans même sortir. « La terre ! » J'ai bondi : devant nous, assez loin encore, se levait une falaise surmontée d'arbres noirs. Une brèche s'ouvrait dans la falaise, comme si elle eût été tranchée par un estuaire. Dans le nid-de-pie, le matelot trépignait : « La terre ! » Et c'était une joie immense qui remontait du bateau, des cris, des fracas de mains, et ce mot repris, entonné, acclamé : « La terre ! » Je ne voulais pas y croire. Je contenais d'ailleurs très bien mes réactions. Cette terre que j'avais vue bouger et venir à moi dans mes rêves cosmiques était maintenant face à nous, à quelques enca-blures, peut-être simplement limitée à une île, à moins qu'elle ne s'étendît aux dimensions d'un continent.

Nous arrivions sur cet *Orion* fatigué, nos voiles étaient usées, la moitié de nos cordages hors de service, nos hommes épuisés, il était urgent d'accoster. La terre au bout de ces mois de mer et d'épreuve ! J'aurais eu du mal à y croire si je n'avais eu aussi clairement conscience qu'en cet instant de la ligne sûre de ma vie, et de la force et de la grandeur de ma destinée. J'étais appelé, et l'appel m'avait mené là, à l'autre bout du grand livre des eaux, face à cette terre étrange que j'allais repérer.

Ainsi j'avais passé la mer. J'avais triomphé de la mer Océane. Cette dentelure de rivages que j'apercevais mettait fin à ma dérive sous les rafales, les eaux, dans le chaos des étoiles. Dans les explorations de ma mémoire, j'avais failli perdre le monde : je le retrouvais maintenant, il était là, à portée de mon regard, il suffirait de quelques manœuvres pour pouvoir y poser le pied. Nous allions enfin pouvoir caréner le navire, explorer la Rivière-Dieu. Il était là, le fleuve de l'Or.

Je suis sorti. Les hommes d'armes ont pris place : piques, hallebardes, haches, en cas d'attaque. On m'a passé le guidon de commandement. Il s'agissait d'un carré de damas flamboyant monté sur une hampe : d'un côté figurait le Christ crucifié et de l'autre la Vierge, tous deux brodés de soie et d'or. Devant moi s'étalait une mer qu'on eût dite recouverte d'algues et de plantes : une immense prairie verte. Au-delà des roches se levait une forêt, compacte, extrêmement touffue, et, à distance, il était quasiment impossible de discerner l'espacement des troncs. La nuit arrivait. Le soleil tomba d'un coup derrière la muraille d'arbres : aussitôt, dans la nuit qui commençait, les algues et les diverses plantes marines se mirent à brûler de reflets. Un fracas d'eau ou de terre en ébullition résonnait à travers l'épaisseur des arbres. Le point de la côte sur lequel nous venions d'atterrir était précédé d'une baie de quinze ou seize brasses de profondeur, au fond sableux dépourvu de toute roche.

Cramponné au guidon de commandement, dans l'allégresse générale, je décidai de veiller. Les cris des hommes, le crépitement des torches qu'ils avaient allumées ne parvenaient pas à couvrir le bruit intense de la forêt et de l'eau qui devait la traverser. Nous avions mouillé, mais il faudrait maintenant attendre le lever du jour pour entamer l'exploration. Le monde terraqué était au fond de cette baie calme, fouillée de faisceaux et de reflets lumineux. La mer brillait de myriades de lucioles. Des feux minuscules explosaient à sa surface : on entendait comme un claquement, peut-être les algues fermentaient-elles, pourtant la nuit était très fraîche.

J'avais besoin de silence au bord de ce monde nouveau. Nous sortions de l'enfer. Ma peau était encore marquée des centaines de cicatrices qu'y avaient laissées les pustules. Le sel, les brumes de l'Equinoxial avaient rongé mes yeux. Plusieurs heures par jour maintenant, je plongeais dans mon magma laiteux qui effaçait les formes. Oui, plusieurs heures par jour — et souvent quand j'avais un réel désir de voir —, j'étais condamné à la neige, au blanc des formes. Comme un enfant saisi de terreur, je me tâtais les paupières, espérant chasser ainsi cette avalanche qui me renvoyait, malgré sa couleur, à ma nuit.

Il arrivait même que la peur m'envahît de ne pas pouvoir contempler les sources de la Rivière-Dieu, ce visage d'or émietté dans les plis de l'eau originelle. Et pourtant ce blanc, cette neige, cette écume aussi qui obscurcissaient mes yeux, je les avais rencontrés à plusieurs moments de ma vie : dans le jardin où j'étais allé déterrer la tortue vide, dans la montagne aussi, plus tard, auprès d'Ulda, et il neigeait — je revoyais exactement sur cette baie si belle, si paisible, les longs traits de la neige qui lacéraient la ville le jour où l'on avait enterré mes fils, les grands chevaux caparaçonnés de noir et les fosses de San Bernardo. J'en avais depuis longtemps la certitude : il y avait de la mort et de la cendre sous ce blanc qui me liquéfiait les prunelles.

Nous sortions de l'enfer : plus d'eau, plus de vivres. La confession de Mendoza, dont je n'avais pourtant lu que des bribes, illustrait parfaitement

162

les drames et l'horreur de la traversée. Je n'avais pas oublié ce nom de Dieu vidé et cette fascination grandissante pour moi. J'imaginais assez à quel prix il avait arraché ces mots, des mots qui, étant donné l'humidité persistante et la pourriture des soutes, n'existaient peut-être plus à présent.

Les pustules, la traversée des eaux de l'Equinoxial, la découverte des manuscrits de Mendoza et la baisse — en même temps que la décomposition — des vivres avaient rythmé notre enfer. Pour moi, jusqu'aux derniers instants de ma conscience, il y aurait, plus fort encore que la Tortue cosmophore dans la neige du jardin et les fosses ouvertes de San Bernardo — avec, éparpillées sur le pavage de la cathédrale, les traces de neige boueuse qu'avaient laissées les fossoyeurs, la neige noire des grands chevaux de deuil —, le souvenir des cris hallucinés des marins, de la confession effacée, morcelée de Mendoza, de la haine d'Alvarez et de Segovie à mon encontre et des fastes de Sodome. Et plus encore que tout cela, ce qui condensait le mieux l'horreur de notre hiver sur les eaux, c'était la nourriture putrescente qu'il avait fallu rationner — ainsi que l'eau si on voulait éviter la catastrophe. Puisée dans les charniers de bois, et surtout après les avaries dues à la tempête, l'eau verdissait, se chargeait de filaments ou de glaires, c'était comme un tissu, une étoffe lourde et putride. Dès qu'on avait franchi la ligne de l'Equinoxial, la chaleur brumeuse n'avait cessé de croître. Dans les charniers l'eau s'évaporait. La farine grouillait de cancrelats. Il fallait manger la nuit, quand la touffeur tombait : ainsi on ne voyait plus les vers, et la présence de la pourriture s'estompait.

Alvarez m'avait plusieurs fois raconté les cauchemars des hommes d'équipage, accentués par la durée de la navigation. Je connaissais leurs peurs, leurs obsessions. Je savais à quel point ils redoutaient la Main noire, les phalanges crochues du Diable et le Kraken, la tête de cerf hideuse aux bois tentaculaires. J'avais quant à moi vu le vaisseau mystérieux avec ses prêtres au crâne nu ; j'avais, dans mon délire, avoué cette vision : je savais maintenant que si Mendoza s'était fait flageller sur le Christ de proue, c'était pour conjurer la présence harcelante de la Main noire et du Cerf tentaculaire.

Mais cela n'était rien à côté de la dernière épreuve que j'avais connue. Je m'imposai d'ailleurs de la revivre point par point, dans son intégralité, avant de me jeter sur le rivage. Dans cette nuit criblée de lucioles et d'algues brasillantes. Là, toujours cramponné à mon guidon, sous la Vierge naïve.

Je mangeais une nuit seul dans ma cabine. On m'y avait apporté ma pitance. J'avais soufflé la lampe de manière à ne pas voir ce que j'ingurgitais. Je me remettais tout juste de mon passage sous les pustules. J'avais demandé pois chiches et porc salé. A peine les eussé-je absorbés, les aliments formèrent une sorte de pâte lourde dans ma bouche. Je les imbibai d'une gorgée d'eau : ils continuaient de former le même obstacle. J'essayai de mâcher : impossible d'avaler cette bouchée sordide. Un doute s'empara bientôt de moi : était-ce vraiment du porc salé ? Il me semblait maintenant reconnaître les anneaux lisses des vers entre mes dents. Je mangeais du cadavre ! Ma terreur fut plus grande que si j'avais, dans mon rêve, affronté la Main noire et le Cerf tentaculaire. La pieuvre cadavérique, la chair consumée de vers proliféraient sous ma langue. Je ne parvenais plus à m'en défaire : anneaux, lances, soubresauts de queues emplissaient ma bouche. On m'avait donné à manger de la chair humaine. Ma ration avait été prélevée dans un cadavre visqueux, peut-être un des matelots à pustules de l'Equinoxial.

Je tentai de vomir, mais plus je voulais expulser la nourriture, plus il m'apparaissait que, lourde de ses tentacules et de ses ventouses, elle s'enfonçait en moi.

Je vomis enfin, en lâchant un hurlement terrible. Au même moment, la fosse de San Bernardo s'ouvrit et je plongeai dans son buisson de vers.

*

Au milieu de la nuit, je réunis dans ma cabine mes proches : Alvarez, Segovie, Mendoza. Je baptisai devant eux l'anse dans laquelle nous avions mouillé « baie de la Rivière-Dieu ». Nous décidâmes du programme et du rythme de l'exploration. Deux thèses s'affrontaient. J'étais partisan d'explorer d'abord le rivage, la frange forestière jusqu'à ce que m'apparût l'embouchure du fleuve, tandis que Segovie préconisait de s'enfoncer à travers la forêt. Nous n'étions pas assez nombreux pour mener concurremment les deux investigations. On pouvait toujours espérer que d'autres bateaux de notre flottille nous rejoignissent, mais, pour l'heure, il fallait trancher. Des thèses en présence, c'est la mienne qui l'emporta. On décréta que des hommes iraient ériger sur le rivage une stèle symbolique cependant que nous poursuivrions l'expédition.

Puis Mendoza attendit qu'Alvarez et Segovie se fussent écartés pour me rejoindre. Je savais désormais que c'était avec lui que je mènerais l'exploration des sources. Autour de nous l'océan continuait à brûler de ses reflets de sargasses. Une lune de parfait ivoire s'était détachée d'un ciel que traversaient continûment des nappes de brume. Mendoza était maigre, terriblement décharné. Je devais l'être aussi, mais je ne prenais plus le temps de me regarder.

— Ainsi, lui dis-je, nous sommes arrivés.

— Vous en êtes sûr ? — Je reconnus là un trait de sa défiance naturelle.

— Oui, nous sommes arrivés. Cette bande de terre que nous avons là sous les yeux, c'est le continent de la Rivière-Dieu. J'ai vérifié les calculs, l'incidence des astres. Sur la carte de Fra Domenico, cet ensemble d'îles ou de terres constitue l'immense archipel de la Rivière-Dieu. Nous allons y fonder une ville, puis nous commencerons l'expédition...

— Nous devrons d'abord placer cette terre sous

166

l'invocation du Seigneur et la marquer des emblèmes du Royaume.

— Cela sera fait. Invocation du Seigneur ? Pourquoi ? Vous y croyez toujours ?

— Pourquoi ? — Je vis Mendoza qui pâlissait : les muscles du cou et des joues s'étaient tendus, dessinant sous la peau leur faisceau noueux.

— Il me semblait que Dieu était un nom vide...

— Pour vous peut-être. Renégat et blasphémateur !

— Je ne faisais que citer des lignes que j'avais lues. A moins que je ne les aie rêvées. Vous savez, nous avons tous été sujets à des cauchemars et des visions. Ce n'est pas impossible...

A cet instant, plus je le regardais, plus je sentais que Mendoza savait que j'avais lu sa confession-palimpseste. Je repris :

— Vous savez, mon cher ami, Alvarez ou Segovie, ou je ne sais qui d'autre trouverait ce texte, cela serait très dangereux pour vous. « Dieu est un nom vide. » Que vous ayez pu écrire une chose pareille, vous le clerc, le moine, l'espion du Roi sur ce bateau... Soyez rassuré, je ne vous vendrai pas... Alvarez et Segovie resteront ici veiller sur la ville que nous allons fonder. Je vais les laisser à la tête de leurs légions d'esclaves. C'est avec vous, et quelques autres que j'ai choisis, que je mènerai l'exploration des sources de la Rivière-Dieu. Je vous ai observé depuis le départ. Les lignes que vous avez écrites et que je vous conseille de détruire parce qu'on ne sait jamais l'usage qui peut en être fait, sont le pacte qui nous lie

167

désormais... Allez chercher votre confession...
Nous la brûlerons ensemble... Je ne voudrais pas
qu'elle se retourne contre vous quand vous rendrez
témoignage...

— Témoignage ? Mais devant qui ?

— Pas devant Dieu, mon cher ami, devant
l'Archichronographe qui vous attend dans sa
chambre du Royaume. Sa cellule est non loin de
mon ancien cabinet de cosmographie, peut-être la
crue suinte-t-elle par le soupirail...

J'attendis quelques instants que Mendoza revînt
avec son parchemin roulé. Les jours de navigation
l'avaient complètement détaché de Dieu et du
Royaume. Mais son initiation ne faisait que commencer. Quand il fut revenu, je lui révélai mon
souhait : il lirait, devant moi, à voix haute, ce qu'il
restait de son texte et s'arrêterait à l'aube. A ce
moment-là il pourrait brûler son parchemin. Il
s'exécuta : sa soumission subite me surprit. Il se
mit à lire, avec une certaine solennité au début,
puis, très vite, et sans doute dès qu'il eut pris
conscience que des pans entiers de son journal de
bord manquaient, son élocution se troubla,
secouée d'un hoquet nerveux qu'il avait du mal à
réprimer. J'avais exigé qu'il lût la totalité de ce
qu'il avait écrit et qu'il respectât la chronologie de
son récit, marquant une pause aux endroits où la
pourriture ambiante et l'humidité avaient détruit
le texte. J'eus droit aux commencements de l'expédition, à la narration du départ, à la confession le
Jeudi saint à la Cathédrale parce que pour le
Royaume, des hommes qui embarquaient — et

surtout avec moi — *partaient à péril de mort,* à l'incendie de l'*Escurial.*

A l'écouter, la navigation, qui avait duré des mois, se muait en épopée et il disait la mer, cristalline ou brumeuse, lisse ou démente dans ses parages de tempête. Sa confession mimait l'espace de la traversée, la pulsation intime du temps aussi, les accès de colère, la fièvre, l'exubérance du jour, la folie de l'équipage, la Main noire et le Kraken. Que cet homme qui, dans son couvent augustinien, avait été élevé à nier le monde sût à ce point, et avec cette magie, le dire et le nommer — là-bas, le monde était griffe de stigmates dans la chair ou caresse enveloppante de la crue le long de la muraille — me fascinait. Et j'aimais tous ces blancs, tous ces égarements de la voix qui parsemaient le texte.

La confession se déchirait, à moins qu'elle ne s'engloutît. Elle oscillait entre une narration pointilleuse, malgré l'immobilité du temps, et une exploration, d'abord mesurée, des gouffres de l'être. Elle allait de la faille à l'expansion du monde, de la sphère des eaux aux sources promises de la Rivière-Dieu. Souvent le mot *leurre* scandait le récit : Mendoza avait douté, peut-être doutait-il encore, là maintenant, devant moi. Je comprenais la traversée. J'avais pourtant regardé les astres, déterminé moi-même la route, et je savais maintenant que deux portes fondamentales avaient jalonné la trajectoire : le Passage des Anges destructeurs et la ligne de l'Equinoxial. Je venais de réentendre ces noms et ils avaient pour moi la magie de ceux que me récitait jadis Fra Domenico dans sa nef de Venise. Tout à l'heure viendrait aussi le moment — à moins que, mauvaise joueuse, la Providence n'eût effacé les lignes — ou Frederico de Mendoza devrait avouer sa fascination pour l'Amiral de la Rivière-Dieu.

Le récit s'embarrassait de détails et de spéculations théologiques. Mon attention se dispersa. Seule m'importait la naissance de l'épopée, le rappel du Vendredi saint, les amarres rompues. Je saurais me rendre attentif dès qu'il serait à nouveau question de l'itinéraire intérieur de Mendoza. Je n'écoutais plus, mais je le regardais, lisant sa confession dans la cabine traversée de vibrations lumineuses. Des lucioles, des papillons, des moucherons géants tournoyaient sous la lampe. Puis le battement d'ailes s'écrasait contre le cuivre. Le faisceau de la lune, augmenté des reflets, des lueurs de la mer, déposait sur les joues creusées de Mendoza un semis de taches verdâtres. Il avait les paupières légèrement baissées. Je ne voyais plus ses yeux. La robe de bure semblait trop grande pour ce corps malade. Etait-ce l'attitude que commandait la lecture ou l'épuisement qui lui voûtaient ainsi le dos ? Je me mis une fois encore à le contempler, et cette fois ce n'est pas le souvenir des fresques d'Aldoro qui me revint.

Mendoza poursuivait sa lecture. Je détaillais le nez bossué, le puits des joues, la lèvre fine, le cou lié de nerfs. Et je le revis soudain, une nuit, au commencement de l'expédition. J'étais adossé à ma cabine. C'était à une époque où je le détestais encore. J'entendis un bruit léger. C'était lui. Je ne bougeai pas. Je savais où il allait. Plaqué contre le bois de ma cabine, je le vis se jucher sur le siège percé. Il releva les pans de sa robe et ses jambes longues aux rotules saillantes m'apparurent. J'aurais dû détourner le regard. Peut-être était-ce la haine que je lui vouais qui m'incitait à continuer l'observation, la robe était remontée jusqu'au sexe, je me souviens que j'étais incapable de bouger, incapable de porter mon regard vers une autre cible, tant il m'émouvait dans son immobilité recueillie et honteuse.

L'instant de l'aveu approchait. Je le réécoutai bien que l'image que je venais de raviver, celle du stylite nocturne, me hantât encore. La fatigue — une nuit de veille — entamait son élocution et mes perceptions. Le récit semblait ici pratiquement intact : nulle brèche, nulle ellipse. J'attendais l'instant : je croyais me souvenir presque exactement de ses mots. Et ils cinglèrent tels que je les avais lus par effraction. On eût dit que Mendoza s'appliquait à les détacher, pour mieux les faire retentir au seuil de ce monde, pour mieux mériter ma confiance au tout début de l'exploration proprement dite. Il sont inscrits dans ma mémoire en lettres de feu : « Tu es perdu. Tu es perdu. Dieu est un nom vide. Je voudrais me détacher de l'Amiral, je voudrais le haïr… »

Quand il eut prononcé ces dernières phrases, il s'arrêta ; je crus qu'il allait défaillir. Je lui tendis la lampe de façon qu'il pût brûler le parchemin. Mendoza n'avait donc rien écrit après ma visite, pareil à ces oiseaux qui désertent leur nid dès qu'ils y décèlent les signes d'un passage intrus. Nous tînmes chacun le rouleau tandis qu'il se défaisait en cendres.

Le jour commençait.

XIV

Je repérai les lieux : au nord, un chapelet d'îlots protégeait l'embouchure du fleuve. La mer était toujours encombrée d'algues et même, plus on s'approchait de l'estuaire, d'immenses fûts arrachés à la forêt qui dérivaient. Les espaces d'eau libre entre les nappes de fucus étaient rares. Le bois des troncs qui flottaient était constitué de fibrilles rouges que la salure avait gonflées. Nous pêchâmes quantité de crabes dont un, à la carapace ivoirée, que je déposai dans ma cabine. Nous étions toujours seuls dans la baie. Nul signe de présence humaine dans la forêt, non plus. J'attendais le *Belphégor* et le *Colomban*. Je désirais, en effet, qu'un comptoir fût établi sur le rivage avant que nous ne commencions l'exploration de la Rivière.

D'immenses oiseaux au plumage chamarré, à dominante rouge, s'ébrouaient sur le rivage. Leur bec curviligne leur permettait de saisir le poisson en une brève plongée. Après les mois de traversée et malgré le brouillard laiteux qui me mangeait les yeux, je découvrais un univers flamboyant. Les contreforts de glaise au-dessus des plages, dans lesquels s'imbriquaient de grosses nodosités pourpres, formaient une barrière rutilante au bout de la lourde flaque verte secouée de rares rouleaux. Le vent, assez chaud, poussait vers nous un mélange de senteurs venues des bois : résines, sucs des troncs, poussières végétales, semences de termites. La nuit, les grands troncs du rivage dressaient leurs piliers immobiles : une rumeur couvait là, tapie sous les fougères, les buissons, c'était comme un halètement brisé, la respiration d'une forêt aux racines de mer.

Je passais des heures sur le pont de l'*Orion,* captivé par les jeux de la lune, la multitude de reflets qui embrasaient le feutrage d'algues, l'agitation souterraine du courant, et cet immense mur levé devant moi, comme un flanc compact, jalonné de janissaires casqués, aux heaumes de racines et d'étoiles. Ce qui me fascinait, c'était la proximité de la forêt et de la mer, si proches, si liées qu'on eût cru que les fûts, dont les feuilles ruisselaient de sève sous le soleil, jaillissaient de l'eau. Des heures, je contemplais l'ombre de mon Christ mutilé sur ce rideau de lianes. Car je devinais que de nombreuses excroissances, une foison de liens et de ligatures enserraient les troncs, nouant les frondaisons, obstruant la futaie d'un réseau de mailles qu'il faudrait trancher si l'on voulait percer le couvert. Le jour s'écrasait contre ce mur touffu : la lumière rebondissait, son écho s'émiettait sur la plaine d'algues. En ces nuits très claires, la forêt et la mer conjuguaient leurs ténèbres. J'aimais ce rivage, cette lisière vibrante de glaise ; parfois, des troncs à la dérive heurtaient la carène de l'*Orion*. Au loin, le fleuve grondait, par à-coups, comme s'il eût été sujet à des rages, des convulsions. Je sentais le monde dans son unité première. Après l'embrun, le vent, la mer, autant de forces extérieures liguées contre moi et mon exploration, et qui disaient à mon sens l'éclatement, la dissémination des choses, je goûtais la source, l'unité pleine.

J'avais des rêves de bâtisseur : je construirais la nouvelle Jérusalem sur le rivage.

Un soir, je voulus me baigner. J'étais las des contemplations distantes : je ressentais le besoin vital de descendre dans cette mer aux racines de sargasses. J'attendis que le rideau des arbres eût absorbé le soleil pour plonger d'une chaloupe. Il faisait chaud. Je me dévêtis intégralement. L'eau m'enveloppa aussitôt de son limon et de ses substances visqueuses. J'eus l'impression d'entrer dans la terre. Il me fallut quelques instants pour retrouver les mouvements de la nage : je crus même que j'allais couler. De longs faisceaux d'anguilles frôlaient mon ventre. Je me sentais noué, malhabile, puis une énergie soudaine ébranla ma torpeur. L'âge et l'immobilité sur le bateau m'avaient pétrifié. Le sel, l'humidité aussi qui provoquaient dans les profondeurs de mon corps de violentes douleurs osseuses.

Au seuil de cette forêt, le long de la côte aux indentations gorgées de fucus, d'algues lumineuses, de longues anguilles annelées et d'écorces pourrissantes, je m'abandonnai au rythme du flux.

Une sensation de bien-être, prolongée d'une impression de plénitude, m'avait vite envahi. Le grain du vent sur l'*Orion* m'avait desséché. Je me savais devenir fantôme sous ma cape pourpre. Ici, dans l'eau de la baie, mon corps renaissait, il s'enrichissait de matières à la dérive, lianes, humus flottants, escadres d'écorces molles qui se greffaient sur moi, et loin de compliquer ma nage, la facilitaient.

Des corpuscules gluants passaient près de moi, lapaient mon sexe. Certaines plantes libéraient une odeur musquée. Là-bas, face à moi, quand je relevais la tête, la rive de glaise pure montrait son réseau de galeries et de grottes : les nœuds des racines ceinturaient les béances dans lesquelles la mer s'engouffrait.

J'étais brusquement sans passé, sans mémoire. Je vivais dans la matière fluctuante, au confluent de la forêt, du fleuve et de la mer. Il me semblait parfois entendre des pans de terre s'effondrer, l'embouchure proche dispersait les sablons de sa dérive, et je glissais parmi cette usure dans la constellation de la genèse. Des étoiles claquaient. J'avançais toujours, gravide, enceint de rêveries nocturnes. Le travail du monde passait en moi. Allais-je sombrer ? Je me redressais : ma nage s'alentissait, j'évitais les barges des troncs, au contact de l'eau ma peau s'était cuirassée. J'espérais que le magma neigeux noierait à nouveau mes prunelles.

A force de repérer la baie, j'avais décelé le mouvement des courants, le chemin des matières, loin du creuset, vers le large. L'Equinoxial, le Passage des Anges destructeurs, le vent, le sel. Et plus loin encore, le Royaume. Mon origine n'était pas là-bas. J'allais naître sur la rivière de l'Or. En vidant le nom de Dieu, Mendoza m'y avait ménagé un berceau ou un suaire. J'irais désormais à contre-courant des eaux. Dans la luxuriance des bois, j'oublierais le coloriage des cartes, l'alphabet cosmographique de Fra Domenico, l'aventure infernale de l'hiver. Je me sentais remonter vers le rivage comme si un courant inverse m'eût halé. Mon corps était un galet poli. Je m'étais considérablement éloigné de l'*Orion*. Je nageais et je ne savais plus qui j'étais : naufragé, roi nomade tombé de sa barge funéraire, homme-arbre, vaisseau tentaculaire.

Je m'agrippai enfin à deux énormes racines qui s'immisçaient entre les pierres. Puis je me hissai jusqu'au seuil de mon nouveau royaume.

*

Les hommes déboisèrent activement un large espace devant la baie de la Rivière-Dieu. Les grands fûts étaient extrêmement spongieux et ne résistaient pas à la première attaque de la hache. A chaque chute d'arbre, un lourd nuage de poussière végétale voletait jusqu'à l'*Orion*. J'avais demandé qu'on vînt me chercher quand une clairière aurait été dégagée. Par ailleurs, j'avais envoyé des hommes en reconnaissance du côté de l'embouchure du fleuve. J'avais aussi donné l'ordre aux menuisiers de me construire une arche plus légère afin de m'aventurer sur le fleuve. Je ne partirais que lorsqu'un autre bateau de notre flottille nous aurait rejoints dans la baie. Je savais sans l'ombre d'un doute ce qu'il était advenu du *Madeba* et de l'*Escurial*. J'attendais le *Belphégor* et le *Colomban*. Mais une voix secrète me disait que le *Lux* et l'*Ossuna* avaient fait naufrage.

Les hommes d'équipage avaient lavé leur linge : la forêt fourmillait de sources, de cascades qui se déversaient sur le rivage. Les travaux de carénage de l'*Orion* avançaient. Nous avions assez de réserves naturelles pour panser les plaies du vaisseau.

Lorsque je ne relisais pas l'Apocalypse — « Viens, je te montrerai la fiancée, l'épouse de l'agneau » (21, 9) —, je préparais les plans de l'expédition. Outre Mendoza, je souhaitais auprès de moi la présence d'un botaniste et d'un lithographe. Nous naviguerions à la voile ou à l'aviron — et encore j'attendais les relevés et les indications précises des émissaires — dans mon arche — suivis de quelques chaloupes armées. Viendrait sans doute le moment où la Rivière-Dieu ne serait plus navigable. Je ne saurais m'avouer vaincu : je remonterais jusqu'aux sources, fussent-elles perdues dans la forêt ou les montagnes. Souvent, la nuit, j'avais perçu un vent plus frais qui m'indiquait la proximité d'altitudes.

Plusieurs jours de suite, peu avant le coucher du soleil, de grosses pluies orageuses crépitèrent. La première fois, je restai enfermé dans ma cabine, mais, dès le lendemain, je guettai, alors que le soleil pâlissait, l'arrivée de la pluie. Dès que les premières gouttes martelèrent le toit de ma cabine, je me jetai dehors : la terre et les algues chauffées fumaient. La pluie, qui avait fermé la baie d'un rideau sombre, du côté du large comme du côté de la forêt — et je retrouvais cette sensation de constellation première qui m'avait tant ému lors de mon bain nocturne —, tombait droit, en longs faisceaux brûlants. Je me déshabillai puis je me lançai sous l'averse : les gouttes étaient si vives et si drues qu'elles blessaient le corps. Une calotte d'anthracite verrouillait le ciel. J'étais entouré de vapeurs, d'eaux végétales, limoneuses et salées. Et je dansai sous la pluie.

Une fois encore je renaissais de ma torpeur. Dans la baie de la Rivière-Dieu, je recouvrais ma jeunesse. Depuis que j'avais senti, la nuit du bain, ce courant inverse qui me halait vers le rivage, je croyais à la réversibilité du temps. Je savais que j'allais naître. Parmi les boues, les algues, les chevelures végétales. J'avais vaincu la sécheresse du sel.

Après la pluie, je restais de longs moments nu, couché sur le pont, à humer les odeurs qui m'enveloppaient. Je ne savais pas encore si j'avais totalement retrouvé l'odorat, mais des odeurs m'arrivaient et je cédais à leur griserie : senteurs d'écorces qui avaient fondu dans la pluie, mousses, lichens, champignons géants, argile rouge éventrée par les torrents, algues, troncs croupis du fleuve. La pourriture qui remontait des bois m'enchantait, et, à partir d'elle, je goûtais la profusion des odeurs du monde. Me hantaient surtout celles de la terre : l'argile entre la pierre et l'humus, cette argile veinée de coquillages, de lacis de fougères nocturnes, que j'avais vue en nageant sous la rive. En me relevant, je m'observais : la pluie m'avait habillé d'un suaire d'argile écarlate. L'*Orion* tout entier était cuirassé d'une pellicule de limon ocre. Je repassais mes vêtements mais j'avais bien garde de dissoudre mon manteau de terre.

Quand la clairière eut été complètement dégagée, je décidai de fonder une ville face à cette baie qui m'avait procuré tant de jouissances. La clairière n'était menacée, ni par le mouvement des marées — de faible amplitude —, ni par le ravinement des eaux venues de la forêt. Les hommes avaient d'ailleurs tenté de canaliser les cascades qui ruisselaient sous les arbres. Un mât fut donc dressé sur le plateau d'argile pourpre, à seule fin de repérer les axes est-ouest et nord-sud. Puis, à partir de ce mât pris comme centre, mes hommes tracèrent un sillon circulaire à l'aide d'un cordeau. L'ombre portée sur la circonférence aux deux points extrêmes de la course du soleil permit de déterminer l'axe est-ouest ; la position du soleil au zénith, l'axe nord-sud. J'avais tenu à fonder « Cosmopolis » selon les plus vieux rituels. La ville circulaire veillerait à l'entrée de la Rivière-Dieu. Elle serait l'embarcadère des quêteurs de sources. Mes hommes reviendraient là : ils déposeraient dans le sanctuaire en forme de nef qu'on allait y construire quelques fragments de ma barbe ou de mes ossements.

Vingt jours après que nous eûmes mouillé dans la baie de la Rivière-Dieu, le *Colomban* y fit à son tour son entrée. Les moines nous racontèrent qu'ils s'étaient perdus plus au nord, dans une zone houleuse au ciel chargé et pluvieux. Ils avaient dû fuir plusieurs tempêtes à mâts et à cordes. Certes ils avaient évité les eaux de l'Equinoxial, mais leur vaisseau était extrêmement endommagé.

Les moines purent déposer les reliques et le trésor dans la nef qui venait d'être construite au centre de Cosmopolis. Les menuisiers de l'*Orion,* aidés des matelots, avaient monté une arche haute en bois rouge de la baie. Les moines la bénirent. Nous assistâmes à une messe grandiose qui me rappela le requiem sur la tragique Madeba. Je communiai des mains de Mendoza.

J'avais appris du commandant du *Colomban* que le *Belphégor* ne tarderait plus à nous rejoindre. Les deux vaisseaux avaient mouillé dans la même anse, plus au nord — à un endroit où le continent de la Rivière-Dieu était dissimulé par de multiples archipels — il y avait moins d'un mois.

Je lisais une nuit lorsque j'entendis des cris de frayeur. Je sortis aussitôt : la baie était calme du côté de Cosmopolis. En revanche, j'aperçus aussitôt une masse rougeoyante du côté de l'embouchure du fleuve. Je compris sans plus attendre : un vaisseau s'était échoué sur les récifs et venait de prendre feu. Je sautai à bord d'une chaloupe pour m'approcher du navire incendié. Toutes les barques dont nous disposions — y compris celles qui nous permettraient d'explorer la Rivière — furent jetées à la mer.

Nous nous étions à peine éloignés de l'*Orion* que la caravelle explosa ; les flancs, laminés par les flammes, s'ouvrirent et l'on vit des formes embrasées qui bondissaient sur l'eau. Aux hennissements de panique, je reconnus les chevaux du *Belphégor*. Des chaloupes s'approchèrent le plus possible et purent sauver des hommes. Le feu avait pris dans les litières. Les chevaux continuaient de bondir par la brèche, la crinière et le poitrail en feu. Ils couraient sur la mer, ivres, cernés par les flammes, expulsés de l'enfer et, soudain surpris par ce sol fumant qui se dérobait sous leurs pas ; les crinières fouettaient l'écume, comme des torrents de lave, et il me sembla que les bêtes tardaient à couler, elles dansaient sur l'eau, rongées par le feu qui dessinait minutieusement le col, le garrot, l'ensellure, traçant cette magie de nerfs, ces courbes qui vibraient comme les limites du brasier.

La scène s'éternisait. Déjà les voiles brûlaient,

et des chevaux sortaient toujours, coursiers tendus dans leur robe de météore, progressivement absorbés par leur caparaçon de braise. Une odeur de paille, de bois, de chair et de crin calcinés revenait vers nos chaloupes, la fumée qui ne cessait de s'épaissir voilait maintenant le vaisseau, et pourtant j'entr'apercevais encore les chevaux foudroyés, je les voyais zigzaguer sur la mer, quêtant le rivage, un point stable, l'écume glacée.

Mais l'eau brûlait à son tour ; les troncs et l'épais feutrage d'algues qui flottaient dans les parages de l'embouchure avaient aussi pris feu, et les chevaux, dressés sur les radeaux, hurlaient, des flammes leur jaillissaient des naseaux, des marins avaient sauté sur les mêmes barges et l'on voyait ces grappes s'embraser, centaures que le feu souderait en un même être de cendre.

Les radeaux nous encerclaient. Il fallait fuir si l'on voulait éviter que nos barques s'enflammassent aussi. Quand la fumée s'éclaircissait, tranchée par un torrent de flammèches ou de braise, je devinais les ricanements des bêtes, forées, traversées par le feu : on eût même dit que c'était le brasier qui, en ses multiples foyers — bateau, troncs, algues, radeaux —, se mouvait sous les apparences d'un cheval, robe vibratile, canines d'effroi, crinières déferlantes sous la houle des torches. Des formes oscillaient encore. Rideau cramoisi. Puis les chevaux s'effondraient, disloqués par le jeu lancinant de la flamme, et la mer s'enfonçait dans l'entraille de leurs grands corps écartelés.

J'appris des rescapés que le marin qui, cette nuit-là, tenait le gouvernail du *Belphégor* était un novice. La mer était calme ; pourtant le courant avait entraîné le vaisseau sur un des bancs rocheux qui défendaient l'entrée de la Rivière-Dieu. Que s'était-il passé ensuite ? Le novice, dès qu'il avait senti le gouvernail engagé et entendu le bruit des flots, avait crié. C'était ce hurlement qui m'avait arraché à ma lecture. Puis j'avais vu les chevaux d'Apocalypse rougeoyer aux portes de la Rivière-Dieu.

A l'aube je vais partir. La mission d'exploration est prête. Nous serons une cinquantaine d'hommes. Le Prieur du *Colomban* régnera sur Cosmopolis. J'ai quitté ma cabine de l'*Orion* pour la nef du trésor et des reliques. L'exploration continue. Devant moi les châsses, les ciboires, les calices et les croix rutilent. Je préfère cette radiance à celle des chevaux du *Belphégor*. J'ai tenu à être seul. Je sais déjà que je ne reviendrai plus à Cosmopolis. Je me consumerai aux sources de la Rivière-Dieu, comme les chevaux du *Belphégor* peut-être. Des visions me traversent ; les sources crépitantes, les torrents d'or dans la faille montagneuse, après d'autres mois de navigation. Et l'initiation de Mendoza à poursuivre. Cette nuit, peu m'importent les morts, les naufrages. Il a été décidé que le *Colomban* et l'*Orion* attendraient notre retour des sources. Laissons les moines évangéliser les arbres...

La nef de Cosmopolis est joliment ouvragée, chevillée. Son aspect de carène renversée me ravit. Je suis entré dans le ventre de la Tortue cosmophore. Sur le pavage, éparpillée, la cendre marine des chevaux du *Belphégor*. J'ai prié. A présent, je me remémore : mon père, à nouveau, dans sa cave aux cadavres, découpant ces corps de pendus qu'ensemble, à la nuit tombée, nous allions voler, Ulda, Fra Domenico, mon puits au bord du Nil, les expéditions du Nord. Plus je vieillis — plus j'approche des sources —, plus ma vie s'efface au profit de quelques figures indélébiles. Ce sont des foyers vivaces, et déjà la ligne d'un cheminement, depuis l'Italie jusqu'au Royaume, en venant jusqu'ici.

Je vais compléter le monde. Et mon témoin, je l'ai choisi, ce sera Mendoza. Il leur dira le feu des sources, il leur portera mon enseignement. Ils avaient déjà mes cartes, mes repères, le récit de mes explorations antérieures, ils auront désormais la trajectoire de Cosmopolis par-delà les Anges destructeurs et l'Equinoxial. Après l'enfermement de l'*Orion,* le raclage du sel, j'ai aimé la baie de la Rivière-Dieu, mes nages, mes bains de pluie. J'ai eu avec l'élément cette relation intime et vraie. Ma vie se déshumanise. Elle va à rebours.

Nul bruit autour de la nef. En bas, sur le rivage, je trouverai mon arche d'explorateur. Le Christ de proue y a été placé conformément à mon vœu. Je crois que je ne pourrais plus vivre sans son profil démembré. Il me plaît qu'il soit encore moucheté du sang de Mendoza. Ni le sel, ni les pluies de la terre n'ont effacé ces marques qui me rappellent mon sommeil sous les pustules.

Je vais entrer dans la faille.

J'aurais pu commencer à écrire ma confession pour le Royaume. Je préfère la dicter à Frederico de Mendoza. Nulle trace écrite de ce que nous allons voir.

La mer s'est levée avec le vent. Houle large de la mer Océane. La Rivière-Dieu s'offre au roi nomade.

La Rivière-Dieu

I

Ici commence la quête.

Arbres. Milliers d'arbres. Fougères, chevelures, sanctuaires d'arbres. Pendant des jours, le soleil disparaît. Reste sa rumeur, filtrée par l'épaisseur des feuilles, dans l'eau qui bout, sous les lianes. Et l'eau. Vive, fendue de chutes et de courants, immobile, ramifiée en lacs dans leurs écrins de terre. L'eau, avec ses ombres, ses remous, ses passages ténébreux, ses variations.

La faille de la quête.

Des roches tatouées d'ombres, d'inscriptions comme tissées de fibres végétales, des valves, des fentes, des ravines, et l'eau qui se perd, se divise en galeries, nefs tortueuses. Présence obsédante du monde. Loin des mirages de la mer, le spermaceti cristallin, diaphane. Ici la terre, la glaise inextricable, alourdie de racines, de galaxies d'arbres inversés, souterrains. Labyrinthe dans la profusion folle de la matière.

La quête même après le relevé intangible des cartes, le flocon flou du sel.

Ils s'y perdirent, sur leurs chaloupes. S'y enfoncèrent, avides, curieux de percer l'obscurité, la longue nuit du Graal austral. Leur grand Christ levé charriait des étoiles. Eux, dessous, vêtus de peaux, sucés de moucherons, l'œil vide, exsangue. Ils s'y engouffrèrent comme dans une brèche du cosmos. Et partout flamboyaient les éclats, les éclairs de la Source. Rêve d'origine, porté, mûri, enrichi par des millénaires de songes, de nostalgies cosmogoniques.

L'eau légère, vivante, qui avive l'insomnie du monde. Et ce travail continué, souterrain, myriade des germinations, copulations terreuses, éclosions, succions, l'éveil des pousses. Dans la nuit, l'Arche du Savoir, l'Explorateur, le Théologien, le Lithographe, le Botaniste. Et les hommes d'armes, velus, barbares.

Ils glissaient sur le corps fluvial d'un dieu. Le dieu-monde, et son verbe, noir, oraculaire, était tressé de racines, de glaises, de gousses de lichens, et ses mots grondaient sous l'écorce. Ils avancèrent sur ce corps qui fluait. Le nom même du fleuve leur venait d'un moine veilleur, un cartographe fou, un dormeur de monde.

Ils remontèrent des mois.

La confession du roi nomade — ainsi se baptisa lui-même l'Explorateur — ne pouvait se transmettre que dans une langue élémentaire, *enracinée*. Langue tissue au vrai royaume des eaux. Langue terraquée. Toute autre langue — et surtout celle classifiée, carcérale du Royaume dans laquelle Mendoza dut rendre compte de l'exploration — manque l'éclair de la Source, le feu terreux du fleuve, la révélation cavernale.

La langue pleine, multiple, de la quête.

La parole du monde.

L'Explorateur avait relevé, dessiné des tracés, rêvé l'empreinte cosmogonique. Il voulait voir, connaître le poids, l'*adhérence* du monde. Il savait tout du signe dans sa bogue de deuil.

Lavé de vent et de sel, il se consumerait aux sources du dieu-monde.

II

« L'homme ne se remet pas de ne pas avoir créé le monde. La vie lui a été imposée sur une terre déjà constituée. Aussi garde-t-il au creux de ses viscères cette puissante nostalgie. Il peut contempler, observer, repérer, explorer : il n'a rien créé. Il est minuscule créature dans le bain grouillant de la création. Les étoiles, les pierres, la glaise, les eaux, rien n'est de son fait. C'est à travers les travaux ou les fables cosmogoniques qu'il se donne l'illusion de créer le monde. Ou, plus exactement, à défaut de l'avoir créé, il raconte le labeur tâtonnant de la création, les errements des mondes encore mêlés dans le creuset initial. Il attribue ces pouvoirs à Dieu, il nous le montre tranchant le ciel et la terre, séparant les règnes, mais c'est lui qui modèle le récit, c'est lui qui se cache sous ce Dieu glaiseux, potier magique dans sa tunique d'astres et de fleuves. Il crée le récit des créations, il façonne les fables du façonnement. Mais tout ceci est histoire, leurre des prophéties, agencements mensongers du verbe. Je sais que je n'ai pas créé le monde. J'ai aussi, enfouie au fond de moi, cette nostalgie : je suis un fils dépossédé du soleil. Parfois s'éveillent encore en moi les soubresauts, les tensions de la fondation. Je te l'ai dit : je suis apatride et nomade. Mon nomadisme puise aux bruissements de la genèse, je suis né des boues au lever du monde. Mais je reste créature. Sans doute a-t-il fallu cet égarement de Dieu pour que je naisse. Je ne peux pas créer le monde mais je dois l'inventer. Je veux revoir ces sources d'où je suis sorti. C'est là ce qui m'intéresse avant tout dans notre voyage sur la Rivière-Dieu. Je suis le nomade sur l'arche. Déjà j'ai passé la mer, j'ai trouvé cette butée de terre au bout des eaux de l'Equinoxial. Nous allons prendre la genèse à rebours, traverser les royaumes. Nous allons bivouaquer parmi les peuples de l'Or. Rassure-toi, je ne suis pas devenu fou : une nouvelle énergie m'embrase. Le grand récit du façonnement des mondes, c'est notre épopée qui va l'écrire. Avec un stylet d'Or au sacre des sources, nous graverons les dits de la Rivière-Dieu. Nous nous y sommes engagés, défiant le haut mascaret d'écume qui bouscule les troncs à la dérive. Le Christ de proue, nouveau Moïse dompteur des eaux. Tu as vu l'embouchure, les rives d'argile criblées de grottes, les murailles de la forêt. La Rivière ne va cesser de s'amincir. Le détroit des mondes va se resserrer. Les sept peuples de l'Or sont là, qui nous attendent. Je veux connaître leurs rituels. Les sept passes symboliques de la vie.

Nous avons quitté Cosmopolis, nous avons abandonné l'*Orion*. Je me suis défait de mon vaisseau, avec le même sentiment de liberté que lorsque j'ai laissé mon cabinet de cosmographie.

Le voyage de la Rivière-Dieu s'ouvre. Nomade à Venise dans la chair des femmes, j'entendis ce nom de la bouche d'un vieux moine, Mendoza. Un vieil ermite sédentaire, cassé par l'âge, ployé sur ses rouleaux de cartes. Si tu relis ma *Description du monde*, celle que j'établis à vingt-sept ans, tu verras que j'y indique l'itinéraire supposé de la Rivière. Je connais tout des hommes et de l'existence. Assez bu de leur fiel. Il fait bon maintenant s'engager dans la Rivière. Le vent de mer y souffle encore. Tu as en mémoire les tempêtes, les brumes, l'érosion saline, les murs d'eau. Bientôt commencera la fournaise, le feu de l'argile, des troncs qui suintent, des moustiques et des oiseaux de rage. Sept peuples de l'Or, sept stations obligées. Ils guettent le roi nomade sur leur rive.

Personne n'est encore remonté jusqu'aux sources de la Rivière-Dieu. J'ai été inexact, tout à l'heure, quand je t'ai parlé du vieux moine de Venise. C'est lui qui, la première fois, a cité devant moi le nom du fleuve des origines, mais ce n'est pas lui qui a suscité en moi ce désir de rivière. Près du jardin d'enfance où dormait la Tortue cosmophore, en contrebas d'un talutage planté de cerisiers et de prunelliers, coulait une rivière. L'été l'asséchait complètement. Enfant, je détestais le soleil et je passais de longues heures sous les fougères, au bord de l'eau. J'observais la faune : les truites mouchetées, les brochets, les rats, les libellules. J'avais conçu un habitacle sous les herbes : je m'y lovais. La contemplation de la rivière était un vrai régal entre mars et mai : dès que la crue s'apaisait et avant que l'été ne transforme ma rivière en oued des Maures. Je savais où le cours d'eau se perdait, non loin de la maison, sur la plage de galets. En revanche sa source m'obsédait. Il était difficile de marcher le long du cours : à mesure qu'on remontait vers la source supposée, le talus s'élevait, on ne captait plus que le froissement de l'eau sur les pierres. Pas de chemin non plus, quelques rares dalles descellées qu'utilisaient les femmes pour laver, de même la densité de la végétation s'accentuait et la rivière roulait sous des arceaux de lierres, d'aulnes, de saules et de frênes. D'ailleurs elle stagnait plus qu'elle ne coulait : les berges formaient un bassin noir où l'eau croupissait, les algues, les roseaux, les nénuphars fleurissaient, au printemps. Je restais des heures à fixer cette verdure mouillée, saturée de sève et de gouttes de soleil. Mon désir de quête s'est cristallisé là auprès de ce cours encaissé aux sources lointaines. A l'automne, l'eau rougissait : les roseaux libéraient une salive rouillée, les aulnes dégarnis s'assombrissaient, la terre avait une odeur de vieil humus âcre. Je conserve le souvenir des eaux rouges des pourritures de l'automne.

J'ai retrouvé un fleuve, plus tard, et quel fleuve : le Nil ! J'étais en mission en mer d'Egypte. Je remontai le Nil à partir du delta. Un soir, nous fîmes escale auprès d'un couvent de moines pneumatophores : les moines du souffle et de l'Esprit. Le couvent était au bord du fleuve, perché sur un à-pic d'alluvions durcies, et les cellules des religieux se présentaient sous la forme d'immenses puits aux marges du désert. Les moines disaient trouver la légèreté de l'Esprit, et même pour certains la lévitation qu'engendrerait la grâce, au fond des goulots creusés dans la pierre. On y descendait au bout d'une corde. J'étais las de mon exploration : je demandai à faire retraite au fond d'un puits. Je m'y enfonçai, comme les moines, au bout d'une corde. Trop impur pour ressentir les bienfaits de la grâce et l'envol du souffle, je me sentis attiré dans l'intimité de la terre. Très vite, en effet, j'eus la sensation de marcher sous le fleuve, dans le bruissement des limons. Pas de souffle, de grâce, de légèreté : la proximité des eaux, le roulement des terres. J'écoutais, l'oreille plaquée contre la paroi du puits. Les moines

196

voulaient me faire connaître la lévitation du Paraclet, ils m'enfonçaient au plus profond des hiéroglyphes du monde, parmi les sédiments du Nil.

Je m'interrogeai longtemps après cette découverte. Et je retrouvai ce mystère et ce bruit, bien plus tard, captif dans mon cabinet de cosmographie, au-dessus de la crypte que la crue inondait. Autre fleuve là encore, et je rêvai des nuits entières à la Rivière-Dieu, en février, mars, quand l'eau haute, chargée de troncs, de branches et de pierrailles arrachés aux vallées, montait jusqu'à la base des vitraux. On devait utiliser des barques pour se déplacer dans les bas quartiers. L'eau folle arrivait. Je crus à plusieurs reprises qu'elle détacherait ma nef de ses pilotis ; j'entendais les effets de ses sapes et de ses tourbillons, je la sentais, grise, terreuse, frôlant la muraille.

Il me fallait tous ces désirs et ces souvenirs de rivières pour arriver ici, Mendoza. Il me fallait ces vertiges et ces peurs, cette obsession de l'origine, de la terre nocturne percée de sources. Nous sommes entrés dans la nef du dieu-monde. Le ciel a disparu sous des nuages violacés qui fondent en averses torrentielles. Le lithographe étudie les fossiles. J'ai aperçu le botaniste qui sectionnait de pleines gerbes de fougères arborescentes. Et toi, Mendoza, regarde, dis-moi le monde. Le lithographe et le botaniste n'ont le droit que d'observer, de dessiner, de comparer. Moi

197

seul ai le pouvoir de nommer. Les grands nomades de ma race ont usurpé cette parcelle de pouvoir divin aux origines. Plus nous avancerons dans ton initiation, plus je te léguerai ce droit et cette force. La nef du dieu-monde est vierge. Temple inviolé où rôdent nos barques. Il y a des fossiles, de nouveaux granits, des flancs d'émeraude, des lianes et des fleurs dentées à repérer. Je les aperçois de mon arche, depuis que nous avons fendu le mascaret. Aiguise ton regard, ne perds rien de la floraison foisonnante. Ouvre tes prunelles de vigie. Et laisse monter en toi les flux du langage. Le verbe est en toi, il t'appartient, et ces sonorités qui s'entrechoquent en toi sont celles qui vont appréhender un fragment neuf du monde. Laisse-toi saisir par la frénésie du nom. Aime-le glaiseux, mêlé aux choses, irrigué de soleil. Regarde, écoute et nomme. Sept seuils symboliques te mèneront au terme, auprès des sources perdues.

Alors tu nommeras ma mort. »

III

La remontée de la Rivière dura plusieurs mois. Maintenant que je suis arrivé au bout, sous cette hutte de terre ocre, je peux dire l'épopée. Il me semble que mes forces déclinent. Mais je suis comblé : j'ai vu.

Mendoza va et vient, il veille sur moi. Il a soin, quand il sort, de laisser retomber un rideau de feuilles vernissées sur ce qui tient lieu de porte dans ma hutte. Je suis couché sur une litière d'herbes : c'est ainsi, dans cette position, que je me remémore. Une jeune fille nue le relaie parfois et m'apporte un breuvage obtenu à partir de végétaux pilés. Le spectacle de sa nudité pure me rassérène. La jeune fille prononce quelques mots, chaque fois qu'elle entre ou sort, en inclinant la tête. De ce qu'elle me dit, je n'ai retenu que cette formule : *tsiga.*

De la cinquantaine d'hommes que nous étions au départ, il ne reste que deux. Tous les autres sont morts — décès naturel — ou ont été massacrés. Nous ne sommes donc que deux à avoir vu les sources et encore personne ne les a vues comme moi, aussi près que moi.

Des pierres, disposées en cercle, entourent ma couche. Fétiches minéraux sculptés et bariolés. Elles sont le signe de ma royauté. Les Imuides — le septième des peuples de l'Or, l'extrême, le plus montagneux, le plus nordique — m'ont reconnu dans ma royauté. Leur roi, le vieux sage aveugle, s'est effacé devant moi. Il m'a laissé son trône, ses pierres, ses emblèmes : la pierre de l'Or, la pierre de Tempête, la pierre féconde, la pierre de neige. Je règne aveugle et couché : le brouillard laiteux ne se déchire que très rarement, au passage de Mendoza ou de la jeune fille. Ma nuit sera bientôt constante : encore quelques semaines peut-être et je pourrai capter l'éclat de mon or intérieur.

Des hommes viennent parfois enduire mon corps de cendre, comme si la blancheur du corps de leur roi leur était insupportable. Je suis donc là, couché sous la cendre — très odorante, reste d'un bois précieux, lentement consumé —, et je veux entamer le récit précis de l'aventure. Mendoza va venir. Auprès de lui mon agonie sera verbale : elle charriera des visions de forêt, de fleuve, de peuples fabuleux, de menaces guerrières. Au terme de mes mots, il nommera ma mort.

Aussitôt après que nous eûmes contourné la passe rocheuse contre laquelle s'était échoué le *Belphégor,* notre flottille dut affronter un immense mascaret. Les eaux du fleuve heurtaient celles de la mer en formant une muraille d'écume. Les courants assaillaient nos arches. Nous crûmes déjà périr. Le fleuve bouillonnait ; les fûts, les végétaux arrachés se lançaient de plein fouet contre nous ; il montait du mascaret une clameur d'eaux fumantes, hérissées de pieux, de troncs acérés. Nos hommes témoignèrent d'une grande dextérité et d'une belle vigilance. Nous franchîmes tous l'obstacle. Alors je sus que nous étions vraiment entrés sur les eaux de la Rivière-Dieu. Je vécus ce passage comme un moment de jubilation intense. La peur apaisée, je sentis la joie m'envahir, plus forte que celle que j'avais ressentie lorsque nous avions mouillé dans la baie. C'était cet instant que j'attendais depuis toujours.

Trempé, ruisselant après le franchissement du mascaret, baptisé des eaux mêlées de la rivière et de la mer — une salure persistante collait à mes lèvres — je me savais désormais dans mon royaume. Sitôt le mascaret passé, nous découvrîmes une étendue au débit rapide. La forêt, qui bordait le fleuve de part et d'autre, était semblable à celle qui longeait le rivage : mêmes arbres géants, même réseau serré de lianes, le sous-bois de fougères et d'épineux d'un vert acide paraissait également identique.

Une pensée — une seule — m'habitait à cet instant : la certitude de trouver au fond de ce bief violent les racines de mon existence. Depuis que j'avais traversé le mascaret, je n'étais plus l'Amiral de la Rivière-Dieu, je n'étais plus l'Explorateur Christophore. Cela, je le dis à Mendoza qui m'accompagnait dans mon arche : il sembla surpris. J'étais vraiment le roi nomade. Le soleil ardent avait vite séché nos vêtements et sous la cape rouge — celle que j'avais portée tout le temps de la traversée marine — je me sentais autre. Croyais-je une fois de plus à cette force qui me tirait vers l'intimité et les secrets du fleuve ? J'avais connu des étapes, des fractures décisives dans mon existence et aucune n'avait eu la puissance du franchissement du mascaret. Je ne reviendrais plus au monde, à celui qui s'étendait au-delà de la frontière d'écume. La jubilation dilatait mon cœur. Je demeurai plusieurs heures noué à la hampe de mon Christ, admirant la réverbération du soleil sur l'eau verte, l'ombre portée des arbres, le pullulement des moucherons à la surface du courant. Le mascaret m'avait donné l'illusion d'une dénivellation importante : non seulement il me semblait l'avoir passé en une effraction horizontale, mais je croyais encore avoir franchi un degré : je voguais sur des eaux supérieures.

Je séchai sous le soleil, heureux de mon identité nouvelle. Je ne vivais pas cela comme une mutation radicale qui eût détruit mon être antérieur, je me savais devenir nouveau mais immémorial, mon être nouveau me raccordait à celui que j'avais été à l'origine. Ma joie était continue, elle ne s'éteignait pas. Plusieurs heures, je me remplis les yeux des reflets moirés, des profils rocailleux qui vibraient sur le fleuve, ce monde profus, en expansion, aussi dilaté que mon cœur, et je voyais, en mémoire, le mascaret, l'assaut des courants, la forteresse fluviale et ses pieux dardés, la porte d'écume.

J'avais passé la mer et le mascaret du fleuve. Le roi nomade remontait ses eaux. J'étais incapable de parler tant que la mutation ne serait pas totalement accomplie. Toute parole que j'eusse pu prononcer eût été vaine ou fragmentaire. Aussi préférais-je écouter la langue du fleuve, les remous d'écume, l'eau violette, infusée d'algues, de racines, de monceaux d'écorces. J'attendais que la nuit tombât : je pressentais qu'elle seule pourrait me donner la mesure de ma métamorphose en m'admettant dans son creuset, son unité d'ombre que fouillerait la lune. Quand les boues fétides des rives auraient bu les vestiges du soleil, j'entrerais dans ma nuit, au-delà du mascaret qui m'avait façonné dans mon identité dernière.

On alluma des torches : les hommes épuisés souhaitaient établir au plus vite le campement. J'ordonnai qu'on continuât à naviguer. A bâbord et à tribord trois barges éclairées nous escortaient. Les ondes lumineuses se dispersaient sur le fleuve. Les forces d'usure et de ravinement glissaient sous nos arches, et nous avancions lentement, solennellement : je vivais mon premier sacre, toujours lié à la hampe du Christ, les flammes ne fluctuaient même pas tant nos marins épuisés ramaient mollement. Je pensais à tous ceux qui m'avaient vu vaincu, hideux, mutilé, ceux qui m'avaient injurié, craché au visage, ceux qui m'avaient affublé de mon sobriquet maudit, ceux qui... — j'en avais le pressentiment — avaient profané la tombe d'Ulda et de mes fils la nuit qui avait suivi l'incendie de l'*Escurial,* ceux-là aussi qui avaient poursuivi leur œuvre en mettant à sac ma maison et le cabinet de cosmographie. J'aurais voulu qu'ils me vissent dans ma royauté fluviale.

Car la Rivière-Dieu passait en moi et me régénérait.

Oui j'aurais aimé qu'ils me vissent... La pensée s'estompa. L'essentiel n'était pas là : il était dans le cheminement continu des matières, des débris forestiers, dans l'échevellement d'écume qui secouait le fleuve. Tout le jour, la réverbération solaire m'avait ébloui et maintenant je descendais dans ma nuit, les yeux blessés, comme au fond d'un gouffre spiralé. Je saurais y trouver mon or.

Mon identité se dessinait. Les traits de mon nouveau visage m'apparaissaient. La traversée de la mer Océane, le repérage du Passage des Anges destructeurs et de la ligne de l'Equinoxial, la baie de la Rivière-Dieu et Cosmopolis, tout cela constituait un legs que je laisserais volontiers au Royaume et à l'humanité. J'avais réalisé l'union du Continent et du Continent, désigné la voie de nouvelles conquêtes. Mais le mascaret marquait la limite de mon territoire.

Je ne voulais personne sur ces eaux où je me rejoignais enfin, où j'atteignais le noyau mythique de mon âme, noyau que je ne cesserais de cerner tout au long des sept escales chez les sept peuples de la Rivière. Je ne voulais personne sur ce fleuve qui me permettait de cheminer vers mon royaume.

Cette nuit encore, comme celle du bain, et sans doute parce que j'étais harassé par la température qui ne faiblissait pas, je me sentis devenir arbre, porte-Christ, roi cendreux dans un sacre de torches. Le charroi des barges m'entraînait.

Dans un ciel d'un bleu lavé, la Croix du Sud et Orion me sacraient.

*

Nous naviguâmes plusieurs jours. Nous avions dressé notre campement, le temps de laisser le botaniste et le lithographe explorer les environs. Ils décelèrent des pierres d'origine volcanique. Nous nous étions établis dans une anse, un peu à l'écart du grondement des eaux. Nos forces étaient encore intactes. J'écoutai de longs moments les deux savants me décrire en langue latine ce qu'ils avaient recueilli, des minéraux veinés de coquillages à cils, de serpentins annelés, des fleurs aux pétales drus, et dont la couleur variait selon l'intensité de la lumière. La magie de la langue latine m'enchantait. Mais ce qui m'étonnait plus j'entendais les deux savants, c'était leur inaptitude à forger des noms nouveaux. Ils rattachaient tout ce qu'ils découvraient aux grandes classifications déjà existantes de leur savoir. Pour ce faire, ils introduisaient des sous-classes, des variantes : il suffisait d'un adjectif — qui exprimait soit la teinte, soit la contexture de la plante ou du caillou au toucher — pour créer cet addendum dans la nomenclature du monde.

Nous repartîmes. Le fleuve était toujours très large, les eaux navigables, bien que rapides. J'avais au cœur l'euphorie durable d'avoir franchi le mascaret. Bientôt — ce fut aux environs de notre cinquième jour d'exploration — la température s'alourdit. Le lit de la Rivière-Dieu se rétrécissait, les arbres se nouaient au-dessus de nos têtes. Nous avions jusqu'ici vu peu d'animaux, quelques serpents qui foraient les boues des rives. Sous le couvert qui s'épaississait et se fermait en voûte, les insectes se mirent à proliférer. Ce furent d'abord des sortes de libellules très grandes, au vol fébrile, armées d'ailes phosphorescentes et d'un dard menaçant. L'odeur humaine les attirait. Elles convergeaient vers la flottille, l'encerclaient puis obliquaient vers nous.

Le ciel avait disparu sous le toit des frondaisons. La chaleur devenait moite. Le soleil donnait à plomb. Le lit avait beau se rétrécir, la violence du courant persistait. La chaleur entamait vite la résistance des rameurs.

Nous dûmes multiplier les haltes. Un soir que nous avions choisi de dresser notre campement auprès d'une grève de sable grossier, derrière de hauts rochers ensevelis sous d'épaisses couches de lichen, un concert de stridulations nous alerta. Les hommes avaient déjà allumé les feux sur la rive. Une poussière verte, grasse, séminale enduisait nos corps. Je m'approchai du fleuve : les bruits provenaient de la voûte.

Je vis soudain de petits singes qui se pendaient aux lianes, des grappes entières de petits singes bleu et vert, l'œil enfoncé dans des orbites rouges. Je fis signe aux marins de me rejoindre. Tapis derrière les rochers de la berge, nous assistâmes au ballet : les singes, dont le sommet du crâne avait la forme d'un capuce de moine, s'élançaient d'un arbre à l'autre, éprouvant la résistance des grands lierres célestes, et ils sautaient, se croisaient, rebondissaient dans les hauteurs, leurs queues s'arc-boutaient, fouettaient les feuilles, se ramassaient aussi parfois en boule dans l'épaisseur du pelage.

Aux stridulations qui avaient d'abord appelé mon attention, avaient succédé des glapissements, de fulgurantes décharges vocales, et même des amorces de paroles. La colonie était importante : d'autant qu'il m'apparaissait que de nouveaux sortaient des arbres et relayaient les danseurs. Cerclées de pourpre, leurs pupilles brasillaient dans la nuit.

Il s'agissait de singes minuscules, très légers, ce qui leur donnait cette souplesse et cette mobilité sur leurs lianes de vertige. On croyait brusquement qu'ils allaient s'écraser, plonger dans la Rivière, mais ils remontaient, rattrapés par les cordes des arbres, ces longues branches molles auxquelles ils s'arrimaient.

Les pelages bleu et vert, avec l'inscription des orbites sanglantes, nous enchantaient, et ils semblaient habités de boules de nerfs, de muscles de feu. Chant d'amour, aubade lunaire, pavane, cérémonie ludique, je ne pouvais identifier la danse des singes funambules. Leurs pattes paraissaient crochues, les doigts qui pointaient du pelage telles des phalanges humaines étaient armés d'ongles courbés, comme des serres de corne, et cet attirail guerrier contrastait avec la grâce des fourrures et des corps.

Le lithographe me fit remarquer que certains singes, ceux dont le pelage comportait moins de poils bleus — les autres, en effet, avaient une large couronne bleu sombre à la naissance du cou — semblaient pourvus de pattes palmées ; on devinait, dans la lumière lunaire qui s'effondrait dans les ramures, une pellicule de chair bistre entre leurs phalanges. Et d'autres singes affluèrent. Ce devait être les cris, plus brefs, plus intenses, que poussaient les danseurs des cimes qui les attiraient. Je redoutai l'instant où la colonie nous encerclerait. Les autres arrivaient des berges, la terre clapotait sous leurs pas, ils étaient plus trapus, plus lourds. Ancêtres, mages, souche royale ? Ils grimpèrent à leur tour le long des fûts en émettant un râle plaintif.

Alors les singes des cimes commencèrent à hurler, il y eut une succession de stridulations suraiguës, nous n'avions jamais entendu — moi, comme tous ceux qui m'entouraient — de sonorités si hautes : les gros singes noirs et noueux attaquaient. Les petits bondirent, accélérèrent leur voltige, leurs queues s'étaient déroulées et elles cinglaient l'air, les longues griffes saillaient des palmes prêtes à désarmer l'adversaire.

Un gros singe noir s'aventura sur une branche qui surplombait le fleuve. Une dizaine de voltigeurs fondit sur lui. Ce furent jets de salive, cris hachés, meurtriers. La voûte tremblait. Les singes bleus s'étaient massés sur le noir ; des rochers où nous nous trouvions, on apercevait une constellation de dos bombés, de queues violentes. La victime se débattait sous la meute des funambules ; les autres, restés au sol, hurlaient, crachaient. Soudain les singes d'altitude lâchèrent prise : le corps noir s'abattit dans la Rivière. Et la danse reprit. Les capuces bleus tournoyaient, les voix s'étaient transformées, mélodieuses, plus coulées. Le ballet obéissait aux mêmes figures que précédemment. Même envol, mêmes bonds, même échange sur les lianes.

Nous aurions désormais à vivre parmi les capuces bleus des cimes. Singes danseurs, nageurs aussi, si l'on en jugeait d'après leurs palmes. Je demandai qu'un cordon de brasiers délimitât le campement. Je craignais une attaque des singes sanguinaires : il leur suffisait de plonger d'un arbre pour se retrouver en plein cœur de notre bivouac. Le grand assaillant qu'ils avaient massacré sous nos yeux avait taille humaine : lourd, empêtré. S'ils avaient liquidé cet assaillant-là, c'était qu'ils étaient tout à fait capables de tuer un homme. Je mis les marins en garde.

La Rivière-Dieu devenait dangereuse. Je suppose que le combat et le sacrifice des Capuces bleus traversèrent les cauchemars de mes hommes. Singes du ciel et des eaux. Moi-même, les nuits qui suivirent, je ne pouvais me débarrasser de l'image de leurs orbites de feu. Ecureuils géants, moines guerriers des airs. Je revoyais leurs queues s'enrouler puis se détendre, secouant les ramures de voltes rageuses. Je revoyais aussi leurs pelages verts, comme enduits de cette poussière d'écorces qui nous empêchait de respirer, la tache flambante de leurs pupilles.

Les gros serpents dormants des berges ne m'avaient guère effrayé. Les Capuces bleus des cimes me terrifiaient. Je fis vérifier que l'arquebuse de mon arche était bien en état de marche.

IV

Je me souviens d'un soir, peu après la rencontre des Capuces sanguinaires. Nous avions dressé notre campement au pied des falaises végétales. Une barrière de rochers délimitait un lac entre la berge et le lit du fleuve.

Le soir tombait. Les falaises s'illuminèrent, et l'eau devint une lente coulée d'or liquide. Mendoza s'était avancé sur le bord du lac, à l'écart du campement. Les feux rituels brûlaient sur le pourtour de notre aire. Je le vis soudain s'approcher du fleuve et laisser glisser sa robe de bure. La lumière déclinante, empourprée par l'or de l'eau, les flambées de limon et d'écorces, le sculpta dans sa nudité. Il me tournait le dos et je suivis, depuis les épaules frêles, la ligne de la colonne vertébrale jusqu'à l'incurvation des lombes, puis la protubérance des fesses. Il marchait vers l'eau.

Je me tapis pour mieux le regarder. Il me sembla qu'il hésitait à plonger. Il était toujours sur la rive du lac, immobile, captivé par l'ombre des falaises végétales qui se ridait sur le fleuve. Il tardait à plonger. J'eusse voulu pétrir son corps dans l'argile de la rive : le cou gracile, la tombée des épaules, la ligne marquée des vertèbres, la naissance des flancs, le creux des lombes, la saillie des fesses. On eût dit qu'il attendait la nuit totale, pour l'heure, dans le flux des poussières gluantes qui voletaient dans l'air épais, il se laissait cerner par le crépuscule. Le lac était irrigué par une chute qui sourdait du sous-bois. Mendoza prit la direction de la cascade. Il était nu toujours. Les stigmates avaient disparu. Il effleura l'eau d'un pied, poursuivit sa marche. Tel que je le voyais, de biais, en profil perdu, c'était une figurine de la statuaire antique, une épure osseuse, sans galbe ni bulbe de muscle, un passeur diaphane qu'écorchait la lumière.

Cette image s'ajouta à celles que j'avais déjà retenues : les jambes nues, stylite nocturne sur l'*Orion*, christique et stigmatisé dans ma cabine face au feu des veilleuses, macéré dans la déréliction, brunâtre sur les fresques d'Aldoro. Je m'interrogeai sur la nature de ma fascination, mais elle était si vive qu'elle liquidait tout repère, ruinant mes tentatives d'élucidation. J'aurais voulu cerner mon désir, mais je ne saisissais que celui qui me poussait vers les sources du fleuve. Pourtant, dès le début, et sans doute autant que la Rivière et son or, j'avais désiré la beauté de Mendoza.

Je craignais une attaque des Capuces sanguinaires. Au moindre craquement, à la moindre reptation qui ébranlait les bois, à la moindre passée de bête ou d'oiseau — j'avais revu les grands pêcheurs chamarrés à bec curviligne —, je frémissais. Je ne me sentais rassuré qu'à bord de mon arche ou dans le cercle du campement. Les embarcations étaient arrimées aux lourdes pierres de la rive. Les hommes alimentaient les feux de tout ce qu'ils trouvaient à proximité des berges. Tout était si saturé d'eau que les flammes tardaient à prendre. J'aimais rester auprès des brasiers à lire les fluctuations des flammes. J'étais à l'abri derrière ce rideau crépitant qui effaroucherait les Capuces sanguinaires.

Nos feux dégageaient une brassée d'odeurs. Cela nous changeait des pestilences marécageuses et des effluves de bois trempé. Les résines et les sèves criaient dans les palmes que cisaillaient les flammes. Le cône des brasiers se dressait sur un lit de cendres. L'armature intérieure des bûchers, faite de branchages mouillés, ne cédait pas à l'érosion du feu. Le ronflement des brasiers, la circulation des flammes créaient un semblant d'air dans cet encaissement de végétations putrides. J'étais là, le nez collé aux braises, malgré la touffeur qui ne déclinait pas, et je humais de toutes mes forces, jusqu'à satiété et parfois même jusqu'à la nausée, les émanations des cendres.

Une nuit je chavirai dans un monde de sommeil. Et pourtant je me savais éveillé, jc voyais encore la futaie de flammes qui se tordait devant moi, mais en moi, dans les profondeurs de ma mémoire qui investissaient progressivement ma conscience, la limitant à cette frange d'éveil fascinée par le feu, toutes choses se mouvaient ou se déployaient avec lenteur, des images se formaient, qui prenaient naissance sur l'eau — l'eau limoneuse de la Rivière peut-être —, et j'oscillais entre l'engloutissement dans le songe et le crépitement halluciné du bûcher.

Inexorablement attiré par le feu, je m'en approchais, et au même moment, lesté de boues, de matières forestières et fluviales, je croyais tomber en moi-même. Sur l'eau de mon songe les images défilaient à une rapidité de foudre : Capuces aux orbites sanglantes, pelage vert et incandescent, charognards des rives, séismes de forêts soudainement tendues jusqu'à la lune, flambées subites, intenses, éparpillées comme des fracas de météores dans la forêt mère et je voyais encore le mascaret d'écume foncer sur les arbres, parmi les termitières.

Une autre fois, je renouvelai l'expérience, mais cette nuit-là, toujours partagé entre l'éclat du feu et la peur de l'eau engloutissante, j'eus le bonheur de découvrir que mes images intérieures s'enrichissaient d'impressions auditives. Je dérivais encore entre la veille et le sommeil, et les cris, les bruissements, les secousses, les palpitations de la forêt m'arrivaient avec une précision et une violence décuplées. Le brouillard des images ciselées de feu s'accélérait, la rumeur du fleuve montait en moi, berges ouvertes, cassées, rongées par le flot. Tout comme la vue du corps nu de Mendoza m'avait donné l'envie de le pétrir dans l'argile, ce flux de visions, d'hallucinations sonores qui me traversait, me concassait, éveillait en moi le désir des mots. J'eusse souhaité pouvoir nommer ces décharges qui me venaient de la résine calcinée et qui embrasaient mon esprit.

Ainsi commencèrent mes visions. Le botaniste — un homme sage, dénué de la moindre fantaisie, rétif à toute extravagance — m'expliqua que certaines plantes, certaines essences d'écorces aussi étaient propices à susciter les hallucinations. Je fis mine d'acquiescer. Je savais que mes hallucinations m'appartenaient en propre, qu'elles ne venaient que de moi. Le botaniste avait simplement trouvé une cause qui rassurait la raison. Je ne résisterais pas au vertige.

Je n'avais encore jamais eu de visions diurnes. La première me saisit comme nous naviguions. Je m'étais posté au pied de mon Christ de proue. Autour de nous la forêt vibrait. La chaleur, suffocante, la poussière verte brouillaient le regard. Le lit de la Rivière-Dieu ne cessait de s'embrumer. Pourtant le jour brûlant parvenait à percer la voûte. La lumière éclatait, irisée, jouait avec les distances. Je relevai les yeux : le Christ me dominait, la forte densité de poussières végétales l'avait verdi mais il n'avait rien perdu de sa douleur brisée. Je regardai, comme je l'avais souvent fait sur la mer, son unique bras tendu, la main clouée sur le vide, transpercée.

La chaleur était intense. Les pagaies fouillaient

un feutrage d'algues accumulées. Soudain je poussai un cri : au-dessus de ma tête, le grand Christ saignait, le sang jaillissait de son flanc, j'appelai, tout en me précipitant pour recueillir le sang noir, chargé de caillots, ce sang qui me filait entre les doigts, et que je buvais, que j'essayais de boire, et qui laissait en moi un silence d'extase.

Une nuit j'avais vu l'eau, le feu.

Puis j'avais entendu la clameur souterraine du monde.

Je venais de voir saigner le flanc de mon Christ de proue.

A compter de cet instant, nul ne douta de ma royauté fluviale.

V

Dans la hutte royale m'entourent les pierres. Selon de vieilles croyances, de vieux dits de sorcellerie, je n'ai qu'à les toucher pour déchaîner ou retenir le cataclysme. La pierre de vertige m'attire, sorte de gneiss rugueux venu de la montagne. Je peux, si je le veux, brouiller les sources de la Rivière-Dieu sous les flocons et les brumes. La pierre de tempête est là aussi. Et la pierre de mort. Disque plat et sacrificiel, avec, sur la circonférence, des encoches pour l'épanchement du sang. Je m'abstiens de les toucher. Je me défie de la magie.

Ma royauté est recluse. Au bout de mes visions et de mes miracles, je ne jouis que d'une hutte terreuse que les pluies du soir transpercent. Royauté recluse et couchée. Mes journées, vouées à l'horizontale, me rapprochent du fleuve perdu. Des heures durant je vogue sur la Rivière, je hume les eaux vertes, les roseaux de marécage, les glaises rouges des rives, les fondrières au bas des falaises végétales. J'ai théoriquement droit de vie et de mort sur mes sujets. Mais je ne les rencontre guère, excepté la servante longiligne qui vient me rendre visite. Etrange peuple que celui des Imuides. Peuple de la langue et des sources.

Il me semble que mon règne se résumera à mon sacre et à ma mort. Maintenant que j'ai vu les sources, que je suis allé au point Ω du déchaînement de mes visions, je n'attends plus rien avant la dissolution cosmique.

Souvent je rêve. Et je redis des noms : Venise, le Nil, le Royaume, l'*Orion*, Jérusalem. La ville sainte traverse mes songes. Telle que je la découvris, ocre, poussiéreuse, tranchée de ruelles, de coupe-gorge, livrée à la mainmise de l'Infidèle. Croyais-je atteindre son double céleste en remontant la Rivière-Dieu ? Je ne devinais pas qu'une hutte si modeste consacrerait ma royauté. Mais le roi nomade, le roi imuide est nécessairement seul, reclus, aveugle. Il paraît mieux à même d'exercer sa mission dès lors qu'il est coupé de la tribu et du monde. Il m'arrive de m'insurger contre cette royauté captive. Moi qui ai passé la mer, vaincu le mascaret et le fleuve, jugulé les tribus guerrières, je supporte mal cette solitude claustrale. Dans l'égrènement de mes souvenirs depuis que je suis enfermé ici, je me suis interdit de remonter au-delà de la fondation de Cosmopolis. Mais je sens que les eaux de la Rivière m'entraînent par le souvenir, plus loin, encore plus loin, dans l'univers.

Quand commencèrent les signes de mort? Je situe cela maintenant aux environs du douzième jour d'exploration. Depuis l'entrée dans la Rivière, le paysage avait peu varié. Nous naviguions toujours entre les gigantesques falaises d'arbres. Un soir, presque au moment d'aborder, nous aperçûmes au fond d'une anse qu'avaient fermée les dépôts alluvionnaires un magma de constructions entre la forêt et le fleuve. Je redis que nous n'avions pas vu une seule marque de présence humaine depuis notre entrée sur les eaux de la Rivière. Quand nous nous fûmes rapprochés de la rive, je distinguai un village lacustre aux maisons basses et aux toitures végétales, extrêmement évasées. L'endroit paraissait vide et silencieux. Nous nous y engageâmes.

Le soleil couchant arrivait par-derrière les arbres, au ras de l'eau. Il venait mourir au pied des pontons auxquels étaient encore arrimées des pirogues, fines, creusées dans des troncs très légers et visiblement destinées à recevoir un seul occupant. Des tresses de lianes retenaient les embarcations aux pilotis. Car le village se dressait presque entièrement sur l'anse, à l'écart de la forêt et de ses invasions, et au-dessus du fleuve. Des échelles abruptes dégringolaient le long des pontons et permettaient d'accéder aux habitations.

Nous avançâmes nos arches jusqu'au port. Ce qui me frappa d'emblée dans ce décor sauvage, ce fut la géométrie qui présidait à l'ordonnancement des constructions. Loin de s'assembler pêle-mêle comme dans de nombreux villages de pêcheurs du

Royaume, les maisons lacustres étaient rangées en ordre décroissant et leur dénivellation s'arrêtait à la naissance du port. Le village semblait déserté depuis peu, et pourtant, les vapeurs végétales qui remontaient du fleuve, mêlées au brouillard qui dégouttait des feuillages, avaient recouvert les toitures et les montants de bois des murs d'épaisses tentures de lichen et de mousses sur lesquelles je faillis déraper à peine étais-je sorti de mon arche.

Je m'introduisis seul dans le dédale des maisons abyssales : la glu qui enduisait les pontons, le jour avare, distillé par le soir et l'épaisseur du couvert, l'impression de vie arrêtée engendrèrent vite une sorte de malaise. Je compris qu'une fortification de bois protégeait la proue du village, je la traversai et me mis à marcher entre les cases. Elles étaient toutes bâties sur le même modèle : la coiffure s'élevait, triangulaire, redescendait, prolongée de larges bords qui devaient — je le supposai à la vue des béances qui les criblaient — tenir lieu de gouttières. L'intérieur des habitations était fruste et réduit, le même tapis de mousses proliférantes le garnissait, et je n'y perçus aucun signe de vie récente. Pourtant je continuai ma marche, envoûté par l'architecture dédaléenne d'un village de bois dressé à la lisière de la forêt et du fleuve, et vidé, mystérieusement abandonné, voué aux libellules, aux rats, aux herbes suffocantes.

Au détour d'un passage, je vis, sculpté à l'angle d'une case, un énorme poisson à la mâchoire dentée, transpercé d'un harpon. Puis j'écartai des mains le tégument des mousses : d'autres sculptures, extrêmement grossières, m'apparurent. Elles étaient toutes liées au fleuve, à la pêche, au monde des eaux. A part les quelques pirogues que nous avions repérées dans le port, je ne trouvai aucun instrument de pêche.

La nuit encerclait le village : je sentis naître en moi l'angoisse, une peur confuse, obscure, celle du sac ou de l'engloutissement. Je m'étais éloigné du fleuve et je me tenais à présent en bordure de la forêt. Je craignis qu'une moisissure insidieuse n'eût dévoré de l'intérieur les fondations et les arcatures du village. Mais surtout ce qui m'alertait, c'était ce vide inexplicable, cette fuite vers d'autres sites de pêche — et peut-être parce que celui-ci était maudit —, cette terre abyssale, végétale, l'impression, qui s'était fortifiée à arpenter le dédale, d'être à la fois sur et sous l'eau. Et je revoyais l'emblème du village, le poisson originel crucifié, mâchoire éclatée, et je pressentais, éclairé par l'emblème, le massacre des peuplades lacustres.

La nuit était définitivement tombée quand je revins vers nos barques. Je sursautai : un vol de charognards fondait sur nous.

Après avoir allumé des flambeaux à la proue des barques, nous repartîmes. Les charognards tournoyaient au-dessus de nous. On entendait les battements d'ailes, les cris funèbres. Les torches découpaient des instantanés de forêt et de fleuve. Le botaniste et le lithographe, auxquels s'était joint Mendoza, étaient muets, comme en prière. Les arches glissaient dans la nuit saturée d'eau.

Les rameurs mettaient toute leur énergie à fuir le village déserté. Le vol harcelant des charognards, l'emblème du poisson crucifié : tous ces signes de mort me revenaient, je mesurais leur évidence tragique. Des végétations compactes, qui se terminaient en ombelles et chevelures ployées, ruisselaient sur la Rivière. Le lit se rétrécissait. Parallèlement les eaux redoublaient de violence.

Un marin cria. J'avais perçu, depuis mon arche, un bruit : je crus qu'un poisson géant s'était fracassé contre une de nos barques. Je m'élançai à la proue, arrachai la torche et la braquai sur l'eau. Une forme indistincte dérivait. J'approchai la torche : le courant venait d'emporter la forme. Si ce n'était pas un poisson ou quelque monstre aquatique, peut-être s'agissait-il d'un pan de glaise noué de racines, un tronc vidé de son aubier que le ravinement perpétuel avait détaché des rives. Le choc se répéta, je bondis à la proue : je vis alors un visage détruit, une tête humaine noircie de boue qui grimaçait dans le courant. L'incident se reproduisit à plusieurs reprises.

L'aube arriva. Les nuits de la Rivière étaient exceptionnellement courtes. La lumière sourdait entre les fûts et se répandait jusqu'à nous. Le fleuve s'était élargi aux dimensions d'un lac. Sur l'eau flottait une multitude de cadavres. Les charognards étaient juchés sur les corps. Je reconnus leur plumage noir, leur jabot ébouriffé, la chair à nu de leur cou. Veilleurs nécrophages du grand lac de la Rivière-Dieu. Une tribu entière — femmes, vieillards, enfants — composait la pitance des oiseaux. Il s'agissait peut-être des habitants du village que nous avions laissé en aval.

Certains corps étaient toujours transpercés de pals en bambou flexible que le vent pliait. Leur migration s'était arrêtée là, et les charognards célébraient la fin de l'exode. Ils continuaient de dévorer les cadavres, imperturbables, le courant était si faible que les corps demeuraient immobiles, ainsi ils pouvaient prélever à loisir les parties tendres des joues et des flancs. J'identifiai des enfants agrippés à des épaves sombres, perdues sous des fatras d'algues, des femmes au ventre bombé, enceintes de la mort et de ses fermentations pestilentielles.

Il nous fallait traverser le lac putride. Je proposai de ramener sur la rive tous les cadavres flottants. Nous nous saisîmes de perches. Nous ne pourrions pas les enterrer mais nous pouvions essayer de les brûler. Un espace dégagé, une ancienne clairière peut-être, ou encore la voie d'accès au lac, le chemin d'exode, nous servit pour entasser les corps. L'épouvantable fournaise, conjuguée à l'érosion aquatique et à l'attaque des oiseaux, les avait mutilés. Il ne restait de certains d'entre eux qu'une charpie de muscles sur le squelette. L'odeur de la pourriture était insoutenable. Parfois les cadavres liquéfiés, spongieux, se déchiraient lorsqu'on tentait de les haler à l'aide des perches.

Il y avait au moins deux cents corps. Sans compter ceux qui avaient sombré et ceux que l'ennemi avait massacrés dans la forêt. Nous allumâmes le brasier. Un tapis de mousses, de lichens aériens, quelques ramures séchées nous permirent de lancer les feux. Mes hommes, tout l'équipage, le botaniste, le lithographe et Mendoza y compris, s'affairaient à remonter les corps. Je crus à plusieurs moments que j'allais moi-même défaillir, tant la pourriture était forte et le spectacle des cadavres défigurés insupportable.

Les restes de ce qui avait été une femme pendaient maintenant au bout de ma perche. Je reconnaissais le bassin évasé, la chevelure nattée aussi, seuls signes encore identifiables dans cette bouillie qu'avaient perforée et triturée les charognards. Plus de visage, un cratère tuméfié, noirci, deux cavités vides à l'emplacement des yeux.

Les oiseaux n'avaient pas quitté le lac. Ils s'étaient massés sur le bord, continuant d'y dévorer les quelques corps qui s'étaient échoués. Sans doute étaient-ils repus, ce qui expliquait leur immobilité vigilante. Ils nous observaient, silencieux.

Le feu avait pris. La pyramide macabre commençait à griller. J'avais demandé au botaniste de recouvrir les corps de plantes qu'il supposait aromatiques.

Brusquement un des hommes — un de nos rameurs — s'aventura un peu loin sur le rivage et essaya de tirer un cadavre que devait convoiter un des oiseaux posés sur le bord. Le charognard fondit aussitôt sur lui en lâchant un long et lugubre cri d'alerte. Les autres arrivèrent et encerclèrent le rameur qui dut renoncer à haler le cadavre. Etait-ce la présence au bord de leur territoire d'un corps sans défense, ou bien encore la fumée de chair humaine calcinée qui s'élevait de la clairière qui les grisaient ? Toujours est-il qu'ils se mirent à hurler, à battre de leurs ailes sinistres, les cous décharnés se froncèrent. D'autres charognards étaient aussi sortis de la forêt, d'autres encore plongeaient des cimes avant de s'immobiliser sur la rive.

Nous avions immédiatement interrompu toute activité. Les seuls cadavres qui dérivaient sur le lac étaient trop proches de la ligne des oiseaux pour que nous eussions l'audace d'aller les repêcher. Et nous étions pris en tenaille entre les charognards qui nous menaçaient et le bûcher des corps. Nous ne saurions attendre indéfiniment. L'odeur était atroce, d'autant que le site du lac, avec sa ceinture végétale, constituait une cuvette où la fumée ne circulait pas. Elle stagnait au contraire, piquant nos yeux, encombrant nos poumons.

Nous n'arrivions plus à nous voir. Là encore un des hommes eut un geste imprudent : croyant pouvoir ainsi les chasser, il lança un branchage embrasé dans la direction des oiseaux. A ce moment-là, le brouillard noir avait totalement envahi le lac, j'aperçus simplement la trajectoire de la torche. Des stridences terrifiantes traversèrent la clairière, puis il y eut un galop d'ailes sourdes : les charognards piquaient sur nous. Je les entendis qui s'abattaient à proximité du bûcher. Je hurlai à nos équipages de rallier les barques. Il s'ensuivit une confusion terrible. Des hommes, aveuglés, pourchassés par les oiseaux, tombèrent dans le fleuve, d'autres se débattaient sous les becs furieux.

J'avais réussi à regagner mon arche, un peu en aval. De là j'appelais, j'indiquais la direction à emprunter pour rejoindre la flottille. La fumée était épaisse, mais il me semblait apercevoir des charognards perchés sur le brasier, arrachant la chair morte entre les flammes ; on voyait les lambeaux rougeoyer dans leur bec.

Ainsi s'achevait notre rencontre avec la première des peuplades de la Rivière-Dieu. Transpercée de harpons et de flèches, massacrée sur les eaux et livrée aux charognards, comme le poisson emblématique, celui que j'avais découvert sculpté dans le bois d'une des cases.

Nous perdîmes trois hommes, noyés dans la fuite. Les charognards disparurent, comblés par notre offrande. Alors nous pûmes repartir.

Les charognards, la tribu massacrée, la proximité d'une zone guerrière et l'impression que nous avions tous de remonter vers l'enfer semèrent une appréhension durable dans l'esprit de nos hommes. Rien ne fut plus comme avant. Pour moi non plus, qui ne cessais de voir ce corps putrescent de femme se déchirer au bout de ma perche.

VI

Quand je reviens par la pensée vers ces journées de remontée fluviale, plus que les haltes guerrières, le lac aux cadavres que dévoraient les charognards ou les flèches mystérieusement lancées depuis les bords, qui abattirent plusieurs de nos hommes, je retrouve l'image de l'eau, les ombres glauques qui pullulaient à sa surface, les signes d'un monde sauvage, primitif, l'impression constante qui m'habitait alors de forer un espace moiré de soleil et d'eau. Ces journées de royauté pure furent intenses, magiques, de cette puissance que certaines existences n'approchent jamais.

Je laissais mon esprit dériver : tout, dans ce bief vert, une fois franchie la muraille d'écume du mascaret, était de nature à nourrir ma rêverie : les jeux du soleil le long des falaises et sur le fleuve, au plus secret des cathédrales d'arbres millénaires, les végétations étranges que je devinais, les condors efflanqués, les charognards, mais aussi les royaumes fabuleux que je pressentais au-delà des rives. Souvent mon âme me donnait l'impression de se dissoudre dans les matières du monde, et ce, sans que j'eusse recours aux bûchers de résine. Je descendais parmi les charognes, les larves, les vermines, les insectes.

Me reviennent encore le ciel sombre, la chaleur étouffante, les grondements sourds accompagnés d'éclairs livides qui s'échappaient des nuages et les éclairs plus vifs qui rendaient les ténèbres palpables. Je me laissais aller au rythme des boues travaillées par l'énergie du ruissellement. Je me souviens surtout de la facilité avec laquelle je me dégageais de mon environnement humain : comme sur l'*Orion* jadis, j'avais le ravissement d'être seul avec le monde et je m'immergeais par le regard dans la pluie des frondaisons, les chutes ou les accrocs de la lumière selon qu'elle affrontait des feuillages souples ou vernissés.

La cécité proche et le jour voilé levaient en moi un bonheur intense, j'étais plus sensible que je ne l'avais jamais été aux fulgurations de la lumière, dès lors que celles-ci étaient noyées de végétations, brouillées de buées : je croyais parcourir une carène engloutie. La braise du soleil éclatait en médaillons sur l'eau, les feuilles, si chargées de sève qu'elles en ruisselaient, croulaient au-dessus de nous ; l'univers se faisait maillage de végétaux et de terre fluviale, confluent de résine et d'eaux du déluge, conjonction de royaumes et de sacres cosmiques.

Je garde pareil bonheur des anses pestilentielles et des bûchers odorants. Me charmait surtout la profusion de ce monde jalonné de morts, de brasiers nocturnes, de noyades et de visions christiques sanglantes, de fossiles gravés d'inscriptions, d'insectes gourds, affamés de cadavres, et j'aimais que cette profusion connût une gradation permanente, jusqu'à l'étouffement et la folie.

Il n'y avait rien de tangible dans cet univers : à peine l'avait-on foulé, le sol s'effondrait, crevé de galeries, d'énigmatiques passages, de terriers aussi qui s'enfonçaient tels des gouffres ; la lumière et l'eau se dérobaient hors de toute atteinte, et je restais immobile, tenu en éveil par le roulis des pagaies, le bruit continu du brassage des algues, le remuement, la pulsation de la matière intime du fleuve qui le divinisait pour moi.

Par cette fente de regard qui allait diminuant — regard obscur, rétracté d'une meurtrière — je captais encore les plissements de l'écume et il arrivait que je crusse y reconnaître les corps défaits des peuplades lacustres. Ce souvenir avait lesté ma rêverie d'une densité macabre qui ne se résorbait pas. A plusieurs reprises, et alors que je rêvassais à l'avant de mon arche, l'image de ce corps démoli de femme revenait me hanter, ce corps aux orbites vidées, encore pourvu d'une cataracte de cheveux nattés encombrés d'herbes, les seins minuscules et intacts, ce corps dont je me remémorais avec une exactitude hallucinée le bassin évasé, la ramification des cuisses réduites à l'état de moignons, de branches d'os sculptées par les charognards, et le sexe, grouillant d'algues, d'herbes, de vers torrides et peut-être d'anguilles.

J'avais à l'origine rêvé la Rivière-Dieu comme la route de l'Or. Pas simplement le minerai précieux qui attisait la convoitise des rameurs, et il me fallait en effet parler de leur richesse future dès que je sentais que s'amoindrissait leur élan, leur enthousiasme. J'avais, moi, rêvé l'Or des sources qui irradie l'esprit. C'était l'Or de l'âme que j'avais rêvé. Et j'avais trouvé l'Or de mort, la fournaise sous les voussures d'eau, un corps mutilé, ébranché de femme, transpercé, écartelé, rongé.

La Rivière-Dieu me renvoyait à ma prédestination noire.

VII

Je me souviens d'une conversation avec Mendoza après l'épisode du Lac aux charognards.

— Mais que cherchez-vous donc? m'avait-il demandé, l'air inquiet.

Je l'avais senti repris par le feu de l'angoisse. Angoisse qu'avaient purgée la découverte de la baie de la Rivière-Dieu, la fondation de Cosmopolis et la remontée de la Rivière. La folie était proche, à nouveau.

— Je ne le sais pas moi-même, lui avais-je répondu.

— Les sources de ce fleuve, je croyais.

— Oui, et les royaumes qui les bordent. Mais rassure-toi, nous les trouverons. C'est lent, difficile.

C'est alors qu'il m'avait avoué :

— Je sens ma raison qui vacille. Je perds la raison. Ce fourmillement d'insectes, dans la chaleur. Je regrette d'être venu. J'ai peur. Tous ces cadavres que nous avons trouvés, que nous avons brûlés... Et cette menace, plus on avance. On est épié, cerné... Nous finirons comme cette tribu, massacrés.

J'avais dû le rassurer. Depuis qu'à l'occasion de notre dernière nuit sur le bateau, il m'avait lu sa confession, une complicité avouée était née entre nous, qui lui interdisait les accès de rage dont il était jadis coutumier. Il n'arrivait pas à me haïr. Mais il ne comprenait toujours pas les motifs secrets qui légitimaient mon désir d'invention des sources.

— Tout ce que j'avais appris, tout l'univers que je m'étais forgé est sans arrêt contré, nié par ce que je découvre...

Le moine érudit aurait dû continuer à vivre dans l'espace fermé de son couvent. Seuls sa soumission au Roi, les liens de sa famille avec la Cour avaient pu motiver son acceptation. Je n'étais pas mécontent d'avoir introduit en lui le doute, le vacillement des certitudes, le ferment de la contradiction. Et, plus que moi, c'était le monde primordial de la forêt et du fleuve qui l'amenait à ce vertige.

— Je ne sais plus rien, je ne comprends plus rien. Il me faudra des années pour quitter cet enfer, retrouver l'*Orion* ou le *Colomban*. Et dire qu'il y a encore la mer Océane à retraverser... Je ne m'en sens pas la force...

— Il le faut pourtant ! Si tu ne rentres pas, qui rendra compte à l'Archichronographe du succès de l'expédition ?

— Vous !

— Je t'ai dit mille fois que je ne rentrerai pas. Mon destin terrestre s'arrête aux sources de ce fleuve. Je vais m'éteindre au bout de ce chemin de vie... Souviens-toi de ce que je t'ai dit : c'est toi qui nommeras ma mort...

La forêt nous enserrait. La lune s'était levée pendant que nous parlions et elle dessinait une opalescence du côté de la rive. Loin, là-bas, en aval, des cris de guerre résonnaient. Ce devait être aux environs du Lac aux charognards. Mendoza m'avait fixé, d'un beau regard d'angoisse.

Il fallut donner du canon pour repousser les assaillants qui se faufilaient entre les arbres, sur les rives. Plusieurs fois, nous eûmes à affronter les flèches de curare qui sifflaient au-dessus de nous. La première toucha un rameur en plein effort : l'homme n'eut pas même le temps de pousser un cri, il s'effondra, transpercé. Ensuite nous tombâmes dans des embuscades. Les flèches jaillissaient des deux bords. Nos assaillants, parfaitement invisibles, devaient traverser le fleuve dans des pirogues très légères qu'ils camouflaient derrière les roseaux et les hautes touffes de bambous. Le canon les effraya. Il s'agissait d'un des dix fauconneaux de l'*Orion* que nous avions installé sur l'une des barques. Je pense que plusieurs guerriers furent tués. A partir de cet instant, nous pûmes refaire halte et établir notre campement sans véritable appréhension.

Je sentais venir le moment où les eaux de la Rivière ne seraient plus navigables. Nous arrivâmes un soir au pied d'une gigantesque muraille.

Le fleuve tombait dans un tonnerre d'écume. La dénivellation semblait abrupte, seuls quelques gradins, quelques degrés taillés dans la pierre qu'on devinait sous la chute, atténuaient la vitesse du flot. Etaient-ce les sources ? La Rivière descendait-elle d'un lac situé tout en haut de la falaise ? Je me perdais en conjectures. Le temps avait fraîchi. C'était le premier obstacle contre lequel nous butions. Notre navigation s'arrêtait là. Nous allions devoir nous enfoncer dans la forêt, de manière à escalader les chutes par les côtés et atteindre le lac. Plusieurs possibilités s'offraient à nous : laisser les embarcations sur une des grèves au bas de la cascade, déléguer quelques émissaires à travers la forêt jusqu'au lac, transporter à dos d'homme les barques jusqu'à ce qu'on retrouve une portion de fleuve navigable. Je ne savais à dire vrai que faire. Il était fort probable qu'il y eût d'autres chutes en amont. Peut-être même le fleuve, brisé de murailles et de déclivités rocheuses, n'était-il plus navigable. Mon désir d'atteindre les sources était intact. Comme j'avais eu plusieurs fois l'occasion de le dire aux membres de l'expédition, il ne pouvait être question, pour moi, de renoncer.

Je décidai de m'accorder une nuit de réflexion.

Je me postai seul à la proue de mon arche. Les eaux s'abattaient du sommet de la muraille et faisaient un fracas d'épouvante. De gros bouillons d'écume secouaient le fleuve à l'endroit où le grand arc aquatique se brisait. Je chassai de moi toute pensée. Je me laissai emplir du glissement des eaux torrentielles. Il me semblait n'avoir encore jamais vu pareilles chutes. Je contemplais l'eau infinie, l'eau qui ne cessait de s'ouvrir sur la butée rocheuse comme un immense rideau sonore parfois remué d'ombres, de faisceaux noirs que je voyais tournoyer, saisi de vertige, et je songeais à la réserve qui m'attendait là-haut, la grande nappe du lac où se perdaient peut-être les sources de la Rivière-Dieu. Je méditais. Comme toujours, des images, les bribes d'une rêverie désordonnée me traversaient. Mon regard heurtait l'écrasante chevelure du flot dans son écrin de siénite. La lune refroidissait les reflets de l'eau qui tombait plus raide, plus proche de l'aplat minéral. Les sources étaient là-haut, derrière le mur vertigineux. Le lac sacré les recouvrait. Ma décision était prise : nous nous enfoncerions dans le couvert. Il me restait à l'annoncer à mes hommes.

Certains ne voulurent rien entendre. Je dus encore agiter le spectre de l'or, des carrières précieuses que nous trouverions derrière les chutes. Certains objectèrent que la mission avait échoué et qu'il fallait rebrousser chemin.

Le grand mur qui barrait la Rivière-Dieu attisait mon désir. Je ne supportais pas qu'une telle entrave — qui me permettait, certes, d'apprécier le fleuve jusqu'en ses moirures, sa pureté nacrée — m'empêchât de remonter plus avant. Les chutes nous écrasaient. Par la hauteur de l'obstacle qu'elles présentaient, mais aussi par le grondement de leurs flots lancinants. Ce n'étaient plus les moustiques, les libellules voraces qui nous assaillaient, c'était l'eau fracassante. Je tentai de m'approcher des cascades, dans mon arche. Le courant, à la base, était d'une violence que je n'aurais jamais soupçonnée et nous faillîmes sombrer.

Le grand mur liquide, minéral et mobile, refroidi sous la lune, bleuté ou blanc, voire cendreux la nuit, émeraude à l'aube, fermait la forteresse des sources. Elles ne pouvaient qu'être là, en haut, se ramifiant dans l'altitude fluctuante du lac. Je regardais la muraille, trempé d'écume, et je savais que mon exploration dépasserait l'obstacle. Le secret du monde se cachait derrière la falaise vivante. J'irais au-delà.

Le verrou géant me narguait ; le fleuve, exhaussé, cabré en haut de son mur, était pour la première fois au-dessus de nous. Il allait nous engloutir. Et il nous rongeait déjà dans son volcan d'écume. Le monstre grondait au pied de la muraille. Parfois, entre les projections d'embruns, dans un accroc de l'arc, j'apercevais le dôme d'écailles, le fouillis des langues. Le monstre était tapi dans l'anfractuosité des pierres, couché derrière sa porte d'Apocalypse. Au-dessus de lui, au-dessus des tourbillons, du chaos, de la clameur désordonnée, je pressentais le miroir pur, le lac enchâssé dans ses berges de soleil. Les sources enceintes de murailles, douves pleines, créneaux crêtés d'écume, forteresse inexpugnable. Le secret était là, joyau bougé, tremblé, miroitant dans le fleuve, buisson lumineux éparpillé dans la gerbe des chutes. Peut-être les sources avaient-elles le profil d'un feu qui flambe, et le fleuve bifurquait, se brisait, se pollinisait dans le bruit et l'écume.

J'étais sur mon arche perdue dans notre campement dérisoire. Et je revenais au promontoire, au balcon céleste. Le fleuve roulait, très gris, comme s'il n'eût retenu que les éclats les plus neutres de la nuit. La verticalité subite de la Rivière-Dieu me fascinait. J'avais parcouru son corps, repéré ses rives, remonté son chenal tortueux et putride. Et voici qu'elle se dressait, cheval mythique cabré entre l'écrin des roches et la lune, elle se dressait et elle pleuvait, déchirée d'éperons, de monumentales stalacmites, mur levé du monde.

La Rivière-Dieu se brisait en degrés, en seuils. Comme le flanc dépoli et kysteux de la falaise. La découverte des sources exigerait une nouvelle purification intérieure. J'y étais prêt. J'irais jusqu'au secret.

*

Je m'écartai du fleuve avec une légère nostalgie. Mais si la mission réussissait, je ne le quittais que pour mieux le retrouver, dans l'intimité de sa naissance. Ce furent des jours de brousse épaisse et obscure. Le soleil disparut. Nous pataugions sous les frondaisons basses, dans la fournaise. Et nous avions perdu l'habitude de la marche. Nous manquions cruellement de bêtes de somme pour convoyer notre matériel et nos réserves.

Les germes mauvais devaient proliférer sous les broussailles. Plusieurs de nos hommes tombèrent, victimes de nausées qui les faisaient vomir jusqu'à la bile. Nous dûmes multiplier les haltes. Il ne pouvait être question d'abandonner aucun membre de la mission. Nous avions dû, par ailleurs, laisser le canon au pied des chutes, dans l'anse naturelle où nous avions mouillé, et je craignais le pire. Notre vulnérabilité était grande face aux flèches des guerriers de l'ombre. Il suffisait qu'ils nous repérassent dans la claire-voie glauque de la forêt pour que le massacre fût complet. J'avais en mémoire — et tous ceux qui m'accompagnaient comme moi — la tuerie méticuleusement organisée de la peuplade lacustre. Le feu du canon avait provisoirement chassé les assaillants. Mais nous étions maintenant sans fauconneau, et pour ainsi dire, nus. Nous nous offrions en proie à leur barbarie.

Je savais qu'il fallait contourner la forêt vers le nord pour se rapprocher du fleuve. Il faisait dans le sous-bois le même demi-jour humide et lourd. Nous suions à pleines gouttes. La forêt était épaisse, inextricable. Nous nous engouffrions sous des galeries cerclées d'épineux et de végétations denses : il fallut ramper. De longs serpents glissaient entre nos pas. Les hommes hurlaient. Je dus les rappeler à l'ordre. Le moindre bruit était susceptible d'attirer ceux que j'appelais les guerriers de l'ombre.

Je crus bientôt que la forêt allait nous opposer le même obstacle que la Rivière. Plus nous allions, plus elle se fermait : les galeries s'abaissaient, le sol, boueux, nous donnait l'impression de se dérober sous nos pas et nous nous y enfoncions, d'abord jusqu'au mollet, puis jusqu'au genou. La terre semblait criblée de ruisseaux et de minuscules étangs, peu profonds, mais qu'il était difficile d'éviter, étant donné l'épaisseur et la nature du couvert. La marche s'éternisait. Je perdais les repères.

Bientôt je sentis la peur qui m'empoignait. Le fleuve me manquait, le passage des eaux. Je m'étais accoutumé à son roulement, aux végétations diaprées de ses rives, aux fluctuations de l'écume. Je maudissais la muraille et les chutes qui barraient la Rivière-Dieu. Nous manquions d'air, et celui que nous respirions était chargé d'invisibles poussières, de minuscules particules qui nous enflammaient le nez, la gorge, les poumons.

Des grappes d'œufs gélatineux et translucides pendaient aux branches, il en sortait des insectes noirs, visqueux, armés de mandibules et de pinces, qui nous assaillaient en bourdonnant. Souvent dans les tunnels ruisselants de mousses, de chevelures grasses qui nous léchaient le visage, nous croisions d'énormes chauves-souris stridentes, aux ailes tendues sur des moignons griffus. De petits singes souples à camail flamboyant rebondissaient sur le toit des galeries.

Nous suffoquions. L'absence de soleil, le bruit continu de succion qu'engendrait la terre sous nos pas, le vol des chauves-souris, énormes comme des rats volants, la vue constante des grappes d'œufs qui se défaisaient et éclosaient devant nous, quand nous passions, nous menèrent tous au bord de la folie. A force de marcher sous les tunnels obscurs, nous sûmes bientôt qu'il y avait des herbes, des écorces, des fleurs et des feuilles qu'il ne fallait toucher sous aucun prétexte parce qu'elles libéraient une poussière ou un suc qui attaquaient sans tarder nos yeux ou nos voies respiratoires. C'est en y piétinant que nous apprîmes à connaître la jungle. Les chauves-souris nous poursuivaient : elles se faufilaient entre les branches, provoquant immédiatement une averse de pollens et de substances vénéneuses. Des champignons ocre, ou encore d'un blanc poreux, sali, constellaient les troncs : ils croissaient, foisonnaient, s'épanouissaient sous nos yeux. La pourriture de ce monde d'eau, de feuilles et de terre âcre, privé du moindre rayon de soleil nous écœurait. Le botaniste lui-même ne regardait plus rien, effrayé par la croissance démesurée des plantes, le foisonnement d'espèces qui faisait éclater son savoir. Car tout explosait, ruisselait, naissait et se défaisait en même temps.

Rétrospectivement, l'image qui me paraît la plus apte à résumer ce monde putride, c'est celle de ces œufs blanchâtres, à la bogue de pulpe ou de chair — on ne savait trop —, qui crevaient quand nous passions et déchargeaient sur nous leur foison d'insectes.

Nous fluctuions dans l'indécision des règnes. Il n'y avait plus de monde unique, stable, classifié, mais une pluralité bâtarde : les espèces se croisaient dans ce creuset hybride. Je n'avais jamais ressenti à ce point la proximité de la mort et de la vie. Je regardai un cadavre de petit singe à camail se vider sous un assaut de vers et de fourmis géantes. Le cadavre se dispersa en quelques instants, il n'avait même pas eu le temps de pourrir, je le vis se métamorphoser en un buisson de fourmis dévoreuses.

Je regrettais la lisière civilisée du fleuve. La Rivière ou la mer même — et Dieu savait combien je l'avais toujours détestée — parlaient un langage que je savais déchiffrer, mais ici il n'y avait plus de langage, plus de signes, fussent-ils imprécis, obscurs ou sporadiques ; j'étais confronté à la compacité de la matière, à la gestation horizontale des espèces. Je plongeais dans le sommeil tâtonnant des germes.

Nous étions en plein enfer. Les germes de l'Equinoxial, les pustules n'étaient qu'une heureuse préfiguration de ce que nous connaissions maintenant. Nous dûmes laisser derrière nous les corps de nos hommes que les germes avaient foudroyés. Sans leur donner de sépulture. Chaque fois que ce drame se produisit, je m'abstins de me retourner, quelle que fût l'envie que j'en eusse : dans ce couvoir infecté d'insectes voraces, un corps d'homme abandonné encore irrigué de sang chaud se changeait, en quelques instants, en buisson de fourmis pullulantes.

Nous avions vraiment cette fois atteint le cœur de l'enfer. Et contrairement à cette imagerie qu'on m'avait imposée, enfant, il ne brûlait pas. L'étuve était humide, l'eau, au-dessus de nos têtes, sous nos pas, était omniprésente. Ma raison vacillait. Je crus que j'avais atteint, en moi, la porte d'ombre. Le cauchemar s'installa et se mit à cerner ma conscience selon ce mouvement d'encerclement et d'étouffement qui commandait le règne forestier. Des visages hideux grimaçaient devant moi, ceux des hommes que nous avions abandonnés peut-être. Mes fantasmes de dévoration et de putréfaction s'intensifièrent. Tout était buisson de fourmis ou de vers. Les souvenirs du Lac aux charognards, de la femme décomposée constituaient l'ordinaire de ma rêverie éveillée. Ma folie connut une accélération dangereuse quand je vis que la forêt et son étuve infernale menaçaient la beauté de Mendoza. Il gémissait des heures durant. Une violente douleur s'était réveillée dans sa jambe. Il avait de plus en plus de mal à marcher. Je donnai l'ordre aux hommes les plus valides de le porter. Quand j'eus compris à quel point sa beauté pouvait être un enchantement fugace, je le désirai plus encore que je ne l'avais jamais fait. Une nuit, dans l'égarement des jungles, je le connus. Sa beauté avait été la pierrerie de ma démence.

L'égarement continuait. Des fleurs velues, rouge vif ou d'un bleu nocturne, nous râpaient la peau si nous les frôlions. Et le jour revint, la végétation s'éclaircit. Une lumière diluée encore, incertaine, chargée de gouttes de sève et d'insectes. Sur le sol, entre les puits des racines et les ornières des ruisseaux, se dessinèrent des traces, des rudiments de route. Je n'avais plus aucune idée de l'endroit où nous nous trouvions, ni du temps que nous avions passé à marcher. Mon désir des sources s'était perdu. Je n'avais pas vu miroiter le grand lac en haut des chutes. J'avais oublié le fleuve.

A mesure que nous avancions, les marques, les indices se précisèrent : signes gravés dans l'écorce suppurante, troncs enduits de cendre. Par ailleurs, entre les crevasses, les racines, les déclivités dissimulées sous leur opercule de brindilles ou de mousses, apparurent des pierres plates, polies, qui semblaient avoir été disposées à dessein dans cette saignée au cœur du tissu forestier. Des halliers, d'immenses broussailles les cachaient encore. La perspective s'ouvrit. Et je revis le soleil.

J'eus bientôt l'impression qu'une nef fendait la forêt primordiale. Les pierres éparpillées désignaient à l'évidence une trajectoire. Vestiges d'un chemin immémorial, longue route des bois, piste oubliée jusqu'aux royaumes perdus de la Rivière ? Nous étions épuisés, exsangues. Dix de nos hommes avaient péri. Et nous étions des survivants incertains, spectraux, titubant sur le chemin aux pierres étranges. Nous fîmes halte sur la voie même. Il n'y passait personne. Ce vide amplifia notre angoisse. Nous attendions les signes d'une présence humaine. Mais nous n'avions plus l'âme de conquérants.

Couché au ras du sol, au ras de ce damier

fluctuant de pas qui se dispersaient sur le monde, comme une arête brisée, immémoriale, j'observais la ligne du chemin, l'entaille qu'elle ouvrait dans l'épaisseur des jungles. Le soleil s'émiettait parmi les herbes, vibrait sur les pierres. Je renaissais. Je voulais l'or des sources et j'avais connu la beauté de mon second. Le souvenir de ma faute me fascinait encore.

Là-bas, au bout du chemin, tout au bout de l'axe des migrations primitives, m'attendaient les royaumes fabuleux de la Rivière. La muraille des chutes s'était effacée, après la nuit et l'épouvante des jungles, m'offrant la perspective des grands royaumes de rêve. Nous irions dans cette direction. C'était là qu'il fallait poursuivre l'exploration. Pour l'heure, nous étions tous immobiles, prostrés sur le chemin. Le vent était encore faible et pourtant nous respirions.

Une route se déployait enfin devant nous. Ses pierres brûlaient sous le feu des étoiles.

Je m'écrasai d'épuisement dans la boue.

VIII

Je crois que je vais bientôt basculer définitivement dans ma nuit.

Aux derniers temps de la traversée sur l'*Orion*, après que mon corps eut ressuscité sous le suaire des pustules, la vue commençait à me manquer. Je me souviens de ces lentes absences blanches où je sombrais. Mais je me dis que c'est l'or des sources qui a brûlé mes yeux.

La Rivière se déploie maintenant devant moi comme une succession de seuils et de sas, d'étapes qui scandèrent ma royauté fluviale. Les visions, les hallucinations au pied des bûchers de résine, le corps profané de Mendoza, le Lac des morts et la grande nécropole des Orides m'ont conduit jusqu'à cette hutte où je sommeille. Il me semble que la remontée de la Rivière a condensé et accompli tout ce que ma vie antérieure avait contenu de bribes, de désirs, de velléités d'exploration. Après avoir transgressé les limites connues du monde, j'ai transgressé les limites de l'humain. Je sais que ma royauté est scandaleuse. En elle brille un soleil nocturne. Vieille dépouille moribonde et dormeuse, je me chauffe aux rayons de ce soleil.

Le corps profané de Mendoza : les mots me saisissent. L'acte s'est effacé sous les mots. Je revois la forêt anuitée, ce corps malingre et nu que j'allais posséder. Et pourtant, plus que ce corps nu que j'ai aimé, c'est l'image brunie, terreuse, du moine des fresques d'Aldoro qui me revient. Cette chair maigre, stigmatisée sous les plis denses de la bure, les mains jointes, serrant le lourd chapelet aux grains rugueux, saint Jérôme ou saint François d'Aldoro, près du crâne ou des oiseaux, c'est ce corps sacré que j'ai désiré.

Alors que je vais mourir, je retrouve la longue fresque verdâtre du déambulatoire de la cathédrale — vaste couloir humide, moisi, aux murailles constellées de salpêtre et de champignons, tant le fleuve est proche, et au plafond duquel pendent les lourds chapeaux à glands des cardinaux défunts, enterrés sous l'autel —, fresque déjà écaillée par l'humidité ambiante, qui représente la mort de saint François. Le saint est couché sur un lit vert-de-grisé, le visage cireux, la pupille fixe, happée par l'au-delà, le nom de Dieu qui se dessine ; le capuce aigu le coiffe, ses mains sont ramenées sur lui et ferment la bure épaisse. L'entourent une dizaine de moines priant, à la carnation jaune ou verte, orientale presque, qui accompagnent le saint dans la mort.

Oui, maintenant que je vais mourir, c'est cette image nocturne qui me hante, lavée des sueurs vertes qui suintent de la muraille, coulées qui investissent progressivement la fresque, rongeant les traits et les vêtements des prieurs, mais qui évitent mystérieusement le saint jaune, cerclé de son auréole, torturé mais reposé, immatériel malgré la gangue de bure qui le leste dans son exploration de la mort. Je situe exactement la fresque, à gauche dans le déambulatoire quand on se dirige sous les arches, par les vaisseaux pavés, jusqu'au cabinet de cosmographie. Peut-être la pluie qui sourd a-t-elle continué à l'effacer, peut-être a-t-elle complètement dévoré les moines tonsurés, laissant seulement sur le mur incurvé saint Frederico de Mendoza, jauni sous son nimbe qui se détruit.

Je le redis : il y avait la forêt, son royaume maudit, à l'origine de mon acte.

Nos corps se sont écrasés l'un sur l'autre, dans la boue, loin de nous, loin de nos âmes. J'avais encore en moi, au fond de mon vieux corps que je croyais éteint, une force et un bonheur qu'il ne m'avait pas été donné de connaître depuis Ulda.

L'acte s'est effacé sous les mots. La langue est morte, elle ne sait pas dire cette secousse vitale. Comme la fresque s'efface sous le sel qui perce le mur. Le corps dormant, figé sous ses lignes de bure, roulé dans son linceul sombre. Et cette verdure tout autour, dont on ne sait si elle provient des matières étalées par le peintre ou des mousses qui prolifèrent, le corps dormant sous les cendres de son auréole, le temps lave la fresque, la noie, il ne restera rien à déchiffrer sous les zébrures de pluie, le crachotement des grands cierges qu'on promène, comme des torches haineuses, déchique-

247

tées d'éclairs, bruit de cavalcade dans le déambulatoire, hurlements terribles, et un grand prêtre, l'œil mauvais, drapé dans une longue cape de feu, le doigt pointé sur les fresques, exigeant d'une voix qui ne souffre pas la moindre réticence qu'on les gratte, qu'on les détruise, *œuvres païennes, témoignages du Prince de ce monde*, le grand prêtre hurle dans la cohue des torches et les hommes s'acharnent sur la fresque à demi effacée, la sainte, belle et pure mort de saint Frederico sous sa bure mystique, sauvage et envoûtant sous son auréole de sel, saint Frederico étendu sous le pinceau de saint Aldoro, l'ascèse de la chair et de l'art, et cette volonté de connaître, segment noueux, verdi, poinçonné, criblé de coups de lance au rythme des injonctions cinglantes du grand prêtre à la robe pourpre, mais le visage et l'auréole demeurent, résistent aux secousses des lances, le corps a disparu, bu par les pluies, écailles sous les torches, reste le visage dans son cercle noir, dernier signe de saint Frederico sur son palimpseste de Sodome.

*

La nécropole des Orides : l'autre découverte qui, après la profanation du corps de Mendoza, enchante mon souvenir.

La route dont nous avions décelé les traces — blocs de pierre, vestiges éclatés parmi les frontières — y menait. Plusieurs jours de marche furent encore nécessaires pour accéder, dans la montagne, à une sorte d'immense ville suspendue que gardaient deux monstres colossaux, enlacés de fougères et de lianes. Une ville comme je n'en avais jamais vue, composée de temples volants, dressés sur les ramures géantes des arbres. Il n'y avait pas âme qui vive. Personne sous cet enchevêtrement de pierre et de végétal, ces ruines qui tombaient de la montagne en un somptueux dégradé, traçant ici des cirques, là, de gigantesques clairières qui avaient peut-être eu des vocations sacrificielles, des fosses pleines d'une eau verte, entièrement couverte de larges feuilles circulaires et vernissées. Je nommai l'endroit « nécropole des Orides » ; j'eus, d'ailleurs, au moment même où ce nom me venait, comme un sursaut de vie.

Je comprenais l'unité du site : la nécropole qui s'étageait devant nous, avec ses tombes aériennes, la voie des morts que nous avions parcourue, et, tout au fond, la Rivière-Dieu. Après l'intense bonheur que m'avait procuré la nomination du lieu, j'eus, après avoir fait quelques pas dans le dédale, une nouvelle joie fulgurante : un immense lac prolongeait la nécropole, dans la direction du chemin que nous avions emprunté, et j'identifiai aussitôt un de ces nombreux lacs célestes qui s'effondraient de la Rivière-Dieu.

Le sol était d'une argile rouge, tailladée de multiples rigoles par le ravinement des pluies, et, au soleil, dans l'intervalle des fourrés et des massifs d'arbres, il flamboyait. Un accès se greffait sur la voie des morts et se déployait dans la nécropole en un lacis de sinuosités. Les deux colosses qui défendaient les portes de la ville étaient des hybrides de quadrupèdes et d'oiseaux, ils fulminaient de queues, de langues, de griffes et d'ailes, et semblaient sculptés dans une pierre poreuse et blanchâtre. Perdus sous leur caparaçon de feuilles, il était difficile de les admirer.

Je restai de longues heures à l'écart de la colonie de l'expédition, immobile, à contempler la nécropole, la succession des degrés de palais dans la forêt, le labyrinthe des chemins de traverse, et, au loin, le miroitement des eaux du lac. J'essayais de déchiffrer le paysage, pour ce faire, je m'engageai plus avant dans la ville, traversai une grande place dont la forme circulaire constellée de rayons me frappa, cheminai le long d'une sente qui partait à l'assaut de terrasses en amphithéâtre et arrivai enfin à une sorte de donjon quadrangulaire, de pierres séchées, qui surgissait de l'entrelacs des monuments et des végétaux à la façon d'un piton rocheux.

De là, je surplombai la totalité de la ville : je discernai d'abord un noyau dont le cœur paraissait être une fontaine ovoïde, lui-même cerné de murailles basses d'argile pourpre, et qui était à équidistance de la montagne et de la route des morts. La nécropole essaimait à partir de ce noyau en une pluralité de lignes tortueuses qui évoquaient plus, à mes yeux, une danse de flammes que des rayons solaires : certaines de ces lignes plongeaient vers la voie des morts et le grand lac dont les eaux, à cet instant, semblaient en ébullition, d'autres sinuaient entre les temples, les loges, les mausolées et les escaliers.

Dressés sur leurs hauts socles, les dragons veillaient de toute évidence sur ce qui avait dû être le portail d'entrée. De longs moments, dans la journée qui s'éternisait — je suivais l'ombre portée du soleil dans les saignées des espaliers qui dégringolaient des terrasses, de leurs arceaux bordés d'arbustes, mais aussi de fleurs à dominante bleue qui arrondissaient la saillie des balcons —, je me laissai saisir par la forme de la nécropole, grisé par cette position surplombante qui me permettait de capter mieux encore son architecture solaire.

Le soleil chauffait mon habitacle et j'étais là, allongé sur les pierres plates, tout au sommet de mon donjon céleste, bercé par la course de la lumière : je me remettais des journées d'horreur. L'eau encore irriguait ma rêverie : non pas celle lointaine du lac de la Rivière-Dieu que j'apercevais pour l'heure tendu comme un arc de feu, mais l'eau sourde, secrète, invisible, que j'entendais ruisseler de la montagne et qui se déversait dans la fontaine centrale après avoir traversé la nécropole selon tout un jeu d'aqueducs, de canalisations de pierre qui rejoignaient les pyramides et les grands mausolées à gradins. A partir du mouvement du soleil, j'essayai de placer la nécropole des Orides dans l'axe de la Rivière-Dieu.

Posté à cette hauteur, j'étais comme purifié des errements de la jungle. Une amnésie subite me gagnait : j'avais tout oublié, les larves, les racines pourrissantes, la folie, la possession de Mendoza. Je sentais mon vieux corps brûlé par le soleil du donjon, et il me semblait que toutes choses s'écrivaient en moi en signes de feu, épures minérales ; comme Fra Domenico autrefois, je saisissais les bégaiements premiers des mondes. Je retrouvai même l'énergie qui m'avait traversé dans sa cellule — éruptive, tendue comme une ligne qui réconcilierait la terre et le ciel — et que j'avais aussi ressentie lorsque je traçais les cartes de l'exploration dans le cabinet de cosmographie. Mais je n'avais plus autour de moi une ville de crue, serve sous les boues du fleuve, je dominais une nécropole géante, criblée de crêtes, d'ongles minéraux, de pyramides et de terrasses, une ville dont la forme et la matière — malgré le frémissement, l'innervation secrète de l'eau — évoquaient la suprématie et la proximité du soleil.

Quand j'eus l'impression d'avoir su déchiffrer la configuration cachée de la ville, je descendis du donjon vers une des places que j'avais repérées. J'eus quelque peine. La route zigzaguait et offrait mille occasions de se perdre. Je m'abstins également d'entrer dans les temples ou les mausolées auprès desquels je passais. Je les visiterais sous la lune, comme toute nécropole, dans les cendres du soleil.

J'arrivai à une place qui se creusait légèrement, en contrebas des grands mausolées de lierre. C'était ce noyau, avec la fontaine, d'où partaient toutes les voies. Un réseau de signes, liés entre eux selon le principe d'une frise circulaire, entourait le bassin vert. Je m'assis sur le rebord et regardai à mes pieds : la place était tapissée de sable, j'en pris une poignée que je considérai avec attention : ma surprise fut intense. C'était du sable marin. Je m'en assurai en étudiant à nouveau la couleur, les grains, les parcelles de mica. Les Orides avaient descendu le fleuve jusqu'à la mer, ils avaient traversé le mascaret jusqu'à la baie de la Rivière-Dieu. C'était de là, à n'en pas douter, que provenait le sable qui recouvrait le creux de la place de la nécropole. Je retrouvais la mer Océane, ses micas, son sable d'origine.

La nuit vint. J'appelai Mendoza, le lithographe, et le botaniste. Le reste de l'expédition avait établi le campement à l'entrée de la voie des morts, sous le regard minéral des dragons.

Munis de torches, nous nous aventurâmes dans le cœur de la nécropole. Le silence était parfait. Il était seulement traversé du ruissellement continu des eaux, assourdi par les algues et les mousses, et de quelques cris aigus d'oiseaux aussi. La lune donnait aux pierres des tombes perchées une luminosité bleutée, si bien qu'on les croyait translucides. Nous partîmes de la place centrale et de son galbe de mer Océane. J'avais l'impression de recommencer l'expédition. Les tombées de végétal qu'on ouvrait me rappelaient le mascaret et ses portes d'écume. J'allais au hasard. La nécropole se découpait en quartiers, en zones rituelles. La configuration même des monuments funéraires devait permettre d'identifier ces fragments du royaume des morts.

Nous entrâmes dans une première chapelle entièrement revêtue d'argent. Au fond, dans l'alcôve centrale, se tenait une statuette d'argent elle aussi, à la figure féminine. Il flottait dans le sanctuaire une poussière de vieilles fleurs séchées. Les torches éclairèrent, à gauche, dans la même chapelle, une colonie de momies de femmes levées dans des fourreaux d'argent. Elles brandissaient de leur unique main un sceptre en forme de serpent. Je supposai qu'il devait s'agir du sanctuaire de la nécropole dédié à la lune. Les reines mortes veillaient l'astre de la nuit.

Nous continuâmes notre remontée par le dédale. Fondus dans l'ombre, les mausolées s'imbriquaient les uns dans les autres. Les divisions, les compartimentations rituelles qui étaient patentes au jour, n'apparaissaient plus.

De-ci, de-là, nous explorions une chapelle et nous trouvions immanquablement une momie jaunâtre, hiératique — momie de femme souvent —, avec sur le front, au-dessus des orbites incrustées de pierres précieuses, un emblème solaire à huit branches, huit faisceaux ailés.

Nous remontâmes bientôt une allée dallée, bordée de deux ruisseaux où s'écoulait l'eau cristalline des hauteurs, et surmontée de loges garnies de niches où étaient disposées des momies d'hommes nus au sexe tranché. Je passais la torche au ras des corps pour mieux les inspecter, et ils me semblaient tous de petite taille, avec quelques constantes anatomiques — yeux bridés, nez évasé, narines percées — qui me rappelaient la peuplade massacrée du Lac aux charognards.

Plus haut, après avoir franchi une dizaine de terrasses gardées par les mêmes légions de momies émasculées, nous atteignîmes un sanctuaire que délimitait une muraille d'argile fendue de brèches. Par l'une de celles-ci nous gagnâmes une première cour : nous trouvâmes là un autre mur, de la même matière et de la même couleur que le premier, et nous accédâmes, de la même manière, par une brèche à l'enclave suivante.

Le sanctuaire rutilait sous les torches. On eût dit un palais de feu. Les cours intérieures étaient habillées d'or. Des feuilles d'or recouvraient même le sol. Le bruit de l'eau s'était tu. Nulle momie dans cet enchâssement de périmètres vides. Nous marchâmes jusqu'à la dernière des salles. Là je compris que les brèches successives que nous avions empruntées étaient toutes placées en regard les unes des autres, et qu'ainsi le jour pouvait inonder le noyau du sanctuaire.

Nous éclairâmes la dernière chambre qui était celle du soleil, représenté sous cette forme que nous avions déjà rencontrée au front des reines : un cercle maladroit duquel pointaient huit ramures ailées. Des momies fondues dans l'or encerclaient l'emblème.

Je donnai l'ordre d'éteindre les torches. Alors, tout au sommet de la nécropole des Orides, nous plongeâmes dans la nuit des momies.

IX

Une nuit entière, dans la chambre du soleil, nous avons attendu le jour.

Nous nous étions tournés vers le fond du sanctuaire, le dos aux portes successives que nous avions passées. L'emblème nous faisait face. Je conserve un souvenir très précis de cette nuit. La magie de la nécropole des Orides avait dissipé toutes mes fatigues. Le culte que nous célébrions était païen, profondément. Mais je tenais à honorer à ma manière le dieu-monde. Les heures s'écoulèrent : j'avais, quant à moi, la sensation de revenir des profondeurs de la nuit cosmique.

Un instant je cédai à l'attrait du ressouvenir. Un paysage de rivière se dessina, moins touffu, moins sauvage que celui du fleuve que nous avions remonté. Et, pourtant, c'étaient les mêmes grappes de végétations lumineuses sur les bords. J'avançais lentement, dans une embarcation basse comme une pirogue. Un visage de femme scintillait sur les eaux. Une femme que je ne connaissais pas et qui souriait. Le visage reculait simplement à mesure que je progressais, apeuré, insaisissable, de telle sorte que je ne pourrais jamais toucher les traits soleilleux de l'ondine. Je savais cette possession impossible. Je sautai de la barque et me mis à nager, espérant ainsi atteindre le corps aquatique qui se dérobait. Ma nage était lente, recueillie, le visage émergeait tout juste de la rivière et je le voyais, aplati mais radieux, les lignes vacillant dans l'écume. Je le suivis ainsi quelques instants, puis je sombrai. Le visage de femme s'effaça sur le mur de la chambre solaire.

Les momies montaient toujours la garde, trapues, courtaudes dans leur habit d'or. Leurs prunelles enfoncées, comme remplies de jais, laissaient imaginer un regard souterrain et spectral. Une incandescence commençait à nous chauffer le dos mais nous ne voyions toujours pas la lumière. Bientôt nous entendîmes son flot bouillonner derrière nous. Les pieds des momies flamboyèrent. L'emblème à huit branches était toujours gravé dans la nuit.

Le jour montait lentement, la lumière envahissait d'abord les premières salles, réveillant les parois d'or ; elle coulait au ras du sol et nous discernions un léger crépitement, comme si les feuilles qui tapissaient les murs eussent tremblé. La circulation du jour à l'intérieur des chambres du sanctuaire procédait à la façon d'un courant, d'une énergie qui naissait du monde, face à la nécropole et venait se répercuter dans son noyau final.

Les parois frémissaient. Soudain la lumière se ficha au cœur de l'emblème dont les ramures, aussitôt, tournoyèrent, incendiant les momies et les murs. Nos vêtements s'embrasèrent. L'emblème avait disparu parmi les rutilances du sanctuaire.

Nous sortîmes, aveuglés. Partout l'or et ses reflets explosaient. Je m'avançai sur le balcon de la nécropole : le soleil concentrait ses rayons à la lisière du lac.

Maintenant que je suis pratiquement aveugle, je retrouve l'emblème solaire des Orides, muni de ses huit branches à faisceaux. Je me revois après la nuit d'attente dans le sanctuaire, marchant vers le seuil où le soleil m'apparut, enchâssé dans les rives du lac. J'aimerais gagner le seuil de cette hutte comme je m'approchai du balcon supérieur de la nécropole, au-dessus des pyramides, des cirques, des terrasses et de la place au sable de mer, j'aimerais retrouver la lumière après ce long trajet intérieur et nocturne. Suis-je voué désormais à l'exploration des chambres de mon sanctuaire, suis-je voué à l'inventaire minutieux et exhaustif de ma mémoire ? Il me semble que cette position couchée, nocturne, solitaire, est très proche de la situation que je connus enfermé dans le cabinet de cosmographie à préparer les cartes de l'expédition. Mais entre la nef suintante où je traçais les cartes à la lumière fluctuante des bougies et la hutte de ma royauté captive, il y a eu le monde, le mascaret d'écume, la nécropole des Orides et l'or des sources.

Mendoza va venir. J'ai l'intention de lui dicter l'état précis de mes découvertes. Missive au Roi. De Roi à Roi. La *Littera novissima* condensera toutes les découvertes cartographiques que je lègue au Royaume. Mais léguer ces découvertes, donner au Royaume toutes ces informations, c'est s'exposer à ce que les colons s'implantent jusque chez les Imuides. Je suis enté sur le corps du Christ, sur sa souffrance — j'ai même vu saigner son flanc —, je suis fragment de ce corps mais je respecte l'or des Orides et les pierres magiques des Imuides. Leur or est parcelle céleste. Vénérant cet or et les sources du fleuve — comme je l'ai moi-même fait —, ils cheminent à côté du Christ, vers l'origine du dieu-monde.

Je souffre à l'idée que des colons du Royaume puissent s'établir ici. Je crains que la quête de l'or ne soit pas le voyage spirituel qu'elle a été pour moi et pour mes hommes. Je le crains fort. Il y aura des migrations et des massacres sur le continent de la lointaine Inde et de la Rivière-Dieu. Les grands Imuides pourront-ils continuer à veiller auprès des sources ? J'en doute. Le peuple veilleur qui m'a reconnu comme Roi, qui a mis un terme à mon nomadisme, en me couchant sous cette hutte, finira captif ou troué de balles.

J'aimerais pouvoir marcher. Mais mon corps se minéralise. Le sang a peine à circuler en moi. Plusieurs zones de mon corps sont déjà mortes. Ainsi se présente la plongée dans l'au-delà : il y a, d'une part, la nuit qui s'infiltre par mes yeux, et, d'autre part, cet engourdissement, cette dessiccation aussi qui atteignent de nombreuses parties de mon corps immobile. J'agite le bras pour réveiller le passage du sang. L'endormissement fragmentaire paraît inéluctable.

Je me suis avisé que je n'avais plus assez de force pour ébranler les pierres qui entourent ma couche. Je ne peux ni déchaîner les eaux, ni déclencher le cataclysme. Je mesure combien ma royauté est illusoire. Il ne m'est même plus possible de précipiter les lacs supérieurs dans la Rivière-Dieu. Je ne noierai pas la mer Océane sous cet afflux d'eaux sanglantes.

Je dirai la suite de l'épopée avant de graver sur la pierre les contours nouveaux du monde, tels que je les ai fixés. Une pierre brune et plate sur laquelle je vais tracer l'état présent de la connaissance. Cristalliser la mouvance du monde en lignes stables.

*

Enfant, je m'échappais souvent de la maison paternelle pour m'approcher le plus possible du rivage. De là, je pouvais gagner la ville. Je passais des heures au marché des céréales ou au marché des poissons. Je me faufilais entre les étals. Ensuite, par une ruelle escarpée qui descendait jusqu'à une poterne, j'arrivais, en longeant le quartier du Graissage et du Rouge où séchaient les peaux de chèvre et d'agneau tannées qui venaient d'être graissées au saindoux, à la darse, large surface d'eau fermée de chaque côté par des jetées. Je m'accroupissais sur le môle et je rêvais pendant des heures en regardant distraitement les galériens enchaînés ou les hommes qui déchargeaient du vin. Plus loin, tout au bout de la darse, dans un espace marécageux que visitait rarement la mer, excepté au moment des très grandes marées, derrière un cordon de dunes basses plantées de pins tortueux, se cachait le cimetière des bateaux.

Mes promenades commençaient en général par les marchés et le port, et connaissaient au crépuscule leur point d'orgue dans le cimetière aux carènes. Cet espace m'enchantait. Etait-ce sa configuration fermée, protégée par le verrou des dunes, son sol fangeux, incertain sous les pas, sa lumière grise et brouillée, je ne saurais dire. Il y avait là des restes de galères, de vaisseaux de commerce, de barques de pêche et de chaloupes guerrières. Le goudron avait fondu sur les poupes éventrées, les galions fracassés. Je me perdais dans le dédales des ponts et des cales ensablées. J'attendais la nuit. Les mouettes venaient pondre dans l'entraille des vieux vaisseaux. Je cherchais les nids pour le simple plaisir de briser les œufs.

Le cimetière m'appartenait. Il semblait d'ailleurs quasiment abandonné. Les bateaux ne pouvaient y entrer qu'en période de grandes marées ; or, le cordon de dunes ne cessait de croître, condamnant lentement l'ouverture de la lagune. Quand j'eus dix ans, j'y entraînai une de mes jeunes cousines qui vivait dans la ville. Sa mère nous autorisait à nous promener ensemble dans l'enceinte des marchés ; il nous était, en revanche, rigoureusement interdit de passer la poterne qui donnait sur le port. Or cette porte qui ouvrait sur la darse et les entrepôts de l'arsenal exerçait sur nous une même tentation. L'un et l'autre, nous ne rêvions que de la franchir pour atteindre les digues.

J'entraînais ma jeune cousine dans le cimetière marin. Nous visitions les criques, les accès secrets du labyrinthe au pied des carènes. Un jour, dans une vieille galéasse à demi effondrée, nous trouvâmes une cabine ronde, elle pratiquement intacte. Ce serait notre repaire. Nous eûmes soin de garnir le plancher qui menaçait ruine d'une épaisse litière de joncs et d'herbe sur laquelle nous nous étendîmes, l'un contre l'autre.

Il nous arrivait de nous endormir. Nos siestes dans la cabine circulaire restaient chastes. Je prenais seulement plaisir à fouiller et à caresser la chevelure de ma jeune compagne. C'était là ma seule audace.

Nous avisâmes, un jour, une forme sombre plaquée contre le plafond de la cabine. Longtemps, sans bouger, nous contemplâmes l'objet ou l'animal inquiétant, en nous demandant ce que cela pouvait bien être. Une forme noirâtre, pas très grosse, pendue au plafond de notre refuge. Je dus rassurer ma compagne. Téméraire, je me levai pour aller y voir de plus près. Il s'agissait d'une chauve-souris qui s'était incrustée entre les lattes.

Un été entier, nous visitâmes presque tous les

jours notre repaire. La présence de la chauve-souris pendue nous attirait. Chaque fois que nous pénétrions dans la cabine, nous nous demandions si elle y serait encore. Nous retrouvions chaque jour le camail immobile et nocturne, les griffes plantées dans la poutre.

L'animal nous fascinait. De plus, nous avions l'impression que dans son sommeil il nous voyait. Nous nous déshabillions tous les deux, puis nous nous enlacions sous la menace du monstre. Parfois nous pensions qu'il allait se ruer sur nous. Mais il ne bougeait toujours pas. Sous cet œil voilé d'une taie de poils noirs, nos ébats connaissaient un nouvel élan. Il nous semblait que dans son sommeil la chauve-souris condamnait notre nudité et nos actes.

Bientôt nous résolûmes d'en avoir le cœur net. Je m'armai d'un bâton afin de provoquer l'animal. Nous entrâmes dans notre repaire. Sur les conseils d'Ulda, je décidai de retarder l'attaque. Nous préférâmes nous coucher à nouveau. Puis, après le plaisir, je saisis la perche, m'approchai pieds nus de la bête et lui assenai un coup sec. Elle s'écrasa aussitôt. Ulda, qui redoutait l'envol de la chauve-souris, s'était écartée : je l'appelai.

L'œil nocturne qui avait condamné notre nudité et nos actes n'était qu'une misérable charogne travaillée de vers blancs.

Ce souvenir m'est revenu, sous la hutte. Comme le signe qui scellait notre union et rompait l'innocence.

X

Après la nécropole des Orides m'attendait la cité lacustre rubigineuse des Ilnites.

Là encore c'est une ville désertée que nous découvrîmes, sans qu'il nous fût, au premier abord, possible de dater la disparition des peuples. Les espaces élevés de la Rivière-Dieu étaient constitués de lacs. L'épaisseur de la forêt rendait difficile la localisation de ces nappes d'eau et le tracé des affluents qui les réunissaient.

Nous avions, de la montagne, embrassé la perspective de la ville circulaire, composée de demeures en amphithéâtre et à gradins, architecturalement très proches des temples de la nécropole des Orides. Nous descendîmes de la forêt dans la ville qui épousait exactement la forme du lac. Les demeures, dressées sur pilotis, dissimulaient la ceinture d'arbres : du lac, sur lequel je dérivais dans une pirogue qu'on m'avait construite, je n'apercevais que les façades rouges, constellées de signes, de frises aquatiques et solaires, de poissons, de singes grimaçants. La cité des Ilnites n'avait pas la grandeur de la nécropole consacrée au soleil.

Les eaux du lac étaient calmes et pures. Nous eûmes grand plaisir à nous y baigner. Je nageais plusieurs heures par jour, puis je séchais sous la morsure du soleil. Je m'étendais sur une terrasse rocheuse qui prolongeait un palais. Nous reprenions des forces. Notre nuit dans la chambre de l'or, puis nos bains dans le lac des Ilnites nous avaient purifiés de nos fatigues. Le cauchemar de la jungle s'était pratiquement effacé. Comme semblait mort le désir de Mendoza.

Le lithographe fit sur les rives du lac des trouvailles étonnantes. Il avait aperçu, lorsque les hommes s'ébrouaient dans l'eau, des marques étranges sur la face intérieure des berges, à la naissance des palais. Il demanda qu'on lui construisît une palissade épaisse, de manière à assécher la rive. Il découvrit ainsi plusieurs brasses d'inscriptions fossiles. Je descendis avec lui dans la boue encore chaude lire les fresques naturelles. C'était légion de poissons géants à mâchoire proéminente et dentée, de longs serpents qu'on eût dits armés de pattes, grands monstres des eaux, hybrides de serpents et de poissons. L'argile rouge des bords avait appréhendé les traces de la faune initiale du lac.

Les jours suivants, le lithographe poursuivit son exploration. La palissade fut déroulée sur toute la face septentrionale. Les mêmes motifs apparurent, aussi groupés, aussi denses. Je passai des heures avec lui dans la boue qui fumait au soleil à étudier le tissu enchevêtré des monstres gravés dans l'argile. L'ordre du monde se défaisait dans ces grappes tressées aux origines, ces réseaux lisses d'anneaux, de couronnes griffues, dentées, ces espèces taciturnes, captives de la terre.

La fange brûlante, encore imprégnée d'eau, me procurait un intense bien-être. Je la sentais vibrer, bouger, comme des greffes sur les terminaisons de mon corps. Et je plongeais dans la mémoire du monde. J'étais un avec la terre, avec le souvenir passé des espèces, avec l'eau aussi et le soleil qui tombait à plomb sur le lac. Un avec la civilisation perdue des Ilnites. Je rêvais, comme je pataugeais au pied des berges, les sacres, les morts, les sacrifices, les royautés sanglantes.

J'avais trouvé ma langue : dans les boues, l'écriture de Dieu.

XI

Au crépuscule les petits hérons gris des rives affluaient. Ils arrivaient en un vol lent et dru, le cou tendu, à l'horizontale, et ils dessinaient sur le ciel qui s'obscurcissait un alphabet de signes graciles. La caravane décrivait deux ou trois cercles avant de descendre vers le lac. Les quelques jours que nous passâmes dans la cité des Ilnites, je vécus avec un rare bonheur le surgissement crépusculaire des petits hérons cendrés. Ils émettaient en se dispersant un cri strident mais bref, puis ils plongeaient. Me plaisait par-dessus tout le moment où la caravane, après avoir survolé la forêt, se déchirait. Le cercle plané explosait en faisceaux de petits paquets plumeux, les becs et les pattes inscrivaient leurs signes noirs sur la voûte rougie du ciel. A cet instant on eût dit que la colonie s'arrachait aux nuages et, pendant qu'elle tournoyait, elle accomplissait sa métamorphose : les hérons célestes s'apprêtaient à devenir les oiseaux amphibies des berges, les redoutables ichtyophages du lac des Ilnites.

Amphibies, ichtyophages : tels avaient sans

doute été les Ilnites eux-mêmes. Leur souvenir et leur absence m'obsédaient. Je me demandais quel cataclysme avait bien pu présider à l'extinction des peuples de la Rivière. Et comme je stationnais des heures au bord du lac, en compagnie du lithographe qui m'expliquait les errements et les alliances des espèces fondatrices, j'imaginais les pêcheurs à bord de leur pirogue, descendant les nasses dans l'eau, je les voyais lancer leur esquif dans tous les sens, avancer, reculer, pivoter, le corps long, musclé, glaiseux, le regard fixe et de lave, dans le tournoiement des hérons gris.

Nous nous gavâmes de poissons cuits à la braise. L'horreur s'effaçait. Mendoza manifestait à mon égard une défiance polie. Quand nous eûmes fait le plein de forces, nous repartîmes.

Nous étions désormais sans barques. Je décidai de longer le lac. Une rivière rouge et fangeuse le prolongeait. De part et d'autre la forêt impénétrable recommençait. L'horreur reprit aussi.

Un matin, alors que nous avions établi le campement en bordure du lac, des hommes trouvèrent le corps massacré du botaniste. Leurs cris m'alertèrent : je marchai à l'écart, vers la forêt. Le botaniste, entièrement dénudé, gisait sur les pierres. Son corps était criblé de trous sanglants, les articulations des bras et des cuisses avaient été brisées à la hachette. Nous retraversions sans doute les zones guerrières. Les circonstances de la mort barbare du botaniste, qui était un homme estimé, suscitèrent un grand désespoir parmi nous. Nous l'enterrâmes sur la rive.

Nous entrions dans le goulet des peuples sanguinaires. Bientôt les flèches crépitèrent. Des ombres bougeaient dans une épaisse fumée qui provenait de la forêt. Je jugulai ma peur. La fumée, extrêmement odoriférante, balayait le lac. Allions-nous tomber chez la peuplade qui avait assassiné le botaniste ? Un front d'hommes très grands, le corps nu et tatoué, nous attendait sur la rive. Nous continuâmes à marcher. Ils étaient armés de piques qu'ils braquèrent dans notre direction. Seul, je m'avançai en leur montrant que je n'étais pas armé et en les bénissant. Les guerriers s'écartèrent. Par une longue allée, nous accédâmes au village. Etaient-ce les descendants des Orides et des Ilnites, les peuples veilleurs des Sources ? Je ne le savais pas. Un tumulte traversa la tribu.

Nous fûmes fêtés comme des arrivants de l'au-delà. On me conduisit jusqu'à la maison d'argile du chef ou du roi, un vieillard que je trouvai assis dans un désordre de fétiches et d'ustensiles de toute sorte. Des résines et des herbes se consumaient lentement et emplissaient la pièce de leurs effluves qui, à peine les eussé-je humés, me firent chanceler. Le roi se leva et se jeta à mes pieds. Je lui traçai le signe de la croix sur le front. Puis je lui offris la croix d'or que j'avais au cou : il se jeta à nouveau à mes pieds en sanglotant.

Les femmes, les vieillards, les enfants avaient aussi accouru et se prosternaient devant mes hommes. Une tribu qui nous acclamait ainsi, nous recevant comme des élus, pouvait-elle avoir massacré aussi sauvagement le botaniste ? J'avais peine à y croire. J'en conclus que l'assassinat devait être le fait de pillards errants.

Tous se ruaient vers moi et attendaient que je les touchasse. Je demandai à Mendoza de m'aider. Mais c'était ma bénédiction qu'ils souhaitaient. Il se produisit alors un événement que je ne m'expliquerais jamais. En traversant le village, je rencontrai une mère nue elle aussi, au front bombé, aux yeux liquides, qui me présenta un enfant — une petite fille — étendu sur une litière. Je caressai l'enfant qui poussa un hurlement. Je crus que je l'avais terrifié. La femme hurla à son tour, de joie, et, prise de convulsions, se mit à se rouler dans le sable en embrassant mes pieds. D'autres femmes affluèrent, des enfants dans les bras. Je les touchai pareillement. Et les femmes repartaient en dansant.

Je me souvins de mes visions sanglantes. Et je revis mon Christ de proue enduit de mousses, dans l'anse au pied des chutes, en aval de la grande nécropole des Orides. J'étais thaumaturge.

Le village était consacré au poisson. Les habitants avaient d'ailleurs la curieuse habitude de conserver les arêtes et de tapisser le sol des cabanes. Et l'emblème était gravé partout, sur de hauts poteaux qui jalonnaient la route qui descendait au lac, au fronton des cases, en motifs grossièrement sculptés sur le sceptre du roi.

Les peuples de la Rivière-Dieu étaient alternativement consacrés au soleil ou au poisson. La tribu des charognards, les Ilnites et ceux-ci, que j'appelai les Ulgides, vénéraient l'eau ; les Orides, dans leur nécropole, célébraient le soleil. L'alternance des signes aquatiques et solaires rythmait notre remontée de la Rivière.

Pour l'heure le peuple de l'eau nous fêtait. Et je me récitais le Passage de la mer Rouge, les flots changés en plaine verdoyante sous les pas de Moïse et l'harmonie nouvelle de Dieu : « ... les êtres terrestres devenaient aquatiques, ceux qui nagent marchaient sur la terre, le feu dans l'eau redoublait de puissance et l'eau oubliait son pouvoir d'éteindre, en revanche les flammes ne consumaient pas les chairs des animaux qui allaient et venaient au milieu d'elles et elles ne faisaient pas fondre cette sorte d'aliment divin, pareil à la glace qui fond facilement » (Sagesse, 19-21).

Je demandai à Mendoza de célébrer une messe sur la place centrale des Ulgides. Un autel de glaise fut bâti à l'est, face au lac. Les eaux continuaient la table sur laquelle nous offrîmes le Sacrifice. La tribu regardait, extasiée. Je crois qu'elle s'attendait à ce que ce fût moi qui montasse à l'autel. Mais j'avais beau avoir cette proximité avec le Christ, je ne saurais être le prêtre. Les Ulgides entourèrent l'autel. Ils avaient les os des joues saillants, les yeux petits, chassieux et fendus diagonalement, la bouche plutôt large, le nez écrasé, le menton court et une peau olivâtre vernissée d'huile et de fumée. Les grands guerriers tatoués qui nous avaient accueillis sur le front du fleuve étaient là aussi. Mendoza s'était procuré une sorte de pain et du vin de palme. En guise de calice et de ciboire, il utilisa des écuelles d'or et d'argent que les Ulgides allèrent chercher dans les tombeaux.

De cette messe — que nous célébrions aussi à la mémoire du botaniste — je garde le souvenir des guerriers ulgides extatiques, observant le prêtre qui leur tournait le dos, les mains fines et nerveuses levées vers le soleil, dans la perspective du lac. Les grands veilleurs tatoués d'ombres terreuses, le prêtre ascétique debout devant la vaisselle d'or, et, dans la continuité de l'autel où se racontait en gestes lents et mesurés l'humanité sanglante du Christ, la Rivière, arrondie en lac, et le soleil naissant : l'unité de mon épopée.

Quand nous quittâmes les Ulgides, ils savaient s'agenouiller dans l'attitude de la prière, la paume tournée vers le soleil, en articulant un son qui ressemblait à *ziu*.

Nous fîmes construire une nouvelle flottille de pirogues légères. Le roi m'avait laissé sa case et je pouvais m'y reposer en toute tranquillité. Dès que j'en sortais, j'étais assailli. Deux pôles agitaient désormais la vie du village : l'autel, face au lac, où Mendoza célébrait la messe à l'aube et au crépuscule, et la case royale devant laquelle les guerriers tatoués montaient la garde. Je ne pouvais plus me déplacer sans être accompagné de mes onze guerriers.

Les Ulgides étaient d'excellents nageurs et de remarquables pêcheurs. Ils savaient, par la qualité et l'abondance de leurs pêches, honorer leur emblème. Ils dirigeaient les pirogues sur le lac avec une grande agilité. Ils devinaient la proximité du poisson aux vibrations de la coque : alors ils plongeaient le harpon. Je me savais désormais protégé. Les onze guerriers nous escorteraient durant notre remontée vers les sources.

Je passais des heures entières assis devant ma case en compagnie du vieux roi. Là-bas les Ulgides s'employaient à construire les pirogues. De jeunes filles nues, au pubis glabre, dansaient devant nous. Elles se déhanchaient et ouvraient les cuisses de façon obscène. Tout désir charnel était définitivement mort en moi.

*

Il m'arrivait encore de m'interroger sur mon identité et sur mon cheminement. Je ne songeais qu'aux sources de la Rivière-Dieu. Alors j'aurais véritablement accompli mon métier de cosmographe. J'essayais de tracer en mémoire le cours du fleuve, je localisais les différents peuples que nous avions rencontrés. Je comprenais mieux mon itinéraire. L'altitude à laquelle j'étais parvenu me permettait de saisir mon cheminement et la forme du monde. Ma mémoire et la matière cosmique me paraissaient liées. Je saisissais le monde à travers le filtre et la forme de ma vie. Et j'aimais qu'elle eût été si mêlée, si composite et si pleine. Elle n'avait cessé de se ramifier et de me perdre, multipliant les signes, me plaçant au bord de l'au-delà et du secret des choses, jouant d'éclipses et d'absences comme la Rivière-Dieu à présent. De la darse et du cimetière aux carènes à la grande nécropole des Orides et jusqu'aux sources qui m'étaient promises, j'avais été ce même atome de vie désireux d'étendre les limites de la connaissance. Le hasard m'avait parfois magnifiquement servi : le Royaume rêvait d'étendre son empire au moment où je rêvais d'atteindre la Rivière-Dieu, les opportunités s'étaient rencontrées.

Je fixerais les limites du monde telles que je les avais repérées, mais de moi il ne resterait rien. Une table de basalte avec des noms et des lignes, des segments, des îles, des passages. Une table qui bouleverserait la connaissance. Cette table, je ne l'écrirais qu'à la toute fin de mon exploration, quand j'aurais vu les sources.

Sans doute ma malédiction continuerait-elle à me poursuivre. Je m'étais habitué à la lumière des lacs et du fleuve, à une certaine lumière sur moi et en moi aussi, mais je savais que là-bas, de l'autre côté des eaux on persistait à m'appeler de mon nom noir. Et si, comme dans le Livre, le nom était partie intégrante de la personne, c'était que je contenais dans les profondeurs de ma mémoire et de mon être des fragments noirs, des pierres d'enfer, de longues galeries cendreuses. Mais je continuais à penser que, pour les générations suivantes, du déchiffrement ou du déchirement de mon nom, sortirait la lumière des sources.

Parvenu à cette intimité avec le monde et avec moi-même, je comprenais encore mes deuils, mes divisions, mes tentations et mes naufrages. Je saisissais aussi ce mouvement de dépouillement qui m'affectait. Il fallait que mes yeux s'éteignissent, il fallait que mon sexe mourût — lui qui avait même, à la toute extrémité de son règne, franchi la porte d'ombre —, de même qu'il avait fallu que toutes mes attaches familiales se rompissent pour que je pusse passer la mer Océane et le mascaret.

De ma vie, il ne resterait rien. Cela me paraissait vertigineux. Qu'une carte gelée, figée. Et le témoignage que rapporterait Mendoza. Il me prenait parfois le désir de témoigner à mon tour, pas pour le Royaume mais pour la communauté des hommes. Pour leur dire l'infinie complexité, les ramifications successives du cheminement, les immersions dans la cendre et la mort — à cet instant je pensais à la tortue cosmophore vidée, à la chauve-souris gorgée de vers qui avait béni notre union, à Ulda et moi, aux fosses de San Bernardo, aux chevaux de deuil qui avaient transporté les corps jusqu'à la cathédrale et que j'avais retrouvés en flammes dans la baie de la Rivière-Dieu *car ce ne pouvait être que les mêmes* —, ma voix eût été nécessaire, mais je devinais qu'il serait de ma vie comme du monde : je léguerais au Royaume des contours stables sur le basalte, Mendoza livrerait mon nom noir à l'Archichronographe.

Là où j'eusse voulu faire entendre la *rumeur du soleil,* je ne laisserais que la cendre de l'*Escurial,* du *Belphégor* et des expéditions malheureuses, des noms et des latitudes, des signes et des chiffres, pas les corps graciles des hérons, les terrasses incurvées des Orides, la forêt infernale et les légions de charognards, l'hostie des Ulgides incrustée dans le soleil naissant : le récit de l'Archichronographe serait aussi mensonger que le basalte tabulaire.

Que rapporterait Mendoza ? Notre fascination était muette. Nous nous parlions peu. Aurait-il l'audace de tout avouer à l'Archichronographe ? Le premier aveu — et il ne lui était même pas nécessaire d'aller jusqu'à Sodome — le condamnerait à mort. Parlerait-il, comme je l'avais toujours fait, du dieu-monde ? Alors la langue de sa confession ne serait plus simple aridité de mots ou de signes, elle retrouverait la profondeur élémentaire du monde. Mais elle se heurterait aussitôt à l'incompréhension, à la Loi meurtrière du Royaume. Le basalte tabulaire avec les contours fixés, passe encore. Le foisonnement du monde et mon nom, jamais.

C'était pourtant ainsi que Mendoza pourrait continuer à vivre sa fascination et c'était ainsi qu'il la dominerait. Il exorciserait mon souvenir et mon image par la langue, les mots, les réponses aux questions de l'Archichronographe. Il lui faudrait dire les visions, les miracles.

Car, à l'origine, j'étais double : bifide. J'étais de cendre et de jour, de mort et de lumière. Mais le franchissement du mascaret et ma royauté fluviale avaient encore multiplié la pluralité de mon être. J'étais arbre aux racines fluviales et ramures jusqu'aux étoiles. Et je ne cessais de vivre la circulation des sèves nocturnes, en moi et à travers le souvenir de tous les lieux que j'avais arpentés. Ma vie n'avait eu qu'une fin malgré toutes ces bifurcations, ces flottements, ces indécisions apparentes, elle n'avait cessé de quêter l'écriture du monde, et, au creux de tous les signes que j'avais déchiffrés, dans le galbe de leurs lignes, comme une terre criblée de racines qui s'exhausserait jusqu'à la voûte céleste, il y avait la matière épaisse de ma vie. L'écriture du monde, telle que je l'avais établie, était alphabet de visages, de paroles, de souvenirs humains. Cette écriture plurielle et mêlée était fondamentale. Ma mémoire avait façonné le monde.

Je comprenais aussi combien mon voyage vers l'or, à travers les sept peuplades fabuleuses, qu'elles fussent étendues sous le bec nécrophage des oiseaux nus ou qu'elles n'eussent laissé, comme les Orides, que l'empreinte vide de leur chambre solaire, était une épopée intérieure qui ne pouvait être proférée qu'au creux même de la mémoire. Et je pressentais l'instant où cette mémoire allait se vider, l'instant où cet atome de vie avide que j'avais été allait s'éteindre.

Même si ma dissolution était cosmique, même si elle s'accomplissait dans les boues du fleuve, sous l'archipel de mes constellations élues, il resterait de moi et de ma quête un signe, un fragment. J'en venais même à regretter qu'il restât quelque chose.

Il y aurait, pour l'éternité, dans les archives de l'archichronographe, mon nom maudit.

Il y aurait aussi, dérisoire dalle tumulaire pour commémorer ma disparition aux sources de la Rivière-Dieu, la Table du monde selon le roi nomade.

XII

La Rivière-Dieu n'était plus qu'une succession de lacs qui s'échelonnaient dans la montagne. L'air se raréfiait. Après la touffeur des régions basses, nous entrions dans un espace pur, lavé, constitué de roches et de terres nues. Il y avait plusieurs mois que nous avions traversé le mascaret, deux ans maintenant que nous avions quitté le Royaume. Nous n'étions plus qu'un petit groupe d'une douzaine d'hommes escortés des guerriers ulgides.

Le paysage s'ouvrait : face à nous se dressaient les citadelles pierreuses de la montagne. La végétation se réduisait à une bande d'herbe et d'arbres ras à proximité de l'eau. Des faucons tournoyaient au-dessus de nous. Les guerriers ulgides connaissaient la route. Lorsque nous ne naviguions pas, ils portaient les pirogues sur leurs dos. Les dénivellations étaient parfois importantes d'un lac à l'autre et la Rivière se déchirait en chutes sur les barrières rocheuses.

J'aimais cette alternance de marche et de navigation. Les Ulgides avaient grand soin de nous.

Les bords de la Rivière étaient marécageux : plusieurs fois je crus que nous allions y rester. Nous piétinions dans la terre molle. Les guerriers, eux, avançaient plus vite que nous, malgré le poids des pirogues. Puis nous retrouvions le lac et ses bancs de poissons voltigeurs.

Il m'avait semblé comprendre, à écouter le vieux roi, tandis qu'on construisait les pirogues qui allaient nous servir pour la suite de l'exploration, que le dernier peuple, celui que j'appelais les Imuides, était tout en haut, près des sources. Comme je l'interrogeais — l'essentiel de notre conversation se faisant par gestes — et que je pointais le doigt dans la direction supposée des sources, il m'avait montré un poignard taillé dans une roche cristalline, translucide presque. Y avait-il eu des relations commerciales entre les Ulgides et les Imuides ? Les premiers étaient-ils remontés jusqu'aux seconds, le poignard était-il une pièce de butin conservée lors d'un combat ? Je m'égarais en supputations.

Déjà j'imaginais les forteresses des Imuides creusées dans la pierre transparente du poignard. A l'aube, dans le rougeoiement des eaux, je croyais apercevoir des bastions translucides ; j'avais trop lu l'Apocalypse, je pensais trouver bientôt les enceintes de pierres précieuses, les remparts de jaspe, de saphir, de calcédoine, d'émeraude, de sardoine, de cornaline, de chrysolithe, de béryl, de topaze, de chrysoprase, d'hyacinthe et d'améthyste, comme une ville météorite posée aux sources du fleuve.

Pourtant je sentais l'adhérence du monde. Les marécages, plantés de roseaux qui faisaient sous le vent un bruissement d'osselets, étaient traversés de ravines fangeuses qui menaçaient de nous happer. A tout moment nous risquions d'être absorbés par la glaise mouvante. Les moustiques abondaient. Ils s'acharnaient sur nous et épargnaient les Ulgides.

Ma rêverie était intermittente. Elle ne se déployait que lorsque nous reprenions les pirogues. J'avais l'impression de remonter vers la ville fabuleuse. Je savais qu'elle se lèverait bientôt. Des forces se libéraient en moi, une énergie, une clarté nouvelle. J'allais quitter tout ce fracas de monde qui bourdonnait dans les roseaux.

Imuides : le nom aimantait ma rêverie. Les sonorités étaient humides et brillantes, taillées dans l'émeraude et l'onyx, cerclées d'ivoire mais aussi hantées de boue, de feu, de monde naissant. Un tel peuple, juché sur la faille même de la création, à la différence des Orides, ne pouvait pas avoir seulement le culte minéral et sec du soleil. Je n'imaginais pas au cœur de l'empire des Imuides la chambre solaire que j'avais découverte chez les Orides, avec ses lattes, ses murs, ses momies et son emblème d'or ; les Imuides, croyais-je, réconcilieraient le Soleil et le Poisson, le Feu et la Rivière. Je ne me lassais pas de prononcer ce nom. Et plus je modelais, dans ma salive, sa pâte, m'écorchant chaque fois aux cônes lumineux de ses I, plus je cherchais l'étymologie obscure du monde. Avec ce peuple veilleur, encore mal démêlé des choses, enfoncé dans le mystère vivant de la création, je pensais qu'il me serait loisible d'accéder à l'origine. Imuides levés dans leur citadelle d'Apocalypse et de sources, brasiers guerriers traversés de grandes circulations aquatiques. Le nom, comme le peuple qu'il baptisait, brûlait, torches sous les cercles de faucons noirs et l'aplat roide des glaciers. Il avait la rigueur, l'ossature minérale et solaire d'un peuple dur. Puis il se défaisait, il plongeait dans le flux de la Rivière, il éclatait en ruissellements souterrains. C'était un nom rivière, fluide et violent et je captais sa naissance sous l'écorce du monde.

Je remontais vers les Imuides. Pôle ultime de mon voyage sur le fleuve-dieu. Je me savais attendu. Je devinais les guerriers en faction sur les murs du soleil. Le monde prendrait sens.

Des pluies, d'une violence et d'une abondance que j'avais rarement vues, se mirent à dégringoler des montagnes. Elles réveillèrent les courants des lacs. Une muraille d'ombre obstruait l'horizon. Dans les marécages des rives, la terre se démolissait par pans entiers entre nos pas. Nous dûmes nous réfugier sous nos pirogues renversées. Les éclairs fendaient les montagnes. Le niveau des eaux s'accrut. Il fallut déplacer le campement provisoire. La pluie ne s'arrêtait plus et elle voilait la perspective de la montagne. Le ciel se fermait. Les eaux ne cessaient de monter. Et la terre, ravinée par les torrents, nous recouvrait.

XIII

Les pluies diluviennes et les orages qui ravinaient la montagne et les rives durèrent plusieurs jours. Couchés sous nos esquifs, nous attendions l'embellie : elle ne venait pas. Nous ne cessions de remonter sous les bords pour fuir la crue et là nous rencontrions les flots qui dévalaient vers le fleuve. C'était partout le même déluge, le même ravinement. Il nous fallait nous cramponner à une terre que décapaient les nouveaux affluents qui surgissaient des hauteurs. Les flots déchaînés érodaient tout sur leur passage.

Couché dans le ventre tombal de la pirogue, crucifié, agrippé à des racines, j'attendais que le déferlement et le tumulte s'arrêtassent. Le sol tremblant se creusait sous mon corps. L'eau battait la coque qui me protégeait. Il me sembla que la pluie et les torrents me traversaient. Je devenais spongieux. Encore ne fallait-il pas desserrer la prise que j'avais sur les racines, j'eusse été aussitôt balayé par le flot. J'avais la sensation d'être seul au monde, seul sur cette rive caillouteuse sous le bois poreux de l'esquif. Les autres avaient-ils été entraînés par les vagues? Je ne pouvais pas relever la pirogue, ne fût-ce que légèrement : d'abord je lâchais prise, et je sentais que je tournoyais, ensuite la cataracte m'engloutissait. La seule solution consistait à attendre la fin du cataclysme. J'étais fourbu, mais je ne pouvais pas céder au sommeil. Malgré l'énorme fatigue de mes muscles, je devais lutter contre l'endormissement. Au-dessus de moi, contre moi, sous moi c'était toujours le même vacarme. Et la même circulation d'eaux furieuses.

La faim me tenaillait. Je buvais une eau terreuse et glacée. Je ne devais pas lâcher prise. C'était là mon seul souci. Je serrais les racines de mes mains mortes en me répétant que j'arriverais aux sources des Imuides. La glaise me remplissait la bouche. Sous mon esquif funéraire, je me métamorphosais en gisant limoneux : la boue m'habillait et, malgré l'eau qui ruisselait de tous côtés, je savais qu'elle durcissait et qu'elle m'enfermait dans sa gangue.

Je n'avais plus aucune notion du temps. Depuis combien d'heures, de jours, étais-je ainsi sous ma pirogue à lutter contre le ruissellement et le sommeil? Ma conscience était une faille. J'allais mourir. Un instant d'égarement, je desserrai la main droite. Le courant me drossait sur les pierres. Le vertige me saisit. Je lâchai ma seule prise. Je sentis que je dévalais la pente. La pirogue raclait les cailloux, c'était une caisse de résonance livrée aux percussions conjointes de la chute et de l'orage. J'eus un cri de peur et de rage à l'idée de mourir si près des sources. Et je sombrai dans le vide.

La première chose que je vis quand je revins à moi, ce fut un visage de femme, peint, décoré de motifs qui rappelaient les fougères. J'étais dans une pièce basse, mal éclairée. La femme sourit. Puis j'aperçus Mendoza.

— Où suis-je ? lui demandai-je.

— Chez les Imuides.

— Chez les Imuides ! Mais que s'est-il passé ?

Je ne me souvenais de rien. Alors il raconta :

— Les pluies torrentielles se sont mises à tomber dès que nous avons quitté le village des Ulgides. Nous avons dû nous mettre à l'abri sous nos pirogues renversées. Vous vous souvenez ?

« Votre pirogue a été entraînée par les pluies dans le lac et elle s'est fracassée contre un rocher. Votre corps a été projeté sur la grève. Vous avez perdu connaissance. Il a fallu vous porter jusqu'ici dans l'une des pirogues.

— Combien de temps suis-je resté sans conscience ?

— Dix, douze jours.

— Et les guerriers qui étaient avec nous ?

— Ils sont tous vivants.

— Et les autres ?

— Aucune trace d'eux. Quand les pluies se sont arrêtées, j'étais seul avec les guerriers. J'ai même cru que vous aviez aussi disparu. Nous avons

288

fouillé le rivage. Il n'y avait plus de terre. Que des pierres et des graviers. Nous avons fini par vous trouver tout au bout du lac, à quelques pieds des chutes.

— Mais les autres, vous les avez retrouvés ?

— Non, vous dis-je. Ils ont été, de toute évidence, entraînés par les flots et précipités du haut des chutes.

— Mais ce n'est pas possible... C'est affreux...

— C'est ainsi. Aucune trace. Quand nous sommes arrivés ici, le village était aussi détruit par les pluies.

— Et les sources ?

— Je ne les ai pas vues.

— Nous n'y sommes pas encore ?

— Je vous ai veillé depuis que nous sommes arrivés. Avec cette femme peinte de motifs végétaux. C'est une fille du roi.

— Tu as vu le roi ?

— Oui, il est aveugle. Cette case où nous nous trouvons est toute proche de la sienne. Vous verriez la ville, c'est un champ de ruines. Les maisons ont fondu sous les pluies. Les réservoirs du grand Abîme... Cette case où nous sommes est l'une des rares qui tiennent encore debout. Tout est effondré.

Je voulus me lever. J'étais encore si épuisé que je tombai immédiatement.

— Si tu dis que les sources ne sont pas là, il va falloir continuer...

— Continuer ?

— Oui, continuer. Et pendant que je dormais dans la pirogue, où étais-tu ?

— Auprès de vous.

— Et que faisais-tu ?

— Je priais, Amiral. Comme je l'ai toujours fait.

Ma vue vacilla. A ce moment-là, la fille peinte disparut dans le brouillard qui me mangeait les yeux.

— Et tu t'es fait battre...

— Battre ?

— Oui, sur le grand Christ...

— Mais, Amiral, il y a longtemps que nous avons laissé le grand Christ en aval. C'était au pied des premières chutes. Ensuite, il y a eu la forêt, la grande nécropole oride, la cité des Ilnites, les Ulgides...

Quand j'entendis ce dernier nom, je revis aussitôt le poignard de pierre cristalline.

— Et les remparts des Imuides, comment sont-ils ?

— Il n'y a pas de remparts.

— Mais il y a bien des fortifications, des portes...

— Je vous dis que la ville est un champ de ruines terreuses et de pierres qui sont tombées de la montagne... Il y a eu des centaines de morts. La tradition funéraire des Imuides est de brûler les cadavres...

— Sur le lac ?

— Oui, sur le lac, dans des barques.

— Mais décris-moi la ville...

290

— Ce devait être superbe...

— Comme la nécropole des Orides ?

— Plus beau encore... Mais il ne reste pratiquement rien. L'avalanche de pierres et les eaux ont tout emporté, tout démoli... C'est un champ de boue et de corps glaiseux...

Progressivement la mémoire me revenait. Un éclair, une secousse violente en moi : je revis la pirogue, l'arbre de mon corps écartelé sur les pierres, le tonnerre d'eau, les trombes sur ma carapace. Ma mémoire s'illuminait. Elle se perdait quand j'avais lâché prise et commencé à dévaler vers le lac.

— Nous sommes arrivés...

Je jubilais. J'essayai de me redresser. Je voulais apercevoir ce champ de boue et de décombres que m'avait annoncé Mendoza.

— Ne bougez surtout pas, redit-il d'une voix autoritaire.

Je voulais voir la cité effondrée, détruite par les torrents.

J'avais imaginé mon arrivée dans l'empire des Imuides, un matin, sous leurs murs de soleil. Je me réveillais dans l'enceinte même, blessé, crépusculaire, glaiseux, comme ces corps qui, au dire de Mendoza, jonchaient les décombres.

XIV

La ville, ou ce qu'il en restait, descendait en gradins vers le lac, mais le déluge avait sapé toutes les constructions. Telle fut la première vision que j'en eus lorsque je pus marcher jusqu'au seuil de la maison où l'on m'avait déposé. Les pluies torrentielles avaient fait fondre les demeures terreuses, égalisant les toitures, les murailles, les escaliers, les allées, et le soleil, qui donnait à plomb, avait durci la pâte uniforme des décombres. La case où je me tenais était située à l'écart de ce qui avait été le lit d'un torrent, dans un quartier abîmé, mais pratiquement intact. Les façades ocre étaient incrustées de pierres jaunes translucides qui réfractaient les rayons solaires. Peut-être s'agissait-il d'un signe de royauté. L'architecture globale de la ville rappelait la nécropole des Orides : c'étaient les mêmes terrasses, en dégradés ondulants, les mêmes donjons — étêtés —, les mêmes loges, les mêmes mausolées. Subsistaient les fondations, l'amorce des murs ou des tourelles qu'on devinait entre les immenses blocs de pierre que les torrents avaient détachés de la montagne.

Les ruines basses de la capitale des Imuides étaient d'une belle argile jaune qui flambait au soleil. Je m'avançai sur la terrasse. La perspective était grandiose : d'un côté la montagne, avec un grand pan de granit blanc fendu d'un défilé, de l'autre l'escarpement de la ville jusqu'au lac. Les eaux de la Rivière-Dieu naissaient de la fracture étroite que j'apercevais dans l'encorbellement des pierres, les sources s'égrenaient en ruisseaux à travers les degrés de la ville. Lorsque j'eus fait quelques pas, je compris, en voyant de larges entames dans la montagne, que les pluies avaient provoqué des glissements de terrain. Les premiers contreforts s'étaient effondrés, laminés par les ruissellements, en s'écrasant sur les maisons. La ville avait elle aussi vacillé sur ses assises et elle s'était éboulée. L'empilement des gradins, des terrasses, des strates sacrées avait dévalé la pente jusqu'au lac.

Je descendis par un escalier étroit, taillé dans l'à-pic du palais. Le vent d'altitude charriait des troupeaux de cumulus blancs et lumineux. La ville était une carcasse de glaise creusée de douves de pierrailles. Les pluies avaient sculpté des formes étranges, monceaux de galets sertis d'agglomérats d'argile pourpre, failles brutales, fosses ouvertes au bas de ce qui avait été un chemin, une galerie tortueuse au cœur des palais, biefs remplis d'une eau putride. Je poursuivis ma marche. Des corps, comme des statues de glaise ocre ou rouge, étaient éparpillés au bord du lit de torrent que je parcourais. Certains avaient encore les bras tendus, la bouche ouverte d'effroi, d'autres semblaient avoir été fauchés dans l'exercice de la vie quotidienne. Nulle odeur de putréfaction. Les morts étaient gainés dans leur linceul de terre. C'était partout la même croûte fendillée sous le soleil, les mêmes gisants foudroyés, sarments pierreux, racines de douleur. J'avançais, hagard, dépité. Les hautes fortifications des Imuides que j'avais imaginées pareilles à des cathédrales de météores avaient elles aussi été dévastées.

Tout en bas, à la lisière de l'eau, quelques rares survivants — les derniers Imuides — s'affairaient à transporter des corps. Ils les entassaient sur la rive. Je m'assis. Il ne restait rien de la ville somptueuse et céleste. Je retrouvais l'empreinte de pas, espacés, les pas d'une course d'horreur éperdue, la montagne tombait, toutes les eaux du ciel avaient crevé la falaise, il fallait fuir, les grand Imuides bondissaient des cases en hurlant, et ils étaient déjà spectres pétrifiés dans la glaise.

J'avais moi-même vécu le déluge sous ma pirogue, les mains mortes, rompues, figées sur les racines. Mais je n'aurais jamais soupçonné un désastre d'une telle ampleur.

Je pleurai. Longuement. Mon empire était une pente dévastée par les torrents, mes mausolées et mes temples avaient sombré dans les failles, j'étais seul dans ce désert de pierrailles et de glaise.

Quand la nuit vint — elle descendait des mon-

tagnes, par l'entaille menaçante du défilé —, les
derniers Imuides embrasèrent sur la rive les
bûchers de corps qu'ils avaient édifiés. Et une ville
se dessina, sur l'eau, de flammes battues par le
vent, et de vaisseaux d'argile.

XV

Mes visions redoublèrent.

Le trésor des Imuides m'apparut. Sous les
strates de glaise durcie incrustée de cadavres
s'ouvrait la nécropole. Caverne à escaliers qui
descendait au plus profond des entrailles de la
terre. Des roches cristallines taillées en forme de
poignard jalonnaient les marches. J'étais allé très
loin dans le songe et je ne savais plus exactement
où j'avançais, sous la montagne, dans les fondations de la maison royale, sous le lac. Un bruit
constant de sources emplissait l'espace. Le goulot
de la conduite rocheuse que j'empruntais ne cessait de se rétrécir, il fallait se courber et marcher le
dos plié, les yeux rivés sur la boue ocre dans
laquelle je pataugeais. Une subite froidure était
tombée, j'avançais dans le sillage de la femme qui
m'avait souri à mon réveil, longue torche végétale
qui se mouvait devant moi avec allégresse. Je
parcourus des heures durant les souterrains du
labyrinthe. L'air me manquait. Des flammes,
logées dans l'anfractuosité des roches, se déchiraient à notre passage. Les murs de l'hypogée

étaient couverts de fresques : je discernais des processions de grands Imuides hiératiques, saisis de profil, les mains levées dans des gestes de vénération solaire, des scènes de sacre sur les eaux, des vues de montagnes d'un bleu pur, intact, des bûchers de corps à la naissance du fleuve.

Le sol s'assouplissait, nous foulions maintenant une terre meuble : c'était la cendre des rois. Le vieux lignage des Imuides, les royautés enfouies dormaient sous le lac, dans les racines de la montagne. Je découvrais une architecture naturelle composée de piles et de voûtes, de lourdes structures minérales creusées de plusieurs souterrains, de volées de marches qui partaient à l'assaut des balcons, des galeries supérieures ; il n'y avait pas une paroi qui ne fût peinte de fresques. Des indices, des symboles revenaient au hasard des murs : le feu du soleil, convulsé dans son arc, la lune bleutée et glaciaire, l'arbre du commencement qui réunissait le ciel et le fleuve, le poisson enfin, transpercé et sanguinolent. De-ci, de-là, j'apercevais aussi la longue pirogue imuide avec sa proue relevée comme une gueule de dragon, des ailes flamboyantes et des lances de nageoires, le grand vaisseau royal jeté sur le fleuve avec sa charge de corps qui brûlent.

La femme végétale se faufilait entre les saillies des pierres. Le bruit d'eau s'était amplifié, il se déployait sous les arches et les hautes voûtes peintes. Dans mon songe, dans mon investigation dans le sillage de la torche végétale, la femme fougère à la peau olivâtre tatouée de racines et de fleurs, j'avais la sensation de marcher vers un foyer ou un miroir taillé dans le mystère des roches, un pôle où se recomposait l'unité du monde. Des salles se succédaient, triangulaires ou sphériques, les poissons muraux dans des gerbes de signes ignés grossissaient, ils avaient l'écaille limoneuse, l'œil vide, hanté d'un point sombre ; le fleuve était représenté comme une superposition de vagues épaisses, à la houle large, minérale.

L'anguille glissait devant moi par les brèches tortueuses. Tantôt je croyais que j'allais la perdre, je m'essoufflais à la suivre dans la travée basse sous une voûte dont le grain me râpait le dos. J'aimais son odeur mouillée de racine et de terre, les reflets de son corps sur les pierres. Tantôt je la suivais de si près que j'aurais pu la posséder. On montait, on descendait. Je ne savais plus. Les scènes peintes habillaient toujours les flancs des souterrains, les grands soleils naïfs flambaient sur la ponctuation grossière des vagues. Bientôt j'arrivai, après la cendre dorée des rois, dans une salle au sol tapissé de sable. Je m'inclinai pour en recueillir une poignée : c'était ce sable marin que j'avais trouvé, déjà, et dans la baie de la Rivière-Dieu, et sur la place centrale de la nécropole des Orides. Devait-on supposer que la mer avait englouti le continent de la Rivière ? Les vagues montaient du sable, s'éparpillaient sur les pierres. Les micas scintillaient sous les torches. Il me semblait que nos pas brisaient des coquilles friables.

La chambre de mer avait la forme compliquée,

torturée d'une grotte, comme si les eaux, après avoir jailli du centre, l'eussent érodée sous l'effet de leurs tourbillons. Des pitons constellés de fossiles se dressaient, mâts de sable, lanternes minérales. Les pierres verdissaient à mesure que l'on remontait dans le lacis des cavernes. Au sable souple de la chambre de mer avait succédé une couche de galets bruyants comme un tapis d'osselets, puis nous avions retrouvé un mélange de sable et de boue, d'os et de terre ; des barges à demi calcinées emplies de corps glaiseux, ligotés de bandelettes d'écorce, s'entassaient dans une crypte, sur la gauche, comme on quittait la grotte marine.

Les grands Imuides avaient de tout temps habité sous le lac, dans le vaisseau des cavernes. Nous continuâmes l'exploration à travers des galeries obscures comblées de sédiments d'arbres. On eût dit une forêt souterraine, tombée d'une faille, dont les troncs verticaux étaient si serrés qu'il était difficile de voyager entre eux. Dans l'ombre de la grotte les arbres s'étaient métamorphosés en une poudre noire, criblée de fragments de pierrerie qui rutilaient au passage de la torche, un peu à la façon des barques à demi calcinées que nous avions rencontrées précédemment.

Notre navigation nocturne continuait. Combien de salles, de cryptes remplies de troncs, de fresques, de signes, avions-nous déjà traversées ? Je n'en avais aucune idée. La pente s'exhaussait, nous franchissions à nouveau le seuil des chambres étroites. La pierre était nue. Les rois n'avaient jamais habité ces dernières salles. Le souterrain s'arrêtait à une sorte de faille qu'avaient autrefois ouverte les ruissellements de la montagne. Ma déesse de l'ombre s'engagea alors par une porte minuscule dans la roche. Je crus qu'elle allait s'encastrer définitivement entre les saillances. Je la suivis pourtant. Le couloir était si bas qu'il fallait ramper. La pente s'accentua. Je glissai.

J'étais au cœur d'un défilé minéral. Je le remontai jusqu'à une première chambre qui renfermait un lac. Nous parcourûmes l'étroite corniche jusqu'à la pièce suivante. Les eaux ruisselaient dans la pierre. Sur le lac suivant, je reconnus les grandes pirogues à la proue relevée que j'avais vues flamber dans les décombres de la capitale imuide. Elles étaient immobiles, ancrées dans le calcaire. Là encore ce signe étrange me saisit : dans l'atmosphère saturée d'eau de la chambre souterraine, échouées sur leur banquise de craie, elles n'avaient pas pourri : elles avaient brûlé.

J'avançai encore. Ainsi, après avoir traversé une vingtaine de cryptes, j'arrivai à la grande chambre terminale, au sanctuaire même. La femme s'arrêta sur le bord et me fit signe de la précéder. Elle ne devait pas avoir le droit d'entrer dans le sanctuaire imuide. Elle me passa la torche.

D'emblée, je fus aveuglé : la torche, lorsque je la braquai vers l'intérieur de la chambre, réveilla une clarté torride. La voûte de la grande chambre était recouverte d'une matière qui évoquait l'or. Au centre s'étendait un lac, calme, sur lequel dérivaient d'immenses pirogues en feu. Elles croulaient de trésors : du bord où je me trouvais, j'aperçus des vasques, des vases, d'énormes coupes, des statues de rameurs ou de minuscules divinités des eaux, des hampes incrustées de rubis, des armes agencées en gerbes, et des crânes, oui des crânes humains sculptés dans la pierre cristalline du poignard que m'avait montré le roi des Ulgides. La révélation de la chambre finale dans laquelle, malgré le silence, il me semblait que les eaux s'engouffraient, bousculant les arches, tenait dans ces crânes de pierre, d'une précision et d'une pureté qui me fascinaient. Il sourdait des parois de la crypte une chaleur intense. Un soleil souterrain naissait des eaux et le trésor flambait. Mais dans ce trésor, plus que la vaisselle d'or, les armes ou les fibules royales, ce qui m'enchantait, c'étaient les crânes et il n'y avait pas seulement des chefs, voici que je devinais au loin, couchés sur le pont fermé des pirogues, des squelettes entiers de cristal de roche, ils dérivaient lentement sur les vagues du lac embrasé.

Les crânes étaient posés sur les gisants transparents. Oblongs, l'orbite profonde. Ils voyageaient dans le sanctuaire aquatique. Et j'étais là, aux sources du monde, dans le reliquaire d'eau et d'or. Je savais ma contemplation mesurée. Face à moi, extatiques, dans leur sourire de pierre lucide, mes frères, les rois nomades, sur leurs pirogues de feu. De ma quête de cosmographe, il resterait cette graphie de squelettes de pierre cristalline, aux sources voûtées, souterraines de la Rivière-Dieu. Ma vision me saisissait, hors du temps. Mes yeux brûlaient à la lisière de ces splendeurs.

*

Depuis que j'ai visité les sources et le grand trésor des Imuides, ma vue connaît de longues absences. J'essaie de relancer le passage du sang en moi en dessinant sur le sable au pied de ma couche, de ma main gauche encore valide, la forme du monde. Il y eut le monde selon Ptolémée, selon Toscanelli, il y aura le monde total et repéré du roi nomade. Sous mon doigt, les sillons de sable me rappellent l'Eperon de l'Inde et la Corne d'Orion. Le monde est forme palpable sous ma main. Je m'entraîne dans la nuit, à la frontière de la veille et du sommeil, à tracer ses contours avant de les fixer sur le basalte.

Mon sommeil est brûlé du feu noir de Sodome, je revois l'œil nocturne de Mendoza ; ma nuit, aussi, flambe parfois au feu des crânes des sources.

J'écoute la voix musicale de la femme-fougère. Je ne sais pas combien d'Imuides vivent encore dans les décombres de leur ville.

Cette langue, toute en voyelles, m'enchante. Mots ronds, lisses, fermés sur eux-mêmes. Leur pâte sonore me comble. Les bruits du monde sont loin. Je perçois leur vibration dans la langue de la femme-fougère. Le monde est là encore, dans ce creux sonore.

Les vagues de la mer Océane m'ont porté jusqu'ici. Au terme des aubes et des crépuscules. J'ai encore sa salure sur le visage. Une taie blanche, de la même contexture, recouvre mes paupières. Ma quête est finie. J'ai capté l'éclair des sources. Je sens au fond de moi une puissante euphorie.

C'est la mer Océane qui a façonné cette terre et le lit de la Rivière-Dieu. A plusieurs reprises, j'ai trouvé son empreinte, son sable de rivage. Elle s'est engouffrée ici aux origines du monde. Peut-être a-t-elle balayé les Orides et les Ilnites. J'ai soudain la nostalgie de son souffle, de sa vieille haleine brisée. Je ne la reverrai plus. Elle n'aura pas même le plaisir de ballotter entre ses vagues ma dépouille usée, la cendre de mes os.

En pensée je parcours encore le corps du dieu-monde. Je marche. De la terre montent des fumets voluptueux, humides. Les pierres sont pétries de vent, des souffles arrivent du rivage, par-delà le mascaret, les racines se dissolvent dans l'argile pourpre. Dans la moiteur de la brise qui transperce les feuilles, je saisis une énergie sourde, tâtonnante. J'entre dans le long cycle des aubes et des crépuscules.

Je revois la Rivière, son lit sous les branches tortueuses, dans le ballet des Capuces sanguinaires. Les eaux verdissent, les rives se fondent dans la forêt. La terre compacte, avec ses griffes de racines, ses écorces enivrantes, descend dans le fleuve. La lumière vibre sur les grandes feuilles vernissées des nénuphars d'ombre. On ne sait plus si c'est la lumière ou l'eau, le jour vert, égaré, l'eau de sève, acide. Les éléments de la matière se mêlent, se perdent, se chevauchent, composent une mémoire incertaine et tatouée.

J'entre au pays des rumeurs : le dieu-monde est traversé de bruits, de fracas. Cela va du vol cinglant de la libellule aride au crépitement des feuilles sous la pluie fertile. Le soleil est cette ombre verte posée sur l'eau, miroitement humide, milliers d'auréoles brisées. La moiteur de l'aube m'habille.

Des peuples m'attendent, dissous dans les matières végétales, femme-fougère cerclée d'anneaux d'écorce, peuples de l'Or momifiés dans leur nécropole vide où erre un soleil sec, massacrés sous l'aile des charognards nus, cadavres glaiseux dans les ornières du déluge. Et je progresse sur ces eaux, sous ces bois. Mon vieux songe de la rotondité m'a jeté là. Les palimpsestes de Ptolémée et de Toscanelli, le fleuve aux sources de feu du veilleur de Venise. Je m'absente de ma mémoire, de mon corps. Le monde m'absorbe.

Je me souviens de mon sommeil des nuits de forêt. Terrassé par la fatigue, cloué dans la boue qui clapote, je n'ai plus de corps. Ou plutôt je suis magma grouillant de racines, insomnie de la terre. Le cosmos est là, chaviré dans la Rivière jusqu'aux étoiles. Des cris d'effraies aquatiques percent la nuit. La rumeur de l'eau bouge dans les failles d'argile. Des murs d'empire s'effondrent dans le fleuve. Je veille. Je n'ai plus l'ivresse des résines capiteuses. C'était au début, quand le Christ saignait encore, avant que les murailles d'écume n'élèvent leur obstacle. Je suis à la lisière de la forêt et du fleuve, aux marges du chaos.

Parfois l'air vibre, brisé par l'envol d'un oiseau. Un nuage de poussières végétales déferle sur nous. Je pénètre cet univers de larves, de plantes liquides dans l'empreinte lacustre des peuples, et j'ai en moi une lente nostalgie de mer.

Où est ma mémoire ? Pourrie parmi les charognes, contaminée par celle, mythique, du cimetière aux carènes ? Brûlée par l'or des sources ? Je chemine parmi les noms des peuples, je me redis, à l'infini, leurs sonorités de feuilles, de sanctuaires et d'eau solaire : Orides, Ilnites, Ulgides, Imuides. Et ils s'éclipsent à la naissance de l'aube, emportant ciel et étoiles.

Ma seconde traversée — celle du territoire de la Rivière — a effacé la première. J'ai plongé dans la forêt. Les lointaines terres de mon passé ne sont plus que blancheur vide. Si j'eus jamais une terre natale, elle est dans l'entaille et le feu des sources. Mon rêve de rotondité s'achève. Pour le parfaire, j'arpente la brume épaisse des forêts, brume d'étuve, mascaret de frondaisons trouées de soleil, fermentations du silence. L'ébullition couve sous les flaques pierreuses. Je marche au plus serré des arbres. L'aubier fond. Des chauves-souris à moignons griffus titubent. Plus de fleuve, plus de cosmos, la terre seulement, l'horizontalité des espèces, des éclosions morbides.

J'entre dans des clairières d'eau : une lumière d'orage ruisselle le long des troncs, surgit des haubans de lianes. Je repère la nef engloutie. La chaleur est à son paroxysme. Je voudrais encore humer cette vieille eau des mousses. Entendre le ressac des feuilles se briser dans la nuit qui tombe. Sous le couvert des feuilles rouges, mon rêve de rotondité, d'harmonie du monde s'est égaré. Dans la nef foisonnante, j'ai perdu l'écriture de la Rivière, déchirée par les courants, les gouffres.

Sous la forêt, à la lumière des brumes, la mer se redessine. Invisible fatalité des eaux monstrueuses. J'accède à l'origine et je retrouve la mer Océane dans le bief de la Rivière et de ma quête. Ici et là elle a laissé ses cristaux de sable. Pierres ardentes où je revois les Anges destructeurs, l'Equinoxial, tous mes vertiges de sel, le Kraken et la Main noire, le pourrissement de l'*Orion*.

Mais je ne cède plus à la mer. Le monde ne m'absorbe plus. Sa forme et son écriture ne se perdront pas dans les plaies fangeuses de la forêt. La traversée de la mer Océane, la remontée de la Rivière-Dieu, comme je l'avais primitivement établi, ont complété ma perception de sa forme. Quant à l'écriture, cette graphie constitutive du cosmos que je cherchais, je l'ai trouvée dans le lac de feu, dans le sourire de pierre cristalline des crânes.

Maintenant je sais.

XVI

L'Amiral de la Rivière-Dieu nous a quittés en ce dimanche de Pentecôte.

Il a rendu l'âme à l'aube, après m'avoir parlé toute la nuit. J'ai trouvé dans la hutte de terre, auprès de la pierre sur laquelle il a gravé les contours nouveaux du monde, les parchemins qui lui tenaient lieu de livre de bord. Je suis Frederico de Mendoza, son second. J'ai décidé de poursuivre la relation de l'exploration jusqu'à mon retour au Royaume. Cette nuit, conformément à la tradition des Imuides et aux dernières volontés de l'Amiral, son corps sera brûlé sur le premier lac de la Rivière-Dieu, dans la barque funéraire royale.

Je commencerai par retranscrire dans son livre de bord les dernières paroles qu'a prononcées l'Amiral. J'ai, sous les yeux, au moment d'apporter ma contribution au livre de la Rivière-Dieu, les dernières lignes tracées par lui dans cette hutte de terre :

« Maintenant je sais.

Les sources de la Rivière-Dieu renvoient le monde à sa plénitude.

Et l'homme à son néant.

Je peux mourir. »

Ces mots ont précédé de quelques heures la disparition de l'Amiral. Quand je suis entré, vers minuit, il travaillait sur son écritoire d'or. Puis il s'est mis à râler.

— Je veux te parler, m'a-t-il murmuré.

J'ai écarté l'écritoire et je me suis assis à côté de lui. Voici ce qu'il m'a dit :

— C'est fini. Je vais mourir parce que je peux mourir. J'ai accompli mon rêve. J'ai remonté le monde jusqu'à ses sources. Je n'ai rien entrepris pour les richesses terrestres. Tu le sais et tu le rediras. Qui ai-je été ? Le Juif, le traître, le damné, le blasphémateur que tous ont dénoncé ? Tu sais comment ils m'appelaient : le Juif maudit. J'entends encore ce nom noir qu'on répétait partout dans le Royaume. Et pourtant c'est pour eux que j'ai trouvé le fleuve aux sables aurifères, tu verras la grande chambre d'or avec les crânes, le sanctuaire où naissent les eaux de la Rivière quand tu iras y déposer mes cendres. Peu m'importe l'immortalité de l'âme. Je ne connais que l'immortalité du dieu-monde.

Alors son râle s'est intensifié.

— Tu leur raconteras mon cheminement. Cosmopolis et la capitale des Imuides. Tu leur raconteras tout. Ils vont essayer de te briser. Tu as été complice du Juif maudit. Tu leur raconteras tout. Il y aura un procès, ta vie sera mise en jeu. Méfie-toi de Sandoval, de Segovie, d'Alvarez. Ils témoigneront contre toi. Ils lutteront pour qu'on inscrive mon nom noir dans les tables de l'Archichronographe. Tu ne remettras que la table nouvelle du monde au roi. Et à lui seul, s'il existe encore... J'ai tenu — comme toi — un livre de bord depuis le commencement de l'exploration. Je ne saurais trop te conseiller de le détruire. J'y parle de toi, je dis combien ta beauté m'a fasciné et combien je t'ai aimé. Tu dois détruire ces parchemins. Tu pourrais les brûler dans la barque funéraire en même temps que mon corps. J'entends déjà leurs reproches : roi nomade, oui Juif, usurpateur, sodomite... Protège-toi... Laisse-les instruire mon procès.

Alors il s'est redressé sur sa couche, le visage en sueur, les yeux larmoyants :

— Prends l'ardoise.

Je la lui ai donnée.

— Je sens le monde sous mon doigt. Ses contours. L'Inde, l'*Orion*, la Rivière-Dieu...

Il riait d'ivresse.

— C'est moi qui ai créé ce monde. Sens la corne d'abondance de l'Inde à l'embouchure du fleuve, puis l'Equinoxial, l'Europe, l'Afrique, et le Nord, le lointain fjord de la Vierge qu'on ouvrait...

La fièvre le secouait maintenant et son rire d'ivresse ne cessait de croître.

— C'est moi qui ai repéré tout cela. Voilà mon graphe. La signature de l'Amiral cosmographe, c'est la forme du monde.

Il tremblait et, malgré cela, il s'est encore relevé sur sa couche, en me fixant de son regard fou :

— Je te donne la table. Garde-la. Détruis le livre de bord mais conserve surtout la table. Oui, conserve-la, quoi qu'il puisse t'arriver jusqu'à ton retour au Royaume. Toi seul peux remettre la table au roi. Personne d'autre, tu m'entends, personne d'autre.

— Je vous le jure, ai-je répondu.

— C'est bien alors. Tout est bien ainsi.

Ses forces déclinaient. J'ai saisi l'ardoise. Il m'a embrassé les doigts comme je le bénissais.

Il a encore essayé d'ajouter quelque chose.

Je l'ai remis au Seigneur.

Il n'existait plus.

*

Dès la tombée de la nuit, on a transporté le corps de l'Amiral vers le lac.

Les Imuides avaient d'abord plongé le cadavre dans un bain de plantes aromatiques. Puis ils l'ont laissé sécher aux derniers rayons du soleil, face aux décombres de leur ville, après l'avoir enlacé de bandelettes de palme.

Je suis resté seul à veiller l'Amiral dans sa barque, sur la rive. Le couchant lui sculptait un profil de gisant royal, émacié, le nez crochu, la peau parcheminée et verdie par le bain dans les plantes. Je me suis agenouillé dans la terre pour prier pour le repos de son âme. Je n'aurais pas voulu pour lui de telles funérailles mais c'étaient celles qu'il avait souhaitées.

Quand les premières étoiles se sont allumées, les

grands Imuides nus — simplement vêtus d'un pagne — se sont rassemblés sur le rivage. Les mains levées vers le ciel, ils ont prononcé une courte incantation. Puis, des ruines ravinées, sont sorties des femmes vêtues de parures d'or. Elles se sont, elles aussi, massées sur la rive. La nuit était tombée. Les eaux du lac avaient de grands reflets phosphorescents.

On a apporté ensuite des tambours funèbres, tendus de peaux de bêtes, ainsi que les emblèmes de la royauté tenus par de jeunes garçons nus : la pierre d'eau — émeraude —, la pierre de l'or, la pierre de tempête, la pierre féconde — polie par le ventre des femmes —, et la pierre de neige. Les garçons ont formé un cercle autour de la barque.

Des hauteurs de la ville, très exactement du défilé qui ouvre la montagne, est descendu un cortège éclairé de torches. Une dizaine d'hommes transportaient une barque d'or — la même que celle où reposait l'Amiral. Quand ils l'ont apportée jusqu'à nous, j'ai vu qu'elle contenait un squelette de pierre transparente disposé les pieds vers la proue. Les hommes ont déposé la barque non loin de moi. Les tambours funèbres ont alors résonné. Et les jeunes garçons ont installé les cinq pierres de la royauté imuide autour du squelette. Un vieil homme s'est alors approché de moi en me faisant signe de déposer dans la barque ce que j'avais entre les mains, c'est-à-dire mon propre livre de bord.

Les tambours se sont tus. Le vieil homme est

revenu vers moi, une torche à la main. J'ai compris qu'il m'incombait d'enflammer la barque de l'Amiral.

J'ai tremblé. Une secousse nerveuse m'a saisi de la tête aux pieds. J'ai même pensé que j'allais défaillir, et je me suis avancé vers la barque. Les hommes s'étaient groupés à la poupe, prêts, dès que je l'aurais embrasée, à la pousser à l'eau. Une dernière fois, j'ai regardé l'Amiral, les paupières plissées, les joues creuses, la barbe piquetée de cendre. Je ne voulais penser qu'au corps glorieux qui jaillirait de cette dépouille. Un homme a hurlé. J'ai jeté la torche dans la pirogue. A cet instant j'ai fermé les yeux. J'ai simplement entendu le crin s'embraser, et la barque qui descendait dans le lac.

Je suis resté face contre terre tout le temps qu'a duré la crémation. Les flammes léchaient l'eau en pétillant. Avant que la barque brûlée ne s'enfonce dans le lac, les jeunes garçons qui avaient transporté les emblèmes ont ramé jusqu'au brasier afin d'y recueillir les cendres de l'Amiral dans des vasques. Quand ils me les ont tendues, les braises rougeoyaient encore. Je crois, à ce moment-là, avoir pleuré en regardant ces trois coupes remplies de cendre qui flamboyait. C'était là ce qui restait du corps du Découvreur des mondes, du grand et saint Amiral de la Rivière-Dieu : trois coupes de braise rouge. Une procession s'est à nouveau formée derrière la barque, celle qui contenait le squelette. Tout au fond de la nef, dans un reliquaire d'or, j'ai vidé le contenu des trois coupes, et, sinuant entre les gradins effondrés, nous sommes montés vers la montagne. A l'entrée du défilé, la foule s'est arrêtée, nous laissant seuls — les porteurs, le vieux sorcier et moi — pénétrer dans la grotte. Là, j'ai découvert quelque chose que je n'avais jamais vu : un véritable labyrinthe taillé dans la montagne, une succession de cavernes peintes, des corniches minérales surplombant des lacs, des failles, des salles entièrement tapissées de sable marin. Les porteurs rampaient sous la barque et le squelette de cristal ne vibrait même pas. Durant toute cette remontée des grottes, face au crâne de pierre, je récitais des fragments de l'Ecriture, Ezéchiel (« Je mettrai sur vous des nerfs, je ferai croître sur vous de la chair, j'étendrai sur vous de la peau, je mettrai en vous un souffle, et vous vivrez, alors vous reconnaîtrez que je suis le Seigneur ») et surtout le Livre de la Sagesse, et cette vision du passage d'Israël qui émouvait l'Amiral, avec ses flammes dansant sur l'eau, comme celles que j'avais entendues tout à l'heure.

C'est dans la dernière des grottes, sur un lac souterrain que les porteurs ont déposé la barque qui contenait les cendres de l'Amiral. Ils l'ont poussée parmi les autres barques qui semblaient calcinées. Je n'avais jamais vu trésor si riche. Non seulement les nefs, mais aussi les murs, les armes, la vaisselle funéraire et d'innombrables emblèmes solaires étaient en or.

Un grand flamboiement s'est répandu sur les eaux. Une irruption de lumière divine aux sources du fleuve. La flottille — il y avait au moins une centaine de pirogues — s'est mise à dériver. Les crânes des rois imuides rutilaient. Je ne savais plus quelle était la barque qui renfermait les cendres de l'Amiral.

La porte d'ombre

I

— Ainsi donc l'Amiral était un saint !

L'Archichronographe, vêtu d'une longue robe noire à bordure d'hermine, était assis derrière une table de bois nu, dans une salle étroite qu'éclairaient trois fenêtres à vitraux. C'était un vieillard déjà, à la voix chevrotante mais suffisamment forte pour faire trembler Frederico de Mendoza qui comparaissait devant lui.

— L'Amiral était un saint ! Le Juif maudit, celui dont toutes les expéditions ont échoué, je dis bien toutes les expéditions ont échoué, je dis bien toutes, était un saint ! Vous avez une curieuse idée de la sainteté...

— J'ai vécu auprès de lui, je sais ce que je dis...

— Dites-moi, par exemple, où est le succès de la dernière mission, celle à laquelle vous avez participé en qualité d'espion du Roi, je vous le rappelle.

— L'Amiral a trouvé la Rivière-Dieu, il a remonté le fleuve jusqu'à ses sources après avoir fondé une ville...

— Cette ville, tonna l'Archichronographe, ce

319

sont Alvarez et Segovie qui l'ont fondée... C'est eux qui ont mené l'exploration... C'est grâce à eux, Frederico de Mendoza, que vous êtes ici... Vous semblez l'oublier... L'Amiral n'a rien fait... Il rêvassait dans sa cabine...

— Malgré tout le respect que je vous porte, je ne peux pas, Monseigneur, vous laisser affirmer des choses pareilles. J'étais sur l'*Orion* et je suis le seul à avoir accompagné l'Amiral jusqu'aux sources de la Rivière-Dieu. Le seul chef de l'expédition, c'était l'Amiral et lui seul. Alvarez et Segovie se contentaient d'obéir...

— Je vous trouve bien irrespectueux. Alvarez est aujourd'hui Amiral de la Rivière-Dieu...

— Et la table du monde que j'ai remise à Sa Majesté la Reine?

— Ah! Parlons-en, cette pierre!

— Oui, cette pierre, Monseigneur, avec les contours nouveaux du monde tels que j'ai vu l'Amiral de la Rivière-Dieu les établir de sa main.

— Rien ne nous dit, Mendoza, que c'est l'Amiral qui les a tracés. Rien. Les observations rapportées par Alvarez et Segovie sont mille fois plus intéressantes... Cette pierre est une fantaisie...

— C'est la pierre fondatrice du nouveau monde, celui qu'a établi l'Amiral. Je vous redis que j'ai vu, de mes propres yeux, l'Amiral tracer ces contours...

— Je vous redis, moi, Frederico de Mendoza, en ma qualité d'Archichronographe du Royaume, que ces observations ont été critiquées, et par Alvarez, et par les cosmographes...

Les traits du vieillard s'étaient tendus. Il fixait Mendoza d'un regard haineux, plein de violence. Il continua :

— Je ne m'intéresse qu'aux aspects scientifiques du voyage. J'essaie de comprendre. Il ne reste rien des observations du lithographe et du botaniste qui ont aussi mystérieusement disparu... Trois des vaisseaux ont brûlé ou fait naufrage. La mission, si elle n'avait été reprise par Alvarez et Segovie, était un échec complet. Je vous l'ai dit, je ne m'intéresse qu'aux aspects scientifiques — on eût dit que le vieillard prenait un malin plaisir à distiller ses paroles, comme s'il eût cherché à éprouver la patience de son interlocuteur —, mais il y a autre chose, l'aspect religieux... Mais cela, la Reine et l'Archevêque s'en occupent déjà...

— Je n'ai rien à me reprocher, répliqua Mendoza d'un ton sûr.

— Ce n'est pas ce que j'ai cru comprendre...

Le vieillard s'était levé, il marchait maintenant derrière la longue table, voûté, regardant les dalles du pavage sur lesquelles sa robe produisait un bruissement soyeux. On était en hiver. La lumière déclinait vite, et il arrivait que les eaux du fleuve qui roulaient au pied de la muraille couvrissent la voix fluette de l'Archichronographe.

— Ce n'est pas ce que j'ai cru comprendre. Mais vous le savez bien, cela ne me regarde pas... Surtout lorsqu'il s'agit d'un homme de votre espèce, membre d'une famille autorisée à la Cour, moine du couvent augustinien de Sa Majesté, fils d'une sainte femme reconnue pour sa piété et l'excellence de sa conduite...

— Je n'ai rien à me reprocher, vous dis-je, rien. On a voulu faire de moi l'espion d'un homme qui était un saint, un homme exceptionnel par son parcours et la qualité de ses découvertes... Je suis heureux d'avoir accompagné l'Amiral jusqu'aux sources du monde et d'avoir déposé ses cendres dans la crypte funéraire des Imuides...

— Notez, notez — dit l'Archichronographe, pris d'une subite jubilation —, notez, notez — en se tournant vers le greffier qui établissait les minutes de l'interrogatoire. — Redites ce que vous avez dit, redites !

Mendoza répéta, en ayant soin de détacher les mots :

— Je suis heureux d'avoir accompagné l'Amiral jusqu'aux sources du monde et d'avoir déposé ses cendres dans la crypte funéraire des Imuides...

— C'est une révélation très intéressante. D'abord l'expression « sources du monde » n'a aucune valeur cosmographique... C'est encore un de ces leurres dont se régalait le Juif maudit... Quant à la suite, elle va intéresser Sa Majesté la Reine et l'Archevêque... Vous avez été le complice d'un homme qui s'est fait brûler par des barbares...

— Les Imuides ont reconnu l'Amiral comme roi et à sa mort ils l'ont accueilli dans leur nécropole royale, c'est tout...

— Je note simplement que l'Amiral, comme

vous l'appelez, mais il faudra songer à demander sa destitution, je note simplement qu'arrivant dans un territoire nouveau, et alors qu'il avait pour mission d'étendre les limites territoriales du Royaume, l'Amiral, comme vous l'appelez, loin de placer ce royaume nouveau sous la protection du Seigneur et du Roi, s'est fait lui-même sacrer roi... Et vous avez sans doute béni cette mascarade...

— Oui, tout comme nous avons évangélisé les peuples qui nous accueillaient...

— Des barbares ne peuvent pas accueillir des gens civilisés du Royaume de Sa Majesté. Ce que vous dites là est une pure abomination. Une de plus. Vous vous en expliquerez devant la Reine...

— Je suis prêt à tout justifier...

— Il vous faudra beaucoup de courage.

— Je n'en manque pas. La grande différence qui nous oppose, Monseigneur, et permettez-moi de vous le dire malgré tout le respect que je dois à votre fonction et à votre personne, c'est que je ne suis pas resté dans une cellule, j'ai traversé et repéré le monde...

— Notez! Notez! — répéta d'une voix jubilante le vieillard. — Vous avez entendu — dit-il à l'adresse du greffier, un vieil homme tonsuré, plié sur les parchemins dans l'angle de la salle —, cet homme a traversé et repéré le monde...

— Oui, Monseigneur, et j'en suis fier. J'ai vu des choses que vous ne verrez jamais!

— Quoi, par exemple? — redit le vieillard avec gourmandise. Ses yeux pétillaient.

— La mer Océane, le Passage des Anges des-

323

tructeurs, les eaux de l'Equinoxial, la baie de la Rivière-Dieu, Cosmopolis, le fleuve, la forêt primitive et les peuples de la Rivière...

— Vous avez entendu, greffier... Ces noms magnifiques... Le Juif a toujours aimé les noms... Les Anges destructeurs, les eaux de l'Equinoxial, Cosmopolis, tout cela est superbe, en effet... Je vous envie, Monsieur de Mendoza, je vous envie très sincèrement... Vous ferez rêver Sa Majesté et Son Excellence...

— Je leur raconterai simplement ce que j'ai fait et vu aux côtés de l'Amiral de la Rivière-Dieu...

— Très bien, très bien... Vous allez pouvoir regagner votre cellule de quarantaine... Ceci n'était qu'une première rencontre. Nous allons nous revoir. Je voudrais pouvoir mieux cerner la personnalité du Juif maudit, du roi des barbares si vous préférez...

L'Archichronographe s'était assis à sa table. Il agita une clochette. Des gardes reconduisirent Mendoza à sa cellule.

Journal : On m'a enfermé dans une cellule, non loin du couvent augustinien où je suis *persona non grata*, à mi-chemin de la Cathédrale et de l'ancien cabinet de cosmographie de l'Amiral. Je suis épuisé. A peine rentré, on m'a jeté dans cette cellule. Je ne comprends rien. Je n'ai pas vu ma famille. Personne. Cinq ans d'absence ont tout changé. Je vis dans le souvenir de l'Amiral et de l'empire des Imuides.

J'aurais aimé rester là-bas. Mais une seconde mission d'exploration menée par Alvarez à partir de Cosmopolis m'a retrouvé, les Imuides ont été massacrés ou faits prisonniers, leur trésor pillé. La cellule est humide. Des festons de mousse et de moisissure recouvrent les murs. J'entends le fleuve qui roule au bas de la muraille. Parfois un rat pointe la tête par le soupirail. Il fait froid. Je me souviens des prophéties de l'Amiral : elles étaient toutes justes. Dans la cellule moussue, ses mots sonnent encore : « Il y aura un procès, ta vie sera mise en jeu. Méfie-toi de Sandoval, de Segovie, d'Alvarez. Ils témoigneront contre toi... » C'était la nuit de sa mort, dans la hutte de terre. Je ne me fais aucune illusion sur la suite du procès. Tout à l'heure, j'ai senti la détermination de l'Archichronographe. La Reine, je ne l'ai pas vue. Je suppose que la Table du monde lui a été remise. Je compte sur sa clémence mais je suis lucide.

Les jours ou les mois qui me séparent de ma mort — c'est cette seule issue que j'envisage — je veux les passer à comprendre mon itinéraire. J'ai demandé aux gardes une écritoire et du parchemin. Cette faveur m'a été accordée. En raison de mon passé religieux et de mon rang, m'a-t-on dit. Mais je sais que je serai dérangé dans mon travail d'écriture par les interrogatoires. Déjà je dois revoir l'Archichronographe. Je dois aussi être soumis aux questions de la Reine et de l'Archevêque. Au crépuscule, la lumière mouillée fend l'entrelacs de lichens de la fenêtre et vient caresser mon pupitre de buis. C'est à ce moment-là que je suis pris de l'envie d'écrire.

Je suis étonné de l'attitude d'Alvarez et de Segovie à mon encontre. Eux qui, souvent, ont voulu, du temps de la traversée sur l'*Orion*, comploter avec moi contre l'Amiral. A peine m'ont-ils trouvé, ils m'ont passé les fers. Puis, sous la torture, ils m'ont sommé de leur indiquer la nécropole des Imuides. J'ai cru mourir quand j'ai vu leurs hommes sortir les pirogues d'or et les crânes de la montagne.

J'écoute les bruits nocturnes qui cernent ma cellule de quarantaine. Par-delà le froissement des eaux terreuses contre le mur et le ruissellement de la pluie, j'entends des coups sourds, dans les fondations du couvent de la Cathédrale, des cloîtres et du cabinet de cosmographie, comme le fracas des vagues sur la coque d'un vaisseau, pas des moines, des gardes, lente marche funèbre de l'Archichronographe peut-être ; il me semble que ces chocs résonnent et se perdent dans l'épaisseur de la pierre, longs, rythmés comme une percussion de houle les nuits de mer, et ce n'est que la rumeur, qui va s'amplifiant, de ma propre peur.

II

Le lendemain, Mendoza fut arraché à son sommeil et de nouveau conduit devant l'Archichronographe.

— Vous avez repris vos esprits. Je suppose que vous revenez sur tout ce que vous avez raconté hier. Il y a la fatigue du retour qui excuse en partie tout ce que vous avez pu dire. Mais vous êtes intelligent, homme d'Eglise qui plus est, et vous ne pouvez pas persister à dire que le Juif maudit était un saint. C'est une parole rapide. Voyez-vous, je suis prêt à l'effacer. Moi et mon greffier, nous n'avons rien entendu. Je suis prêt à effacer tout ce que vous avez dit hier. Un homme de votre qualité s'abandonner à de telles aberrations ! Mais c'est insensé ! Oui, je vous répète que je suis prêt à tout effacer, tout...

— Je ne retire rien de ce que j'ai pu dire hier..., répondit Mendoza d'une voix ferme.

Le vieil Archichronographe se leva alors et vint au-devant de Mendoza.

— Je vous redis ma bienveillance. Rien ne m'oblige à rendre déjà mon dossier à Sa Majesté la

Reine et à l'Archevêque... J'ai le temps... Il est dans votre intérêt de vous rétracter... Sinon, c'est une machinerie infernale qui va se mettre en marche, et elle peut aller très loin, très loin...

— Peu m'importe !

— Oui, vous dites cela parce que vous connaissiez le Royaume du temps de notre bien-aimé Roi... Mais tout a changé. Sa fille, comme vous le savez, est très mystique, très rigoureuse pour tout ce qui touche à la religion... Elle connaît la valeur du mot sainteté... Comme vous devriez vous-même la connaître. Le Juif, à ses yeux, est un traître, un renégat, un blasphémateur... Dès le jour du départ, les signes de malédiction étaient évidents... Nous avons tous vu du rivage brûler un des vaisseaux... La foule en colère s'est ruée vers San Bernardo, les cercueils de la Juive et de ses fils ont été exhumés, traînés dehors, éventrés et les cadavres jetés dans le fleuve...

— Je le savais...

— Comment, vous le saviez ! On vous l'a dit ?

— L'Amiral nous l'a dit aussitôt après l'incendie de l'*Escurial*, à moi, comme à Alvarez et Segovie... Ils vous le diront...

— On leur demandera. Ainsi le Juif avait des visions... Mais c'est extraordinaire... Sur ordre immédiat du Roi, la maison du Juif a été démolie, pierre par pierre, toutes les cartes et les instruments du Cabinet de cosmographie qui lui avaient appartenu brûlés... Vous ne pouvez pas dire que le Juif était un saint et que l'expédition a réussi...

— Avez-vous vu, Monseigneur, le trésor des Imuides et les mines d'or dans la montagne ?

— L'Amiral Alvarez a en effet trouvé un trésor considérable...

— Ce n'est pas lui qui l'a trouvé, j'avais moi-même, bien avant qu'il n'arrive, déposé les cendres de l'Amiral de la Rivière-Dieu dans le trésor. C'est moi qui ai indiqué, sous la torture, à Alvarez et Segovie où se situait le trésor... J'ai vu, de mes yeux, leurs hommes s'engouffrer dans les grottes et en faire sortir les pirogues funéraires après avoir massacré les Imuides...

— C'est ce que je vous disais : Alvarez a trouvé le trésor qu'il a légué à la Reine...

— Je ne peux accepter cela, Monseigneur. C'est totalement inexact. Il n'y a rien de juste dans ce que vous racontez. Rien. Celui qui a ouvert les clés des barrières de l'Océan et de la Rivière-Dieu, c'est le saint Amiral et personne d'autre...

— Vous me désolez. Vous êtes un bien mauvais espion. Vous décevrez Sa Majesté la Reine, votre mère, le Prieur du couvent... Il va être de mon devoir de les avertir, de leur annoncer les horreurs que vous dites... En tant qu'Archichronographe du Royaume, je redis que le Juif maudit a fait perdre du temps à l'expédition, que, placée sous un autre commandement, elle aurait rapporté du fruit plus tôt...

— Tout cela est faux... Alvarez et Segovie

essayaient de comploter contre l'Amiral, mais c'est lui qui assurait le commandement... C'est lui qui nous a guidés jusqu'au Continent de la Rivière, dont le nom lui venait d'un moine cartographe de Venise...

— Je sais, on a trouvé trace de ce nom dans les affaires du Juif...

— Je croyais pourtant que tout avait été brûlé... L'incendie a su se montrer sélectif...

— Mais ce que vous dites est intolérable ! — L'Archichronographe était debout derrière sa table, le doigt pointé sur Mendoza, l'air haineux.
— Intolérable ! Vous avez pris de bien mauvaises habitudes... Vous semblez oublier à qui vous parlez, à l'Archichronographe du Royaume, c'est moi qui écris l'histoire du Royaume, ma voix, on l'entendra encore dans des siècles ; non seulement je peux vous condamner à mort dès maintenant en vous faisant comparaître pour hérésie devant le tribunal religieux de la Reine, mais je peux encore gommer votre nom de l'histoire du Royaume ou l'associer à celui du Juif maudit...

— Faites ce que bon vous semble, Monseigneur.

Le vieillard secouait sa clochette dans un accès de folie.

— Gardes, emmenez-le ! hurlait-il.

Mendoza fut reconduit à sa cellule, auprès du fleuve.

Journal : Ainsi donc, le songe de l'Amiral était juste. La tombe de sa femme et de ses fils a bien été profanée par la foule en colère la nuit qui a suivi l'incendie de l'*Escurial*. La maison de l'Amiral qui donnait sur cette petite rue pavée qui descendait vers les quais a été démolie pierre par pierre. Les cartes et les sphères du cabinet de cosmographie ont été brûlées. Tout a été mis en œuvre pour effacer la marque de l'Amiral. Encore quelques jours, et l'Archichronographe essaiera de me convaincre que le saint Amiral de la Rivière-Dieu n'a jamais existé, qu'il est une chimère sortie de mon esprit et que moi-même j'ai rêvé l'expédition à travers la mer Océane et sur le fleuve, parce que je n'ai jamais quitté cette cellule où je suis enfermé. Il n'a pas de sépulture puisque j'ai moi-même déposé ses cendres dans la crypte des Imuides, il ne subsiste plus de trace de sa femme et de ses fils, et sa demeure a disparu du quartier portuaire. J'ai recueilli le dernier souffle de l'Amiral et il m'a chargé de rendre témoignage. Je témoignerai. J'attends avec impatience de comparaître devant la Reine.

Face à ce complot qui vise à faire disparaître l'empreinte de l'Amiral dans l'histoire du Royaume, je dois tenter de raviver son souvenir. Je ne peux pas laisser dire que c'est Alvarez qui a mené l'expédition et qui a atteint les sources aurifères du fleuve. Je ne peux pas tolérer de tels mensonges. Il va me falloir une terrible énergie pour déjouer ce complot. Ironie de l'Histoire ! J'aurais dû être dans leur camp, j'aurais dû être avec eux pour effacer la marque de l'Amiral, mais il y a ce pacte, cette nuit, et ce dernier souffle que j'ai recueilli qui me lient à lui. Nous sommes allés jusqu'au bout d'un secret que ne supporte pas le Royaume obscur.

Je trouve que l'Archichronographe l'incarne à merveille, ce Royaume noir, intolérant, barbare et meurtrier. Avec ses yeux de jais, son teint gris, ses mains griffues et sa robe sombre. Je le vois dans son cachot à peine plus grand que le mien, le doigt tendu vers moi, assassin et vengeur, voulant travailler sa mémoire, voulant en faire un grimoire qu'on rature et rapièce à volonté, une déposition qui satisfasse la Loi du Royaume. Mais c'est oublier que ma mémoire est infrangible, qu'elle est définitivement marquée du souvenir et des actes de l'Amiral, qu'elle est forte des énergies de la mer Océane et de la Rivière-Dieu, et qu'elle a la dureté de l'or des Imuides.

Ils ne m'auront pas ! Il faut qu'ils le sachent. Demain, m'ont dit les gardes, je vais quitter cette cellule pour une autre au Palais royal. Ces lieux que je connaissais si bien, je les redécouvre. J'ai tant de fois rendu visite au vieux Roi avant le départ de l'expédition. J'ai tant de fois traversé les galeries de pierre, monté les marches solennelles jusqu'aux appartements royaux. Et voici que j'habite les cellules obscures, moisies, les chambres maudites. Je n'ai pas revu mon ancien couvent. J'ai seulement entendu sonner les heures qui scandent la vie religieuse, les prières, les complies, les vêpres, les offices. J'entendais sonner ces heures sans qu'elles trouvent d'écho en moi, comme si toute cette part de ma vie était morte, comme si je n'avais jamais été moine. Je mesure l'énormité de ce que j'écris. Est-ce mon corps, ce corps dont la main tient actuellement la plume, qui roulait sous le fouet lors des cérémonies sanglantes de la Passion ? J'ai moi-même peine à le croire. Je suis revenu autre des eaux de la Rivière-Dieu.

Le fleuve roule derrière la muraille. Le fleuve qui a emporté les corps que la foule y a jetés. Il me semble que l'inondation menace. Je suis plus attentif à cette présence du monde qu'au bruit des cloches. De nombreux cauchemars traversent mon sommeil. Le fleuve envahit ma cellule et je nage parmi les cadavres de la femme et des fils de l'Amiral. Je me réveille en criant. Et je ne perçois que le ronflement des gardes derrière la porte. D'autres fois, je vois des étendues de littoral à marée basse, avec des flaques noires et luisantes, des rochers dressés au-dessus des gouffres, des entailles et des failles, la mer s'est retirée très loin, tout en bas de la plage, par-delà les boucliers de vase, et j'entends les cris des mouettes lugubres qui tournent, plongent dans les failles, reviennent, des fragments de chair livide dans le bec. Mais, plus souvent je revois la mer infinie, secouée de vagues, tempétueuse, et, se détachant sur elle, une silhouette phosphorescente d'homme dans un vaisseau sans voile.

III

Sitôt après avoir été transféré dans sa nouvelle cellule dans l'enceinte même du Palais royal — un cachot étroit, non loin des écuries —, Frederico de Mendoza fut conduit devant la Reine. Il découvrit une femme sèche, austère, vêtue de noir, qui se mordait constamment les lèvres. Auprès d'elle, quelques marches en dessous du trône, se tenait le cardinal-archevêque Sandoval dans sa longue soutane rouge. L'automne était pluvieux, les salles voûtées aux pierres épaisses et verdâtres donnaient par d'étroites fenêtres sur les sorbiers roux des jardins. Bien que l'on fût loin du fleuve, l'humidité froide avait gagné le palais et elle s'écrivait en longues coulures noires sur les murailles.

Mendoza s'inclina respectueusement devant la Reine et l'Archevêque qui demeurèrent impassibles, comme s'ils n'avaient jamais vu l'ancien espion de l'*Orion*. Les vantaux d'une lourde poterne grincèrent : c'était l'Archichronographe qui rejoignait le tribunal.

La Reine prit la parole, d'une voix faible et monocorde :

— Il ne s'agit pas, Monsieur, d'un interrogatoire. Je veux simplement m'assurer de certaines choses. Vous êtes homme de noble extraction, membre du couvent augustinien de la Reine. J'ai reçu le rapport de l'Archichronographe. Mais, Monseigneur et moi, nous tenons à vous entendre, de vive voix. Quelques mois avant sa mort, mon père vous a confié une mission : celle d'embarquer avec l'Amiral de la Rivière-Dieu et de nous rapporter le récit complet de l'expédition. Il apparaît aujourd'hui que cette expédition, si elle n'avait été providentiellement reprise par les amiraux Alvarez et Segovie, aurait été un magistral échec. Il apparaît aujourd'hui que le prétendu Amiral de la Rivière-Dieu était un félon, un traître et un imposteur. Certes, le Continent de la Rivière-Dieu a été trouvé ! Mais à quel prix ! J'apprends également que l'Amiral, loin de placer les territoires sous la dépendance du Roi mon père, se les est appropriés et qu'il s'est lui-même fait sacrer roi. Monsieur de Mendoza, pouvez-vous confirmer ce que je viens de dire ?

— Majesté, permettez-moi de dire que je trouve votre jugement incomplet et inexact...

La Reine pâlit.

— Incomplet et inexact ?

— Oui, Majesté. Lorsque le Roi votre père m'a demandé d'embarquer sur l'*Orion,* rares étaient ceux qui croyaient que la mission pouvait réussir. Souvenez-vous : tous jugeaient le projet insensé. Les cosmographes étaient divisés sur la notion de rotondité du monde. La Rivière-Dieu — je vous redis que l'Amiral tenait ce nom de la bouche d'un saint moine vénitien, Fra Domenico — apparaissait comme un leurre. Qui croyait qu'une terre fermait les eaux de l'Equinoxial ? J'étais aussi très sceptique. Sans doute, Madame, le Roi votre père croyait-il lui un peu à l'existence de ce fleuve puisque c'est lui qui a décidé Son Excellence Mgr l'Archevêque à m'autoriser à accompagner l'Amiral. J'étais sceptique, vous disais-je, Madame, parce qu'on m'avait raconté la mauvaise renommée de l'Amiral, l'insuccès des expéditions antérieures. J'ai accepté de partir parce que Monseigneur l'Archevêque me le demandait. Je l'ai fait dans un esprit de totale soumission à Dieu, à l'Eglise et au Roi. Et tout au long des années de l'expédition, j'ai vu vivre un saint homme, visionnaire et thaumaturge, un saint homme qui a, conformément à ce que lui avait demandé Sa Majesté, étendu les limites du Royaume. Sa Majesté devrait se réjouir : grâce au saint Amiral de la Rivière-Dieu, les territoires du Royaume s'étendent jusqu'aux sources du monde.

L'Archevêque s'était levé, il demanda la parole à la Reine qui, d'un mouvement imperceptible de la tête, la lui accorda :

— Vous avez, Frederico de Mendoza, une étrange définition de la sainteté... Ainsi l'Amiral avait des visions, pourriez-vous nous les préciser ?

— Il avait vu les sources du fleuve bien avant que nous n'y arrivions, plusieurs fois aussi, il a vu saigner le flanc du Christ de proue de l'*Orion,* il a guéri des enfants des tribus de la Rivière et il a lui-même connu deux guérisons miraculeuses, une première fois sur le bateau, alors que sa peau s'était recouverte de pustules, une deuxième fois, peu avant d'atteindre l'empire des Imuides, comme nous étions confrontés à un véritable déluge, il a failli mourir, je l'ai même veillé plusieurs jours et plusieurs nuits, et là encore il s'est réveillé...

— Vous oseriez confirmer tout cela en jurant sur les Saints Evangiles ?

— Absolument, Monseigneur, j'y suis prêt.

— Permettez-vous, Majesté, reprit Sandoval, que je pose encore une ou deux questions à Monsieur de Mendoza ?

A nouveau la Reine acquiesça.

— Si je vous suis, l'Amiral a réalisé des miracles à la façon du Christ...

— Il a réalisé des miracles...

— Pas à la façon du Christ ?

— Le Christ est le Christ, Monseigneur, l'Amiral a cependant réalisé des miracles et eu la révélation du corps sanglant de Dieu...

— Une deuxième chose que je souhaitais vous demander : dans quelles circonstances l'Amiral est-il mort ?

— L'Amiral a rendu l'âme à l'aube d'un dimanche de Pentecôte. Saintement, et après avoir tracé à l'intention de Sa Majesté les contours nouveaux du monde.

— S'est-il confessé ?

— Oui.

— Quels péchés a-t-il avoués ?

338

— Il ne m'appartient pas de le dire en public.

— En public ! Mais vous êtes devant la Reine...

— La confession est un secret...

— Ces péchés, les lui avez-vous remis ?

— Oui, nourri de l'Esprit saint et dans une complète soumission à Dieu...

— Des choses aussi monstrueuses... Enfin... Pouvez-vous nous dire — Sandoval arpentait la pièce et sa voix portait sous les arcades de la salle royale comme s'il eût été en chaire — ce que vous avez fait de sa dépouille ?

— Sa dépouille a été incinérée, conformément à son vœu et à la tradition des Imuides, et j'ai moi-même dispersé ses cendres dans la barque royale...

L'Archichronographe sortit, à cet instant, de sa réserve :

— Je voudrais faire observer quelque chose. Une simple remarque, Majesté et Excellence. La première formulation de Monsieur de Mendoza lors du premier interrogatoire était encore plus belle...

— Dites-la-nous, coupa la Reine, excédée.

— Majesté, je laisserai ce plaisir à Monsieur de Mendoza lui-même...

— Majesté, reprit Mendoza, je me souviens très exactement de cette phrase et je vous la redonnerai puisque tel est votre désir. Je suis heureux d'avoir accompagné l'Amiral jusqu'aux sources du monde et d'avoir déposé ses cendres dans la crypte funéraire des Imuides...

— Heureux, tonna Sandoval, de s'être fait le complice de sauvages et de barbares et d'avoir autorisé la crémation d'un corps décédé de mort naturelle... C'est un acte d'hérésie... L'Amiral s'était mis, de tout temps, hors de l'Eglise du Christ, je le savais, c'était un homme marqué du sceau du Diable et vous l'avez suivi. On vous demandait d'observer, pas d'accepter...

— J'ai observé, reprit Mendoza d'une voix calme, et j'ai accepté la sainteté, le génie et le parcours d'un homme d'exception. Je rends grâces à feu Sa Majesté de m'avoir autorisé à embarquer avec l'Amiral. Je suis fier d'avoir servi et recueilli le dernier souffle d'un homme dont je vous rappelle que la devise était : « *Quiconque se livre à la pratique de la navigation désire savoir les secrets de la nature d'ici-bas.* »

— C'est un autre acte d'hérésie — clama l'Archevêque. Il marchait maintenant à grands pas devant le trône et la soie de sa traîne flambait sur le pavé. — C'est un acte d'hérésie. L'homme n'a pas à connaître les secrets de la nature d'ici-bas. Seul Dieu a à connaître le cœur de l'homme. Et je dis que le cœur de cet homme était noir, rempli du Démon.

La Reine invita Sandoval à se rasseoir.

— Mais, Monsieur, dit-elle, comment étaient les sources de la Rivière-Dieu ?

— Des sources d'or et de feu, Majesté. Des sources d'eau flambante dans une nature paradisiaque dont j'aurais du mal à vous décrire la beauté.

Mendoza souriait. On eût dit qu'à cet instant, dans la salle noire tendue de lichens du palais de la

340

Reine, au cœur de cet automne ruisselant et froid, il retrouvait l'éclat de la crypte des Imuides.

— Majesté, redit-il, ces sources sont décrites dans la Bible, dans le Livre de la Sagesse : « Le feu dans l'eau redoublait de puissance et l'eau oubliait son pouvoir d'éteindre. »

— Ce verset concerne la traversée de la mer Rouge, pas les sources prétendues de la Rivière-Dieu..., dit Sandoval d'un ton cinglant.

— Majesté, Excellence, je vous dis seulement ce qu'il m'a été donné de voir.

L'Archichronographe demanda encore à intervenir.

— Majesté, vous venez d'entendre tout ce que m'avait dit Monsieur de Mendoza. J'ai laissé à Son Excellence le soin d'interroger l'envoyé de Sa Majesté notre bien-aimé le feu Roi sur les aspects religieux du voyage. L'Archichronographe devra-t-il écrire dans les Archives du Royaume que l'Amiral avait des visions sanglantes et qu'il faisait des miracles ?

— Certainement pas, répondit l'Archevêque. Tout cela doit être vérifié. Je demanderai à Sa Majesté la permission d'entendre à nouveau Mendoza... Je devine, d'ailleurs, que la foi de Sa Majesté est heurtée par ce qu'elle vient d'entendre...

— Tout à fait — dit la Reine. Elle se leva et tous l'imitèrent. — Tout ceci me blesse infiniment. Je suis encore clémente, Mendoza, je vous laisse encore le temps de vous rétracter. Eu égard à votre famille, à votre passé, à la confiance que vous portait mon père... Si vous ne le faites pas, je me verrai dans l'obligation de vous faire comparaître devant le tribunal religieux du Royaume... L'Eglise de notre Seigneur, le Royaume sont blessés par ce que vous avez raconté... Vous ne pouvez pas prendre le parti d'un traître, d'un homme de Satan... Excellence, je vous demande de poursuivre l'interrogatoire. Quant à vous, Monsieur l'Archichronographe, j'entends que vous continuiez aussi l'interrogatoire. Il nous faut tout savoir sur le Juif maudit... Car, c'est bien de cela qu'il s'agissait...

La nuit était tombée. Les arbres, dont on devinait les formes immobiles, apparaissaient tels des faisceaux de pierre. Dans la pénombre de la salle, dans laquelle la flamme de la *cappa magna* de Sandoval jetait une touche violente, les visages impassibles et cireux des trois interrogateurs fixaient la silhouette osseuse et blanche de Mendoza. La robe brunâtre de la Reine, ainsi que celle de l'Archichronographe, gansée d'hermine, contrastaient avec la soutane vive du cardinal. On entendait ruisseler une petite pluie fine et froide.

— Vous savez, reprit la Reine, énigmatique, le *Domaine des morts* est à peupler...

— Nous vous entendons bien, répondirent d'un même écho les deux assesseurs.

La Reine s'était avancée vers la cheminée où brûlaient des troncs monumentaux. Sa silhouette se détachait sur les flammes, dont les reflets venaient éclabousser la traîne répandue de Sandoval.

— Oui, redit-elle en contemplant son ombre démesurée qui vacillait au gré des flammes, le *Domaine des morts* est à peupler.

IV

Journal : Un corps s'écrasait près de moi : j'ai sursauté. J'ai d'abord cru à une hallucination, une de ces nombreuses hallucinations qui me harcèlent toutes les nuits. Etais-je encore sur la Rivière-Dieu, dans la forêt ou dans la hutte d'argile des Imuides ? J'ai reconnu le mur drapé d'écume et de mousse, un rai de torche qui provenait du goulot des escaliers : j'étais bien dans ma cellule, toujours celle du Palais royal, et, à mes pieds, il y avait un corps couché, vêtu de guenilles maculées de sang. Les gardes avaient refermé la porte et j'étais penché sur ce corps immobile et muet qui semblait sans conscience. Pas une lumière. Il me faudrait attendre le jour pour découvrir le visage de mon compagnon de cellule. Une nouveauté aussi : depuis mon retour, j'avais toujours été seul.

L'homme râlait faiblement. Je tentai de le traîner jusqu'à ma couche. Dès que je le touchais, il râlait. L'espèce de soutane qu'il portait était toute poisseuse. Je léchai mes doigts après avoir une fois encore essayé de déplacer le corps : je reconnus la fadeur du sang. Je m'écroulai, vaincu par le sommeil.

Ce n'est qu'au réveil que je découvris l'identité de mon compagnon de cellule, à un seul signe : sa soutane mauve, tachée et durcie de sang séché. C'était le peintre Aldoro ! Il paraissait à la lisière de la mort : défiguré, les membres inertes, les mains surtout, ensanglantées et comme brisées. Quel forfait avait-il bien pu commettre ? Il n'avait pas, lui, participé à l'expédition scandaleuse de la Rivière-Dieu. Et voici pourtant qu'il se retrouvait à mes côtés dans ce caveau moisi, perdu dans les galeries souterraines du palais, ce cachot d'où l'on ne nous sortirait que pour affronter la Reine et son tribunal.

A écouter la plainte assourdie qu'émettait Aldoro, je me souvins bientôt de celle du premier sauvage que nous avions capturé sur la première île, Erosia devenue Madeba après que nous y eûmes trouvé les débris du vaisseau. Cette longue plainte musicale où résonnaient la mer, la brousse et les étoiles, j'en saisissais maintenant la version douloureuse, obscure et nordique : n'y chantaient plus les astres et la mer comme sur l'île, non, je croyais déjà entendre le grincement du charroi qui nous mènerait au bûcher.

Le délit qu'avait pu commettre le peintre me préoccupait. L'atteinte à la Loi du Royaume, il l'avait portée à l'intérieur même du Royaume. Dans son atelier, dans un de ces couvents où il peignait ? J'avais posé pour lui, je revoyais sa main lente et attentive, ses longues fresques brunes et mordorées où éclataient parfois de brusques surgissements lumineux, laitances, irradiations bleutées. Un détail : je me souvenais de ces paons flamboyants qu'il avait placés sur le seuil d'une fenêtre dans la représentation de la Cène qu'il avait peinte pour le réfectoire du couvent augustinien. Et je scrutais son corps mort et prostré. L'imperceptible mouvement de la respiration le secouait encore. J'attendais qu'il me parlât.

Les interrogatoires reprirent. On arracha Mendoza à la conversation qu'il venait d'engager avec Aldoro. La Reine, l'Archevêque et l'Archichronographe avaient regagné leurs places dans la grande salle sombre et automnale. Il était encore temps pour Mendoza de se rétracter. C'est ce qu'en quelques mots la Reine lui fit comprendre.

— La situation est très claire. Ou vous reconnaissez que l'Amiral était un traître et un imposteur et je vous gracie en vous autorisant à retrouver votre couvent ; ou vous persistez à dire qu'il était un héros et un saint, et je forme un tribunal particulier pour vous juger.

— Majesté, dit Mendoza, je ne vois pas pourquoi je changerais soudain d'attitude. Il me semble

que je vous ai déjà longuement exposé ma pensée.
Ce n'est pas parce que vous avez jeté dans ma
cellule le pauvre corps mutilé d'Aldoro, sans doute
pour m'intimider, que je vais modifier ma position. Je réprouve cette barbarie au nom des
principes de l'Evangile et aussi au nom de la liberté
de l'homme...

— La liberté de l'homme, interrompit Sandoval, on a vu où elle menait... La liberté de
l'homme, Majesté, conduit un imposteur et un
traître à renoncer au Christ et à bafouer la Loi du
Royaume en se faisant proclamer roi... Il n'y a pas
de liberté de l'homme, voilà une chimère de plus...

— Je prétends, moi, qu'il y a une liberté de
l'homme, reprit Mendoza, et je l'ai apprise auprès
de l'Amiral. Voilà un homme qui a écouté son
désir de mer et d'exploration jusqu'au bout, jusqu'aux terres ultimes... La liberté de l'homme a
pour moi une forme et un visage...

— J'aurai encore quelques questions à vous
poser, chuchota l'Archichronographe, tassé dans
son coin. Il y a quelques *points de détail* —
l'expression l'amusait — sur lesquels j'aimerais
revenir. Quand vous êtes arrivés aux sources du
fleuve, combien d'hommes restait-il ?

— L'Amiral et moi. Je vous ai déjà dit qu'une
partie était restée à Cosmopolis, la ville que nous
avions fondée à l'estuaire du fleuve, parmi lesquels
Alvarez et Segovie qui n'ont rien fait d'autre que
venir nous chercher quand tout était déjà accompli ; les autres, hélas, sont morts en route...

— Il est tout de même étrange que tous les

autres soient morts en route, excepté l'Amiral et vous...

— La nature était terrible, vous ne pouvez pas imaginer, monsieur l'Archichronographe, il y avait des peuplades guerrières, des embuscades...

— Peu m'importe, je voudrais simplement aujourd'hui vous donner lecture de la déposition des amiraux Alvarez et Segovie. Si vous n'y voyez pas d'objection, bien entendu, Majesté et Eminence. Et vous verrez — il haussait la voix — que la relation que nous a faite depuis le début Monsieur de Mendoza n'est guère conforme à la réalité...

— Quelle réalité ?

— La réalité de l'expédition de la Rivière-Dieu telle qu'elle m'a été rapportée, à moi l'Archichronographe du Royaume, par les amiraux Alvarez et Segovie, et telle que je l'ai couchée sur les tables du Royaume...

— Il ne peut y avoir qu'une relation de l'expédition, et dût-il n'en rester qu'un signe, vous le savez aussi bien que moi, ce signe, c'est la table du monde, les contours nouveaux de la Création tels que les a établis l'Amiral avant de mourir...

— Monsieur de Mendoza, vous ne ferez pas l'affront de comparer la relation précise, honnête, des amiraux Alvarez et Segovie avec cette pierre ridicule...

— Si, je le ferai.

— Vous marchez à grands pas, Monsieur,

vers le tribunal. Cela semble être votre désir profond. Mais laissez-moi vous donner lecture de la déposition des amiraux : « Considérant que... »

Journal : J'ai concentré toutes mes forces pour ne pas entendre ce que lisait l'Archichronographe. Je ne voulais pas entendre cette déposition mensongère. J'en devinais la teneur. Muré en moi-même, imperméable aux bruits de la salle plus automnale que jamais, plus ruisselante, j'en profitais pour regarder les trois êtres qui me faisaient face : la Reine, les traits tirés, les lèvres pincées, cireuse et terreuse, l'Archichronographe absorbé par la lecture de ses feuillets, et le cardinal verdâtre dans sa robe de feu. Mon esprit était encore quelque part du côté des Imuides.

Aldoro se remettait lentement. Il n'avait jamais quitté la cellule depuis qu'on l'y avait jeté. Je lui racontai les mois de mer, l'enfermement sur l'*Orion*, l'arrivée dans la baie de Cosmopolis et enfin la remontée de la Rivière. J'étais intarissable dès qu'il s'agissait d'évoquer les nuits de forêt, les nécropoles d'or, les marches dans la boue entre les pyramides de termites. Ma raison vacillait. Confronté à la pierre humide et moussue de la cellule, je ressentais soudain le manque de cette nature boueuse, étouffée sous les toitures d'arbres ; je cheminais par le souvenir sous les galeries que nous avions parcourues, je m'arrêtais dans la grande salle de la nécropole des Orides, après ce défilé de momies et, dans le caveau moisi du Royaume, les parois d'or se mettaient à brûler. Lente fusion du soleil dans la grotte.

Aldoro recouvra l'usage de la parole. Alors j'appris le forfait qu'il avait commis.

L'Archevêque, une nouvelle fois, lui avait passé commande de toiles, deux exactement : l'une pour son cabinet de travail, qui représenterait le Christ sous le suaire, l'autre qui serait, pour la grande galerie du palais archiépiscopal, un portrait en pied du cardinal. Ces deux toiles, Aldoro y avait travaillé tout l'été et tout l'hiver, sans inviter les élèves à y participer, ne fût-ce que pour l'exécution des fonds.

« Pas un élément de cette ville que je n'aie peint... Cette ville n'a d'existence que par ma peinture... »

Jamais nous ne parlions de l'Amiral.

Aldoro avait interrompu son récit. A nouveau
Mendoza l'interrogea :

— Un hiver entier, un été aussi, j'ai peint ces
deux œuvres. Plongé dans la nuit de l'atelier.
Définitivement exclu du monde. J'avais commencé
dans le crépitement de l'été. Je me réveillai dans le
bruissement de la crue. Je passais du Christ au
cardinal. Il venait quelquefois poser. Longtemps
après qu'il fut parti, la braise de sa robe scintillait
en moi. Pour le Christ, c'était tout autre chose. Je
le peignais dans sa nudité mortuaire, le suaire
s'était vite liquéfié, invisible gaze, et avec lui le
corps même s'était mis aussi à ruisseler, mordoré,
tourbeux ; on aurait dit un vieux gisant que mangeait le lichen des tombeaux. Et plus le Christ se
défaisait, plus le visage de Sandoval prenait cette
teinte terreuse. J'avais su peindre la pourpre, ses
plis formaient un espace, de même pour la dentelle
du rochet, mais le visage m'apparaissait comme
une impalpable boue, sa matière m'échappait, les
traits se déformaient sous le pinceau, noyés dans
une eau de tourbe, joues brunâtres, maxillaires

saillants. Je sentais venir le moment où, pour le gisant comme pour le dignitaire pourpre, l'os percerait la chair. Je pris peur. Je voulus m'arrêter. Mais la nuit durable de l'atelier, cette nuit qui était née dans l'aridité de l'été et finirait quand le fleuve inonde la basse ville, m'avait fait perdre tout repère. Je vivais à mon tour l'épreuve que j'avais infligée à nombre de ceux qui avaient posé devant moi. Et je l'aurais surmontée quand ces chairs se seraient totalement effacées. Ce qui arriva. J'avais peint deux cadavres, l'un nu, abandonné sur la pierre d'Onction, l'autre, le monocle enfoncé dans l'orbite, spectral dans sa robe d'écarlate.

Journal : Je connaissais désormais la raison qui avait mené Aldoro en prison. Le Christ avait pourri sous son pinceau et il avait osé faire de Sandoval un cadavre. Toutes les œuvres d'Aldoro avaient été détruites sur ordre du cardinal. Cette ville, qui, comme il me l'avait souvent dit, n'atteignait à sa véritable existence que par la peinture était soudain lacunaire, trouée, grevée de masses ombreuses où grondait le fleuve. Je grelottais.

Le fait que le destin eût réuni à l'intérieur de ce cachot la quête nocturne d'Aldoro et celle, lumineuse, des Imuides me fascinait. Du fond de ces galeries, de ces caves tortueuses perdues sous le labyrinthe imposant

352

du palais, je croyais parfois encore entendre la clameur du fleuve. Elle remontait des rives, des douves boueuses et des couvents, et résonnait à travers la ville lacérée. Je voyais partout des lambeaux de peintures, des éclats de fresques. Le déambulatoire avait été gratté, lavé. De l'Amiral de la Rivière-Dieu, il ne restait rien. J'avais été, bien avant de passer la mer Océane, un saint ascétique d'Aldoro. Mon double mystique n'existait plus. Mon nom était damné. Je demandai à voir ma mère. Il me fut répondu que la Reine interdisait qu'on me rendît visite. Je compris que mon destin croiserait celui d'Aldoro. On lui avait déjà brisé les mains pour qu'il ne pût plus peindre. Des heures je fixais ces moignons hagards qui n'enfanteraient plus de cadavres. La froidure s'intensifiait. C'était le plein hiver. Bientôt cette masse corporelle qui restait de moi, cette chair efflanquée, serait brûlée sur la neige. Je le savais et j'attendais ce moment avec impatience. Le greffier de l'Archichronographe vint m'annoncer que, suprême considération, par égard pour ma famille et en vertu des services que mes ancêtres avaient rendus au Royaume, j'aurais droit à un procès. En conséquence on me transféra au *Domaine des morts*.

Les gardes m'emmenèrent alors que je tentais, une dernière fois, d'embrasser Aldoro. Longtemps, comme je remontais le dédale, je perçus sa plainte dans la nuit.

VI

Journal : On voyagea plusieurs jours. Aux cahots de la calèche plombée dans laquelle on m'avait ligoté, je supposai qu'on allait quelque part dans la montagne. L'arrivée eut lieu la nuit, dans une sorte de citadelle ou de monastère fortifié. Les plis d'une cape me happèrent. Je ne vis plus rien. La première nuit, j'eus l'impression d'être seul dans la forteresse. Le cachot dans lequel on m'avait jeté était tout aussi étroit que les deux précédents, mais plus sec et plus froid.

Je fus réveillé à l'aube et conduit devant le tribunal qui siégeait dans une salle capitulaire très sobre et très boisée. Partout des dais en bois sculpté, des fauteuils à dossier très haut et une longue table de pierre. De part et d'autre de la table centrale, dans les stalles, il y avait une multitude d'officiants également cachés sous un capuce noir. Le juge qui se tenait au milieu me demanda de m'avancer. Je crus reconnaître la voix de la Reine, mais plus sombre, plus cavernale.

— On nous a transmis, dit-elle, votre dossier. Nous savons tout. Nous avons lu aussi le livre de bord du Juif maudit. — A cet instant la terreur m'empoigna. — Nous allons vous lire l'acte d'accusation.

Alors le juge qui se tenait à gauche se leva, trapu, courtaud dans sa robe noire, pareillement enseveli sous son capuce. L'acte d'accusation était long. Je l'écoutai à peine. Je me demandais plutôt qui se cachait sous ces silhouettes terreuses. La Reine — mais je lui trouvais la voix nasillarde et masculine —, le Cardinal et l'Archichronographe ? Sans doute était-ce lui qui lisait là maintenant mon épopée scandaleuse au-delà de la mer Océane, chez les sept peuples de l'Or, pourtant il n'avait pas l'éloquence mielleuse du vieillard.

Après cette lecture, la figure qui siégeait au centre m'interrogea pour savoir si je voulais, pour ma défense, faire quelque déclaration. Je m'y refusai. Je n'avais plus la fougue des premiers interrogatoires. Tout le temps du procès me hantèrent les mains tranchées d'Aldoro.

Lorsque, devant la cheminée monumentale du palais, la reine avait lâché : « Le *Domaine des morts* est à peupler », elle m'avait condamné. Tout le reste n'était que simulacre. L'audience fut levée. On me reconduisit à ma cellule.

La seconde audience n'eut lieu que plusieurs jours plus tard. Je crus que la folie de l'*Orion* allait me reprendre, le Kraken, la Main noire, le pourrissement. La forteresse tanguait. Afin de combattre le vertige qui me gagnait, je m'imposai de revivre jour après jour la remontée de la Rivière. J'étais si fourbu que les cadavres et les charognards effacèrent vite l'or des sources. Il me pressait de mourir.

Avais-je réellement vécu l'aventure ? Le doute me saisissait. Et si toute cette histoire n'était que mots de songes, enchantement nocturne ? Pourtant le souvenir de la boue, du feu, des eaux m'assaillait. J'avais bien vu les charognards, les Capuces sanguinaires, les nécropoles, l'empire effondré des Imuides. Je voulais repartir. Je serais l'Explorateur.

A la deuxième audience, le juge de droite — qui était resté étrangement silencieux depuis le début du procès — eut un soudain accès de colère, il se précipita au centre de la salle et s'empara de l'Ardoise de l'Amiral qu'il fracassa en hurlant : « La loi de Dieu et du Royaume interdit qu'on trace la forme du monde. » Je reçus un éclat de pierre en plein visage.

*

A l'intérieur de la citadelle s'étendait une large esplanade. Une muraille fendue de créneaux l'entourait. La neige était tombée. Au pied du dernier donjon, on avait allumé le bûcher. Mendoza s'avança dans la nuit montagnarde — une nuit de glace et de tessons. Des parcelles de feu s'éparpillaient sur la neige. Il crut voir sur l'esplanade une ombre gigantesque, ébranchée, mutilée, un charroi de voiles, un corps supplicié taillé dans le givre et la braise. Le tribunal lui faisait face, la Reine en tête, démasquée. Déjà les flammes le léchaient. Il s'y livra — heureux de se dissoudre dans son rêve pulvérisé.

Rennes, Beg-Meil, Morlaix,
automne 1987-Noël 1988.

DU MÊME AUTEUR

COLLECTION FOLIO

Composition Bussière
et impression S.E.P.C.
à Saint-Amand (Cher), le 24 octobre 1994.
Dépôt légal : octobre 1994.
Numéro d'imprimeur : 2103-1869.
ISBN 2-07-038923-5./Imprimé en France.